Sakristei des Todes

Paul Harding

Sakristei des Todes

Kriminalroman aus dem mittelalterlichen London

Aus dem Englischen von Rainer Schmidt

Eichborn.

Titel der Originalausgabe: MURDER MOST HOLY

Umschlaggestaltung: Rüdiger Morgenweck.
Lektorat: Doris Engelke.
Satz: Fuldaer Verlagsanstalt GmbH, Fulda.
Druck und Bindung: Wiener Verlag, Himberg.
ISBN 3-8218-0214-6

Verlagsverzeichnis schickt gern:
Eichborn Verlag, Kaiserstraße 66, D-60329 Frankfurt

PROLOG

Der Dominikaner kauerte auf seinem Betstuhl in der leeren Kirche von Blackfriars und sein Blick huschte hin und her zwischen dem goldverzierten Kruzifix und dem Kiefernholzsarg mit dem Leichnam seines ermordeten Ordensbruders.

Bruder Alcuin war unruhig. Er nagte an der Unterlippe und verschränkte die Finger fest ineinander. Egal, was die anderen dachten, er kannte die Wahrheit. Bruder Bruno war brutal ermordet worden. Alcuin war ebenso zornig wie entsetzt: zornig darüber, daß eine so ruchlose Tat in einem Dominikanerkloster begangen werden konnte, und entsetzt, weil er wußte, daß der Mörder eigentlich ihn gemeint hatte.

Es war so einfach gewesen. Alcuin hatte eine Mitteilung erhalten, natürlich anonym, in der er aufgefordert wurde, gleich nach der Vesper in die Krypta zu kommen. Verärgert über die Farce, die vor kurzem entdeckt worden war, und den frommen Spott, der hinter all dem stand, war er hingegangen – und hatte Bruno am Fuße der steilen Treppe gefunden, die in die Krypta hinunterführte; sein Genick war verdreht, und sein Hirn gerann in blutigen Pfützen seines zerschmetterten Schädels.

Pater Prior war rasch zu dem Schluß gelangt, daß Bruno auf der obersten Stufe unglücklich ausgeglitten und in den Tod gestürzt war. Aber Alcuin wußte es besser. Irgendwie hatte der Mörder dort gewartet und Bruder Bruno entweder ein Bein gestellt oder ihn die steile, scharfkantige Steintreppe hinuntergestoßen. Das war am vergangenen Abend gewesen. Morgen nach der

Frühmesse würden Brunos Dominikanerbrüder das Requiem singen und den Leichnam ihres armen Gefährten hier hinter dem Hochaltar bestatten. Sie würden leise miteinander über Brunos Vorzüge sprechen, und mit der Zeit, vielleicht eher früher als später, würde er in Vergessenheit geraten, und an die Art seines Todes würde man sich nur noch vage erinnern, während sein Mörder triumphierend davonspazierte.

Alcuin blickte auf und starrte das Kruzifix an. Christus würde das doch gewiß nicht zulassen? Mord war eine der Sünden, die zum Himmel um Rache schrien. Es mußte Gerechtigkeit geschehen. Aber sollte er sich an dieser Gerechtigkeit beteiligen? Wer würde ihm glauben, einem einfachen Sakristan und Kellermeister? Nur er und sein Freund, der uralte Bibliothekar Callixtus, kannten die Wahrheit, aber sie konnten keinen Beweis finden. Der Rest der Klostergemeinschaft würde sagen, sie handelten aus Bosheit, und behaupten, Alcuin sei von einem üblen, verschlagenen Dämon besessen. Vielleicht würde man ihn nach Rom oder nach Avignon schicken, damit er sich vor seinen Oberen verantwortete, oder – noch schlimmer – man würde ihn den Inquisitoren ausliefern, die ihn befragen und verhören und ihm den Prozeß machen würden. Und was dann?

Alcuin wischte sich die Schweißperlen von der breiten Stirn. Sein bleiches, eckiges Gesicht wurde verdrossener, während er in die zunehmende Dunkelheit starrte. Natürlich konnte noch Schlimmeres passieren. Wie Bruder Athelstan würde man ihn aus Blackfriars verbannen und in irgendeine schmuddelige Pfarrkirche schicken, wo er den Ungewaschenen und Ungebildeten als Seelsorger dienen müßte. Ein Lächeln huschte über Alcuins säuerliches Gesicht.

»Athelstan, Athelstan«, murmelte er, »warum bist du nicht hier? Ich brauche dich jetzt. Der Orden braucht dich. Christus der Herr braucht deinen durchdringenden Blick und deinen scharfen Verstand.«

Das Lächeln verblaßte. Athelstan war nicht eingeladen zu der Sitzung des Generalkapitels des Dominikanerordens im Mutterhaus zu Blackfriars. Athelstan war jetzt Gemeindepfarrer in St. Erconwald in den Elendsquartieren von Southwark, wo er mit seinem Kater plauderte und den Sternenhimmel erforschte.

»Weißt du, Alcuin«, hatte Athelstan einmal zu ihm gesagt, »ich habe einmal mit einem Mann gesprochen, der in Persien war und den Magi begegnet ist. Das sind weise Männer, die den Himmel studieren. Er hat mir eine seltsame Geschichte erzählt – daß es einmal keine Sterne gab, keine Sonne, keinen Mond. Nichts als eine dunkle, finstere Masse, die auf Gottes Geheiß zu brennenden Felsen zerbarst und das Universum formte, von dem die Erde nur ein kleiner Teil ist.«

Alcuin schüttelte den Kopf. Wenn Athelstan von derartigen Theorien redete, war es vielleicht nur gut, daß er nicht hier war. Wieder erinnerte Alcuin sich an das dunkle, scharfgeschnittene Gesicht und die schwermütigen Augen seines Ordensbruders. Athelstan war für Höheres vorgesehen gewesen. Im Noviziat ein brillanter Student, hatte er sein Gelübde gebrochen, war, den Kopf voll romantischer Geschichten, davongelaufen in den Krieg und hatte seinen kleinen Bruder Francis mitgenommen. Athelstan war zurückgekehrt, Francis nicht. Seinen Eltern hatte es das Herz gebrochen, und nur der Pater Prior hatte Athelstan vor der ganzen Härte des dominikanischen Gesetzes bewahren können. Athelstan hatte sein Studium beendet, seine Gelübde abgelegt und war zum Priester geweiht worden. Dann hatte man ihn zur Arbeit in die stinkenden Gassen der Londoner Elendsviertel entsandt.

Alcuin hörte ein Geräusch und hob den Kopf. Er spähte im dunklen Gotteshaus umher, sein Blick wanderte schnell über die großen Statuen der Apostel in ihren Nischen. Hier konnte niemand sein. Er hatte in der stillen Zeit zwischen Vesper und Komplet allein sein wollen, um nachzudenken und zu beten. Alcuin rieb sich das Gesicht, und wieder hob er den Kopf und starrte hinauf zum Kruzifix. Das bot dem Mörder, der sich von hinten angeschlichen hatte, die Gelegenheit, die Sehne der Garotte um Alcuins mageren, faltigen Hals zu schlingen. Ein paar Augenblicke lang wehrte sich der Sakristan heftig, aber die Schlinge wurde enger gezogen, und während ihm noch das eigene Blut in den Ohren pochte, starb Alcuin. Er hatte nicht mehr schreien, kein Gebet sprechen und auch nicht den Namen seines Freundes Athelstan flüstern können.

An der Ecke der stinkenden Gasse gegenüber von St. Erconwald stand auch jemand und starrte zum ernsten, düsteren Berg des Kirchengebäudes hinüber. Auch er dachte an vergangene Sünden und an Gottes bevorstehende Rache und Gerechtigkeit. Der Beobachter hielt sich dicht an der urinbesudelten Wand. Er achtete nicht auf den Bettler, der hinter ihm wimmerte, und trat hin und wieder von einem Fuß auf den anderen, wenn Ratten aus den Mauerritzen hervorschlüpften, um zwischen übelriechenden Haufen von Kot und Abfall zu jagen.

Aus einem Fenster weiter oben in der Gasse hörte man ein junges Mädchen singen; die klare, süße Stimme wollte nicht zu der stinkenden Gasse passen und schien dem Beobachter in der Dunkelheit überaus unangemessen. Der Mann lehnte sich an die Mauer. Es war ein bittersüßes Lied, das Erinnerungen an die Vergangenheit heraufbeschwor, Erinnerungen vor allem an eine geheime Sünde. Doch er hatte getan, was in seiner Macht stand: Hunderte Wachskerzen hatte er vor den Heiligenfiguren in der Kathedrale von St. Paul angezündet, er war zu Beckets Grab nach Canterbury gepilgert, um sich dort zu Boden zu werfen, und er hatte den Armen reichlich Geld gegeben. Er war sogar zu Leuten gegangen, die sich mit der Schwarzen Kunst befaßten, Kreaturen der Nacht mit Zauberbüchern in geheimen, luftlosen Kammern. Er hatte eine Münze unter die Zunge eines Gehängten geschoben und, den Anweisungen des Zauberers folgend, zwei Nächte unter dem Schafott verbracht und dem Herrn der Finsternis ein Lied gesungen, auf daß sein Geheimnis verborgen bleibe.

Der Beobachter starrte hinauf zum Kirchturm von St. Erconwald. Das Blitzen reflektierten Lichts verriet ihm, daß Pfarrer Athelstan mit seinem Fernrohr und den Tierkreiskarten dort oben war, den Himmel befragte und in dieser milden Sommernacht darauf wartete, daß der Abendstern erschien. Der Beobachter bewegte sich. Wahrlich, die Schrift hatte recht: Die Sünde verfolgte den Sünder stets. Er fühlte, wie sie herankroch, ein abscheuliches Wesen, das sich hinter ihm durch die Gassen wälzte. Er roch ihren Atem, fühlte ihre kalten Klauen in seinem Nacken, und dennoch – was konnte er tun? Ein Geständnis bedeutete den Galgen; aber Schweigen würde den furchtbaren Tag nur aufschieben. Er schaute zur Kirche hinüber, zum Hause Gottes und zum Tor des Himmels. Aber für den Beobachter in der Dunkelheit stank auch die Kirche nach alter Sünde.

EINS

Sir John Cranston, der große, dicke, offenherzige Coroner der Stadt London, ließ sich auf seinem hochlehnigen Stuhl zurücksinken und nippte genüßlich an einem juwelenbesetzten Becher, randvoll mit dem Besten, was die Weinberge von Bordeaux hervorbringen konnten. Er rülpste sanft und strahlte in die Runde. Fackeln aus reinem Harz und große Wachskerzen erleuchteten die Halle. Pagen in der Livree des Herzogs von Lancaster, John von Gaunt, standen an den Wänden und hielten ebenfalls Fackeln in den Händen, so daß der Raum trotz der Dunkelheit draußen strahlte und funkelte wie an einem Sommertag.

»Wahrhaft wundervoll«, murmelte Cranston.

John von Gaunts Haupthalle hier im Savoy-Palast an der Themse war ebenso reich und üppig ausgestattet wie die im päpstlichen Palast in Avignon oder das Gemach eines großen italienischen Fürsten – wie etwa dem, den Gaunt bei diesem prachtvollen Bankett bewirtete. Goldbrokat, dick und mit silbernen Fäden bestickt, bedeckte jeden Zoll der Wand unter der Stichbalkendecke. Das Glas der Fenster war vielfältig gefärbt, und jede Scheibe schmückte eine Geschichte aus der Bibel oder aus der klassischen Mythologie. Ein gelb-schwarzer türkischer Teppich aus reinster Wolle bedeckte den Boden von Wand zu Wand. Die Tafeltücher waren aus Seide, und jeder Teller, jeder Kelch aus edlem Metall. Kein Wunder, daß John von Gaunt, Herzog von Lancaster und Regent des Reiches, solange sein Neffe, Richard II., noch ein Knabe war, ausgewählten Bewaffneten befohlen hatte, sich diskret in der Halle zu verteilen, je einer zur Beobachtung jedes Gastes; der Herzog duldete keinen Dieb in seinem Haushalt. Gaunt hatte dieses Bankett veranstaltet, um seine Pracht zu demonstrieren und den Fürsten von Cremona zu unterhalten, nicht um Dieben und Schurken, die sich in jedem Palast herumtrieben, leichte Beute zu gewähren.

Cranston rülpste noch einmal und klopfte sich auf den mächtigen Wanst. Seine Frau, Lady Maude, hatte vor kurzem zwei prächtige Knaben entbunden, Francis und Stephen. Cranston war vom Regenten in seinem Amt als Coroner bestätigt worden, und jener hatte ihn eingeladen, bei diesem Bankett zu seiner Rechten zu sitzen, eine außerordentliche Ehre für einen Friedensrichter.

»Ich wünschte, Lady Maude könnte mich jetzt sehen«, brummte Cranston. Aber die Einladung hatte nicht auch seiner braven Frau gegolten. Nicht daß sie das gestört hätte.

»Gott verzeih mir, Sir John«, hatte sie gesagt, »aber ich kann den Herzog von Lancaster nicht leiden. Er hat Augen wie eine Schlange – tot und kalt. In seinem Ehrgeiz ist er wie Luzifer, und ich fürchte für den jungen König.«

Sir John war überrascht gewesen. Lady Maude war eine umsichtige Frau. Sie behielt ihre Gedanken für sich, aber wenn sie sprach, waren ihre Worte wie wohlgezielte Pfeile, die geradewegs ins Ziel trafen. Cranston rutschte unbehaglich hin und her; er stellte seinen Becher auf den Tisch und wandte sich nach links. Gaunts gelbliches Gesicht mit dem säuberlich gestutzten Bart wirkte zufrieden, während er unter schweren Lidern die Herrlichkeit seiner Halle betrachtete. Links neben Gaunt saß der junge König. Der Junge, dachte

Cranston, sieht aus wie ein Engel mit seinem blassen Gesicht, den klaren blauen Augen, den empfindsamen Zügen und dem schulterlangen blonden Haar. Der junge König schien dem dunkelbärtigen, braungesichtigen italienischen Fürsten, der zu seiner Linken saß, aufmerksam zu lauschen. Cranston lehnte sich wieder zurück und warf einen Seitenblick auf den Italiener; der Mann war berühmt für seinen verschlagenen Scharfsinn, der ihn reich wie Krösus und seinen kleinen Stadtstaat zu einer der großen Mächte Italiens gemacht hatte.

Der Fürst von Cremona beherrschte Banken, Häfen, fruchtbare Weingärten, Felder und Gutshäuser. Seine Schiffe reisten von der Adria bis zum sagenhaften Konstantinopel und zu den goldenen Gestaden von Trezibond. Cranston wußte, warum er in England war. Die englische Staatskasse war leer. Das Parlament war aufsässig; unter den Bauern brodelte die Unzufriedenheit derart, daß die Steuereintreiber nicht mehr wagten, ohne starke Militäreskorte in ein Dorf einzuziehen. Gaunt hatte Cremona nach England eingeladen, um ein Darlehen bei ihm aufzunehmen, und infolgedessen in seiner üppigen Gastlichkeit nicht geknausert. Prunkwagen hatten ihn in Southampton begrüßt; Gaunt und seine Brüder, in reinen Goldbrokat gekleidet, hatten ihn nach London geleitet, wo er mit immer prachtvolleren Schauspielen, farbenfrohen Spektakeln, Banketten und Reden begrüßt worden war. Das alles mochte Cremona beeindruckt haben, aber den Unwillen in der Stadt hatte es nur verstärkt. Die Londoner sahen, daß Gaunt mehr Macht auf sich vereinte als jeder Kaiser, Papst oder König.

Cranston griff nach seinem Becher und schlürfte geräuschvoll; er genoß es, wie der Wein mit seinem körperreichen Geschmack seinen Mund mit Süße erfüllte. Aber seine gute Laune begann zu schwinden. Sollte er sich an dieser Prasserei beteiligen? Und weshalb hatte Gaunt ihn eigentlich eingeladen? Cranston rutschte unruhig hin und her. Das Bankett war vorbei, und was für ein Mahl war es gewesen! Schwan, Hirsch, Eberbraten, Rindfleisch und Kalb, Fisch aus dem Fluß, Neunaugen, in Sahnesauce gekocht, Marzipan sowie Aspik, in die außergewöhnlichsten Formen gegossen und geschnitten. Gaukler waren gekommen und gegangen, Akrobaten, Feuerschlucker und Zwerge, die alle zum Lachen gebracht hatten. Die Musikanten auf der Galerie am hinteren Ende der Halle waren inzwischen fast eingeschlafen und der Knabenchor mit den klaren Stimmen längst entlassen. Cranston riß sich zusammen und schaute durch die Halle mit den zwei nebeneinander verlaufenden Tafeln. Nicht mehr als sechzig der großen Lords waren bei diesem Bankett zugegen. Wieso gehörte er zu dieser erlesenen Schar?

Vor dem Bankett hatte Gaunt dem italienischen Fürsten von Cranstons Geschick bei der Aufklärung berüchtigter Mordfälle erzählt.

»Ist kein derartiges Problem unlösbar für Euch?« hatte Cremona gefragt.

»Keines!« hatte Cranston sich trunken gebrüstet und dabei strahlend zu den gaffenden Umstehenden hinübergeschaut. Jetzt begann Sir John, seine eitle Angeberei zu bereuen.

»Sir John, Ihr fühlt Euch wohl?«

Cranston drehte sich um. Gaunt schaute ihn forschend an, als bemühe er sich, Cranstons Verfassung zu erkunden.

»Mylord, ich bin glücklich, hier zu sein«, antwortete Sir John. »Ihr erweist mir eine große Ehre.«

Er und Gaunt schauten plötzlich an das andere Ende der Halle, wo Tumult ausgebrochen war, weil eine große Ratte, von einem Greyhound aufgescheucht, auf den Tisch gehuscht war. Die Gäste sprangen aufgeregt von ihren Plätzen und stachen mit ihren Messern auf das Nagetier ein, bis es vom Tisch herunter in die Fänge eines wartenden Hundes sprang. Die Meute geriet in Aufruhr und wurde erst von Jägern beruhigt, die mit Peitschen die Hunde und ihre zerfleischte Beute hinaustrieben.

»Genug ist genug«, flüsterte Gaunt.

Er stand auf und winkte den Herolden, die auf der Galerie standen; diese hoben ihre silbernen Trompeten und ließen drei langgezogene Fanfaren ertönen. Das Getöse in der Halle verstummte. Alle Blicke richteten sich auf Gaunt.

»Euer Gnaden ...«

Gaunt nickte seinem versteinert blickenden Neffen kaum merklich zu.

»... mein Fürst von Cremona und Ihr, meine Freunde und Gäste; wir sind am heutigen Tag bei unserem bescheidenen Mahl geehrt durch die Anwesenheit eines der großen Herrscher Italiens – Signor Gian Galeazzo, Fürst von Cremona und Herzog der umliegenden Gebiete.«

Gaunt hielt inne, um den plätschernden Applaus zuzulassen, ehe er ihn mit einer Bewegung seiner beringten Hand wieder zum Schweigen brachte.

»Doch der Fürst von Cremona hat ein Problem, das er uns mitteilen möchte. Ein großes Geheimnis, das niemand zu lösen vermag. Und deshalb habe ich den edlen Coroner unserer Stadt um seine erhabene Anwesenheit gebeten: Sir John Cranston.«

Gaunt hielt inne, und Cranston warf einen raschen

Blick in die Runde. Er sah unterdrücktes Lächeln, Grinsen hinter vorgehaltener Hand, und er spürte, daß eine Falle auf ihn wartete. Gaunt war nicht sein Freund; er tolerierte ihn, aber mochte ihn nicht, denn der Coroner hatte keine Zeit für die Stutzer und Gecken am Hofe des Regenten, die den Reichtum des Volkes vergeudeten für ihre weichen, weißen Leiber. Gleichwohl lächelte Cranston jetzt und nickte zu den Worten Gaunts. Wachsam wartete er auf das, was kommen sollte.

»Sir John Cranston«, fuhr Gaunt fort, »ist in der Stadt und bei den Gerichten wohlbekannt für seine deduktive Vernunft, seine feinsinnigen Fragen, sein rücksichtsloses Aufspüren der Verbrecher und seine Geschicklichkeit bei der Lösung faszinierender Geheimnisse. Der Fürst von Cremona hat ein solches Geheimnis, an dem die hellsten Köpfe und die besten unter den forschenden Gehirnen an den Höfen Europas gescheitert sind.« Gaunt machte eine Pause, und Cranston merkte, wie still es in der Halle geworden war. »Der Fürst von Cremona«, fuhr Gaunt fort, »hat eintausend Goldkronen darauf gewettet, daß niemand dieses Geheimnis lösen kann. Mylord Coroner ...« Gaunt wandte sich halb Cranston zu. »Wollt Ihr die Wette annehmen?«

Cranston starrte ihn sprachlos an. Eintausend Goldkronen, das war ein Vermögen! Wenn er die Wette einging und verlor, war er ein armer Mann. Wenn er aber ablehnte, würde man ihn als Feigling verspotten. Wenn jedoch das Geheimnis des Fürsten von Cremona so verzwickt war, war seine Chance, ein solches Vermögen zu gewinnen, sehr gering. Cranston lächelte, während ihm die verschiedenen Möglichkeiten in Windeseile durch den Kopf gingen. Wenn Lady Maude doch nur hier wäre. Vor allem aber fehlte ihm Athelstan: Der Mönch hätte irgendeinen ehrenhaften Ausweg gewußt. Aber jetzt hatte Cranston keine Wahl. Was konnte er tun – seine früheren Prahlereien in aller Öffentlichkeit zurücknehmen?

»Mylord Cranston«, wiederholte Gaunt, »nehmt Ihr die Wette an?«

Cranston trank schlürfend aus seinem Weinbecher. »Selbstverständlich«, erwiderte er kühn, und eine Woge von Jubel, gutmütigen Spottrufen und Anfeuerungen erhob sich. Schwerfällig erhob sich der Coroner und verfluchte insgeheim den schweren Wein, der in seinen Adern strömte und seinen Verstand stumpf machte. Schließlich war er Cranston. Weshalb sollte er vor diesen Trotteln, diesen Weibern in Männerkleidern, das Gesicht verlieren? Er war Sir John Cranston, Coroner der Stadt London, Gatte der Lady Maude, Vater von Francis und Stephen. Er hatte Festungen gegen die Franzosen gehalten und allein so manchen Gegner angegriffen.

»Kein Geheimnis«, brüllte er, »übersteigt meine Verstandeskraft! Wenn ein Problem existiert«, fügte er hinzu und zitierte seinen Gehilfen Athelstan, »dann ist es logisch, daß auch eine Lösung existieren muß.«

»Das bestreitet niemand.« Gaunt schlug ihm auf die Schulter und drückte ihn sanft wieder auf seinen Stuhl. Der Coroner sah das verschlagene Lächeln des Regenten, den mitleidigen Blick des jungen Königs und das triumphierende Blitzen in den Augen Cremonas.

»Ist die Lösung denn bekannt?« fragte Cranston.

»Natürlich«, antwortete Cremona. »Wie es Brauch ist, werde ich eine Person auswählen – zum Beispiel Seine Gnaden, den König. Wenn Eure Theorie falsch ist, wird man ihm, nachdem er feierlich Stillschweigen gelobt hat, einen Teil der Lösung offenbaren.« Cremona lachte. »Allerdings hat noch niemand eine Lösung angeboten – nicht einmal eine falsche.«

Gaunt wandte sich an den italienischen Edelmann. »Mylord«, sagte er seidig, »Ihr habt die Herausforderung ausgesprochen, und Sir John hat den Handschuh aufgehoben. Wir warten mit angehaltenem Atem auf Euer Geheimnis.«

Galeazzo, Fürst von Cremona, schob seine seidenen Ärmel zurück und stand auf; seine Gewänder umwallten ihn und verströmten einen zarten, köstlichen Duft, der in England unbekannt war.

»Euer Gnaden, mein König, Mylord Lancaster und Ihr anderen edlen englischen Lords und Barone – die üppige Gastlichkeit meines Gastgebers hat uns tief beeindruckt und wird nie vergessen werden.«

Galeazzo stützte sich auf den Tisch, warf Cranston einen bedeutsamen Blick zu und schaute dann in die Halle. Seine Rede war makellos, wenngleich seine milde Stimme von einem leichten Akzent gefärbt war.

»Ich will Eure Zeit nicht verschwenden. Es ist schon spät, und wir haben alle viel getrunken.« Er bewegte die Hände, und das strahlende Licht ließ die Ringe an seinen Fingern blitzen wie Sterne. »Sir John Cranston hat meine Wette angenommen, die Herausforderung, ein Problem zu lösen, das noch niemand hat ergründen können – nur ich allein, und ich habe die Lösung niedergeschrieben und das Dokument versiegelt. Ärzten in Paris habe ich das Problem vorgelegt, Rechtsanwälten in Montpellier und Professoren in Köln und in Nantes. Doch ohne Erfolg.« Galeazzo hielt inne und holte tief Luft. »Vor vielen Jahren besaß meine Familie ein Herrenhaus in der Nähe von Cremona – ein großes, dreistöckiges Gebäude von hohem Alter und unheimlichem Ruf. Einmal, als Kind, verbrachte ich die Weihnachtszeit dort bei meiner alten Tante, der Eigentümerin.« Lächelnd schaute er sich in der Gesellschaft um. »Wo es auch sein mag, und in welchem Ruf der Ort auch steht – wenn das Weihnachtsscheit im Kamin brennt und wir Italiener die Geburt Christi feiern, dann wird am Abend ein Bankett veranstaltet.« Er lachte. »Nicht so üppig wie dieses hier, aber wie es der Brauch will, muß jeder Gast, wenn erst der Weinkrug die Runde macht, eine Geistergeschichte erzählen.

Ich erinnere mich gut an jenen Abend. Es war das kälteste Weihnachtsfest seit Menschengedenken. Ein beißender Nordwind trieb den Schnee in Böen von den Alpen herunter, und die Villa war durch tiefe Schneewehen und vereiste Straßen völlig abgeschnitten. Dennoch, wir hatten warme Feuer und reichlich zu essen, und wir feierten in dieser Zeit der Schatten. Draußen war kein Laut zu hören, nur das Seufzen des Windes und das unheimliche Heulen der Wölfe, die zur Jagd von den Bergen herabkamen.«

Galeazzo verstummte und schaute in die Runde. Cranston bewunderte sein Geschick: Die Zuhörer waren sich der prunkvollen Halle und des englischen Sommerabends nicht mehr bewußt; alle dachten an ein einsames, gespenstisches Landhaus im fernen Cremona. Trotzdem war der Coroner unruhig und besorgt. Er wünschte, der italienische Edelmann würde endlich zur Sache kommen, damit sein eigener listiger Verstand sich dem dargebotenen Problem widmen könnte.

»Als das Geschichtenerzählen zu Ende war, wurde meine ehrwürdige Tante von einem der Gäste ausgefragt: Ob es in diesem Haus nicht Gespenster gebe? Erst wollte sie nicht antworten, aber als die Gäste darauf beharrten, erzählte sie von der scharlachroten Kammer – einem Raum unter dem Dach, den man verriegelt und verrammelt hatte, weil jeder, der dort schlief, eines gewaltsamen, geheimnisvollen Todes starb.« Galeazzo machte eine Pause und trank aus einem perlmuttverzierten Kelch.

»Mylords, Ihr könnt Euch denken, was geschah. Alle waren voll des Weines und brannten vor Neugier, die befriedigt werden mußte. Um es kurz zu machen: Meine Tante wurde bedrängt, den Gästen das Gemach zu zeigen. Diener wurden herbeigerufen, Fackeln entzündet, und dann führte meine Tante uns aus der Halle und die große Holztreppe hinauf. Ich war noch ein kleiner Junge und blieb unter all den anderen unbemerkt. Nun, ich wußte, daß das oberste Stockwerk des alten Hauses immer verschlossen war, aber jetzt öffneten die Dienstboten Schlösser und nahmen Ketten ab, und meine Tante führte uns eine kalte, steile Treppe hinauf.« Er hörte auf zu reden und schüttelte den Kopf. »Ich werde nie vergessen, wie die Ratten quiekend davonwieselten und das Mondlicht auf die Stäubchen in der Luft schien. Wir erklommen die Treppe und bogen um die Ecke. Die Gäste wimmelten durcheinander, und in ihrer Erregung schwang jetzt auch Angst, denn es war furchtbar kalt und dunkel. Diener eilten voraus und zündeten die Fackeln an, die an den Wänden befestigt waren; der Korridor erwachte zum Leben, und aller Augen richteten sich auf die Tür an seinem Ende. Verriegelt und mit Ketten und Vorhängeschlössern gesichert, zog sie uns an wie ein furchtbarer Fluch.« Wieder verstummte Galeazzo, nahm einen Schluck Wein und lächelte Cranston kurz an.

»Die Tür wurde aufgeschlossen, und wir betraten eine kleine, vollkommen quadratische Kammer. Ein Tisch stand da, ein Schemel, ein Kamin, ein kleines

Gitterfenster war in der gegenüberliegenden Wand, aber beherrscht wurde die Kammer von einem großen, vierpfostigen Bett. Als meine Tante befahl, Fackeln anzuzünden und Kerzen hereinzubringen, stockte uns der Atem. Wahrhaft lodernd erwachte der Raum zum Leben. Glaubt mir, alles – der Fußboden, die Decke, die Wände, der Teppich, das Bett – war leuchtend scharlachrot, wie mit frischem Blut getränkt.« Galeazzo brach ab, beugte sich vor und wählte eine Weintraube aus einer Schale.

»Das Geheimnis!« schrie einer der Gäste. »Was ist mit dem Geheimnis?«

Cranston schaute über den Tisch. Gaunt saß zusammengesunken da, die Augen halb geschlossen, und ein leises Lächeln spielte auf seinem Gesicht, als wisse er schon, was als nächstes kommen würde. Der junge König saß wie jedes Kind mit runden Augen und offenem Mund da. Aber Galeazzo war ein geborener Geschichtenerzähler und spielte noch ein Weilchen mit seinem Publikum. Langsam kaute er auf seiner Weintraube.

»Jetzt«, sagte er, »beginnt das Geheimnis. Einer der Gäste forderte meine Tante heraus. Er erklärte, er werde eine Nacht in dieser Kammer verbringen, vollbewaffnet. Er werde nichts zu trinken und nichts zu essen mitnehmen. Eine gründliche Durchsuchung ergab, daß keine geheimen Gänge oder Falltüren vorhanden waren. Danach wurde das Zimmer gereinigt und das Bett mit frischen Kissen und Leintüchern versehen. Kohle wurde heraufgebracht, und man zündete im Kamin ein Feuer an. Wir alle überließen den jungen Mann, diesen überaus törichten jungen Mann der Nacht und seinem Schlummer.

Der nächste Morgen zog wolkenlos herauf; die Sonne

schien, und leichtes Tauwetter setzte ein. Also zogen wir vor dem Frühstück alle hinaus, denn in der Gegend von Cremona ist Schnee ein seltenes Phänomen. Wir unternahmen einen munteren Spaziergang, und jemand fragte, wie es wohl dem jungen Mann ergehen mochte. Wir wußten, daß die scharlachrote Kammer sich an der Vorderseite des Hauses befand, und als wir hinaufschauten, sahen wir, daß er zu uns herunterstarrte. Wir winkten und gingen wieder ins Haus. Erst als wir gefrühstückt hatten, fiel uns auf, daß der junge Mann immer noch nicht erschienen war. Diener wurden zu der Kammer hinaufgeschickt. Kurz darauf kam einer von ihnen zurück; sein Gesicht war weiß und seine Augen voller Grauen. Er schrie, meine Tante solle kommen, und wir alle folgten ihnen. Wir betraten das scharlachrote Gemach. Das Feuer im Kamin war erloschen. Im Bett hatte jemand geschlafen, aber der junge Mann stand am Fenster.

Ich lüge nicht, Ihr Herren: Der Mann war tot. Er stand mit offenem Mund und starren Augen da, wie wir ihn von unten gesehen hatten. Er hatte versucht, das Fenster zu öffnen, und die Fingernägel tief in den Rahmen gegraben. Ich kann nur sagen, Ihr Herren, sein Gesicht drückte abgrundtiefes Entsetzen aus. Einer der Gäste, ein Arzt, bestätigte, daß etwas Böses, etwas Furchtbares, das Herz des jungen Mannes vor Angst hatte stehen lassen.«

Galeazzo war am Ende; er wandte sich Sir John zu. »Ihr habt alles verstanden, Lord Coroner?«

»Ja, Mylord.«

»Ihr habt Fragen?«

»War das Zimmer in Unordnung?«

»In keiner Weise!«

»Gab es irgendwelche Geheimgänge oder Tunnel?«

Cranston stellte seine Fragen mit lauter Stimme, damit jeder in der Halle sie hören konnte, und Galeazzo antwortete in gleicher Weise. Der Italiener wandte sich der versammelten Gesellschaft zu und winkte.

»Ich schwöre bei der Ehre meiner Mutter, niemand hat diesen Raum betreten. Es gab keine verborgenen Türen oder Fenster. Es wurde nichts zu essen und nichts zu trinken serviert. Die Kohlen kamen aus dem Keller, und die Kerzen, die der junge Mann mit in die Kammer nahm, hatten vorher unten in der Halle gebrannt.«

Cranston starrte ihn ungläubig an und wünschte sich wieder einmal Athelstan her.

»War es ein Dämon, irgendein böser Geist?«

»Ah!« Galeazzo, Fürst von Cremona, wandte sich an die Halle. »Mylord Coroner fragt, ob die Kammer vielleicht von irgendwelchen Dämonen besessen war. Meine Tante befürchtete das und schickte nach einem heiligen Priester aus der nahen Kirche, damit er den Raum segne und exorziere. Der ehrwürdige Pfarrer kam gegen Ende des Tages. Er versah jede Ecke des Raumes mit seinem Segen und einem Exorzismus, aber ohne sichtbares Resultat. Also ließen wir ihn dort; er sagte, er werde beten, und verschloß die Tür hinter uns.«

Galeazzo drehte sich um und lächelte, als er Cranstons Gesicht sah. »Mylord Coroner, Ihr ahnt sicher schon, was als nächstes geschah. Erst am späten Abend bemerkte meine Tante, daß der ehrwürdige Pfarrer nicht wieder herausgekommen war; also brachen Diener die Tür auf und fanden den Priester tot am Boden – und in seinem Gesicht lag der gleiche Ausdruck des Grauens wie auf dem des jungen Mannes, der am Morgen gestorben war.« Galeazzo hielt inne, um sich in den *Ohs* und *Ahs* seiner Zuhörer zu sonnen.

Gaunt befingerte seine Unterlippe; der junge König hatte seinen verhaßten Onkel inzwischen ganz vergessen und beobachtete den italienischen Edelmann aufmerksam.

»Mylord«, rief er jetzt mit schriller Stimme, »was geschah dann?«

Galeazzo lächelte. »Meine Tante gab sich damit nicht zufrieden. Sie ließ zwei aus ihrem Gefolge kommen, abgehärtete Kriegsmannen, der eine ein guter Schwertkämpfer, der andere ein Armbrust-Experte aus Genua. Mit Gold wurden sie dazu überredet, eine Nacht in der Kammer zu verbringen, und bezogen noch am selben Abend Posten. Die Tür blieb unverschlossen, denn man hatte sie aufbrechen müssen, um den Leichnam des Priesters zu entdecken. Der Schwertkämpfer schlief auf dem Stuhl, der Genuese im Bett. Mitten in der Nacht wurden wir alle von einem schrecklichen Schrei geweckt.

Diesmal durfte ich nicht mitkommen, aber später erzählte mir meine Tante: Als sie die scharlachrote Kammer betrat, fand sie den Schwertkämpfer am Boden; ein Armbrustbolzen hatte sich tief in seine Brust gebohrt, und der Genuese, der seine Waffe noch immer umklammert hielt, lag hingestreckt neben ihm. Er war tot, genau wie die anderen, aber etwas Böses in diesem Raum, eine dämonische Macht, schloß meine Tante, hatte diesen Soldaten gezwungen, seinen Kameraden zu ermorden, bevor er selbst zugrundegegangen war.«

Unvermittelt klatschte Galeazzo in die Hände. »Meine Tante hatte getan, was in ihrer Macht stand. Die Toten wurden fortgebracht, Messen gelesen und die scharlachrote Kammer wurde wieder verschlossen und verriegelt. Die Jahre vergingen, ich wuchs zu einem jungen Mann heran. Dann, eines Tages, hörte ein Archivar aus einem Kloster in der Nähe von der schrecklichen Geschichte. Er bat meine Tante um eine Audienz und erklärte, er könne das Geheimnis um die scharlachrote Kammer lösen.« Galeazzo zuckte die Achseln. »Euer Gnaden, liebe Gäste, weiter kann ich nicht berichten.« Er schüttelte den Kopf, als die Gäste zornig murrten; sie fühlten sich um eine gute Geschichte betrogen. »Den Rest überlasse ich dem feinsinnigen Verstand des Lord Coroner.« Er schaute Cranston geradeheraus an. »Sir John, habt Ihr noch Fragen?«

Cranston schüttelte ungläubig den Kopf. »Vier Menschen starben in diesem Raum, und niemand war hineingekommen? Man hatte ihnen weder Speise noch Trank gebracht? Und als sie zu zweit waren, hat der eine den anderen ermordet?«

Galeazzo lächelte und nickte.

»Unglaublich!«

»Mylord Coroner«, erklärte Cremona so laut, daß alle ihn hören konnten, »was ich Euch erzähle, ist die Wahrheit!«

Plötzlich sprang der junge König auf. »Die Herausforderung ist ausgesprochen und angenommen!« rief er mit heller Stimme. »Aber, lieber Onkel und Mylord von Cremona, Gerechtigkeit muß sein. Wieviel Zeit hat Sir John, dieses Geheimnis aufzuklären?«

»Zwei Wochen«, antwortete Galeazzo. »Heute in zwei Wochen werde ich in diese Halle zurückkehren, und Sir John muß seine Lösung präsentieren.«

Cranston lächelte den jungen König an, der ihn öffentlich unterstützte. »Woher soll ich wissen, daß die Lösung, die ich vorschlage, die richtige ist? Nichts für ungut, Mylord, aber es kann ja sechs Lösungen geben, die alle richtig sind.«

Galeazzo streichelte seinen seidigen schwarzen Schnurrbart. »Nein, Sir John«, murmelte er und wandte sich fingerschnippend an einen Gefolgsmann, der hinter ihm stand. »Die Dokumente!«

Der Knappe reichte sie herüber. Eines war eine Pergamentrolle, die Galeazzo an Cranston weitergab.

»Eine Darstellung des Geheimnisses. Darin findet Ihr, was ich berichtet habe.« Er hob ein viereckiges Stück Velin in die Höhe, das mit vier purpurroten Wachsklecksen versiegelt war. »Hier ist die Lösung.« Cremona reichte das Dokument dem König. »Euer Gnaden, ich vertraue sie Eurer Obhut an, damit der Verdacht auf falsches Spiel gar nicht erst aufkommen kann.«

Beifälliges Murmeln erhob sich. Der junge König klatschte entzückt in die Hände, und Gaunt grinste Cranston an.

»Zwei Wochen, Mylord Coroner«, knurrte Gaunt und packte Cranston beim Arm. »Keine Sorge, Sir John. Wenn Ihr die Wette verliert, werde ich die Schuld bezahlen.«

Cranston begriff, in was für eine schreckliche Falle er getappt war, und sein Gesicht wurde lang. Es ging nicht bloß um den Verlust des Goldes oder die Schmach der verlorenen Wette – und verlieren würde er, das war klar –; aber Gaunt hatte das Ganze als raffiniertes Mittel benutzt, um seinen italienischen Gast zu erfreuen und, was wichtiger war, sich den Coroner zu verpflichten. Cranstons Wort hatte Gewicht beim Bürgermeister, bei den Sheriffs und den führenden Abgeordneten der Stadt London. Der Coroner war ein Mann, der wegen seiner Integrität und unverhohlenen Kritik am Hof geachtet wurde. Wenn er Gaunts Geld annähme, stände er in der Schuld des Regenten, und binnen eines

Jahres würde jedermann ihn für Gaunts Kreatur halten. Cranston kochte innerlich vor Wut. Er mußte eine vernichtende Antwort herunterschlucken; seine Finger umklammerten die Tischkante, bis sie weh taten, und er war taub für die Gespräche ringsum. Er sah dem Regenten in die Augen, hielt seinem Blick stand und holte tief Luft.

»Mylord Lancaster, ich danke Euch für Eure Großzügigkeit, aber ich werde Euer Geld nicht brauchen. Ich werde das Geheimnis lösen.«

Gaunt lächelte und tätschelte seinen Arm.

»Natürlich, Sir John. Und es wird mir eine Freude sein, Eure Lösung zu hören.«

Gaunt wandte sich ab und begann ein Gespräch mit seinem jungen Neffen. Cranston konnte nur dasitzen, kochend vor Wut über sich selbst und die Gerissenheit des Fürsten.

Eine Stunde später endete das Bankett. Cranston ließ sich von einem Pagen seine Biberpelzmütze und den wollgefütterten Mantel geben und stapfte durch die Straßen zur nächsten Schenke. Dort verlangte er einen Tisch für sich allein, zwei gute Kerzen und den größten Krug Ale, den die Taverne aufzubieten hatte. Eine Stunde lang las er immer wieder die Darstellung des Geheimnisses, die Cremona ihm gegeben hatte, und je häufiger er sie las, desto tiefer wurde seine Niedergeschlagenheit. Voll von Ale und Selbstmitleid verließ er schließlich die Schenke und machte sich trübselig auf den Heimweg. Nicht einmal die Aussicht auf Maudes liebes Gesicht oder seine beiden Kleinen, Francis und Stephen, konnte seine finstere Stimmung heben.

Bruder Athelstan stand früh auf. Es war eine klare Nacht gewesen, und er hatte mit Vergnügen den Himmel studiert, während Bonaventura, der zunehmend fette Kirchenkater, neben ihm hockte und ihn neugierig beäugte. Nachher hatte Athelstan sein Teleskop und die Sternenkarten in die einzige verschließbare Kiste im kleinen Pfarrhaus gelegt und war dann hinüber nach St. Erconwald gegangen, um, immer noch begleitet von Bonaventura, die Vesper zu beten. Danach war er wieder nach Hause gegangen, um ein wenig helles Bier zu trinken und ein Stück Brot, mit Honig bestrichen, zu essen, Bonaventura seine Milch zu geben und zu Bett zu gehen.

Bruder Athelstan war zufrieden mit sich; leise sang er ein Lied aus Kindertagen, während er sich wusch, rasierte und sein schwarzweißes Gewand anlegte. Der getreue Bonaventura reckte sich neben ihm, gähnte und leckte sich den Schnurrbart mit seiner kleinen rosaroten Zunge in hoffnungsvoller Erwartung eines Tellers Fisch und eines Schälchens Milch. Athelstan zog das kleine Handtuch glatt und legte es über den hölzernen Waschständer; er bückte sich, streichelte den Kater und kraulte ihn sanft zwischen den Ohren, bis Bonaventura vor Behagen schnurrte.

»Ihr werdet fett, Master Kater. Je länger ich Euch ansehe, desto mehr muß ich an Cranston denken.«

Bonaventura schien zu grinsen und schmiegte sich an ihn.

»Du wirst wirklich fett, Bonaventura«, wiederholte Athelstan. »Ich werde dich heute morgen nicht füttern. Du wirst dir dein Frühstück jagen müssen.«

Athelstan schaute sich in seiner kleinen, kärglich eingerichteten Schlafkammer um. Er strich die Roßhaardecke über dem Bettgestell glatt, kippte sein Waschwasser zum Fenster hinaus und sprang zurück, als er draußen ein wütendes Grunzen hörte. Er schaute hinaus;

die fette Sau, die Ursula, der Schweinehirtin, gehörte, spähte zu ihm herauf. Athelstan fluchte leise und warf die Fensterläden zu. Er haßte das verdammte Schwein; es schien eine beinahe dämonische Intelligenz zu besitzen. Sobald der Kohl und das andere Gemüse, das Athelstan sorgfältig aussäte, zu sprießen begann, kam das verfluchte Tier und tat sich daran gütlich.

»Ob Huddle mir wohl einen Zaun bauen würde?« dachte Athelstan und zuckte die Achseln. Dann wiederum – für Huddle hatte er anderes zu tun, und den Raubzügen des Schweins in seinem kleinen Gemüsegarten zum Trotz empfand Athelstan einen sanft wärmenden Triumph. Heute, am sechsten Sonntag nach Ostern im Jahr 1379, würden die Arbeiter mit dem Umbau des Chores beginnen. Sie würden den Lettner abbauen, die gesprungenen, vollgesogenen Steinplatten herausreißen und neue verlegen, sorgfältig behauen und schwarz und weiß gestrichen. Athelstan war es gleich, daß Sonntag war; das war der beste Tag zum Arbeiten und äußerst angemessen für den Beginn eines neuen Versuchs zur Verschönerung des Gotteshauses.

Sein Liedchen summend, vergewisserte er sich, daß die Truhe mit den astrologischen Karten und dem Teleskop fest verschlossen war. Dann ging er die wacklige Treppe hinunter zur Küche. Bonaventura folgte ihm mit hochgerecktem Schwanz so ehrerbietig wie ein Ministrant in der Heiligen Messe. Die Küche war so kahl wie Athelstans Schlafkammer; sie enthielt nur ein paar Schränke, einen Tisch und einige Stühle. Ein kleines Feuer glomm noch im Herd und erwärmte langsam einen Topf mit Suppe, die Athelstan seit Freitag kochte. Benedicta hatte ihm geraten, Fleischbrühe nicht wegzuwerfen, sondern sie zu kochen, zu würzen und ein paar Tage sieden zu lassen, bis sich eine überaus appetitliche Suppe ergäbe. Athelstan, ein hoffnungsloser Koch, war entzückt von den würzigen Düften, die jetzt die Küche erfüllten. Er ging in die kleine Speisekammer, schnitt ein Stück Brot ab und schenkte sich einen Becher verdünnten Wein ein. Bonaventura folgte ihm und blickte flehentlich hoch.

»Keine Milch, Bonaventura«, sagte Athelstan knapp.

Der Kater schnurrte und rieb sich an seinem Bein.

»Also gut«, gab Athelstan nach. Er nahm einen irdenen Krug und goß ein wenig Rahm in eine Schale auf dem Boden. Er bewunderte Bonaventuras schwarze Geschmeidigkeit, als dieser Lord der Gassen, dieser einohrige König der Katzen, zierlich seine Milch aufschleckte. Bonaventura liebt seine Milch, dachte Athelstan, wie Cranston seinen Wein liebt. Der Bruder ging geistesabwesend zurück in die Küche, setzte sich auf einen Schemel und starrte in die ersterbende Glut des Feuers. Wie es dem braven Coroner wohl ergehen mochte? Athelstan hatte mit der Einladung des Regenten ebensowenig anfangen können wie Sir John, denn Cranston war kein Freund der höfischen Partei.

»Hoffentlich ist er vorsichtig«, murmelte Athelstan. Er schaute in seinen Weinbecher und lächelte. Der Coroner hatte einen großen Wanst, einen großen Mund und ein großes Herz, aber Athelstan fürchtete, daß Cranstons unverblümte Ehrlichkeit ihn eines Tages in Gefahr bringen könnte. Er schloß die Augen und sprach ein kurzes Gebet für Cranston und seine Frau, die zierliche, stille Lady Maude, den einzigen Menschen, den Cranston wirklich fürchtete. Athelstan schüttelte den Kopf; es wunderte ihn, daß eine so zerbrechliche Lady derart stämmige Zwillinge wie Francis und Stephen hatte gebären können. Gewiß, sie hatte bei der Entbindung große Schmerzen gelitten und hinterher ein wenig Fieber gehabt, aber jetzt sah Lady Maude jünger aus als zuvor, und Cranston stolzierte umher wie ein Pfau. Der Ordensbruder lachte leise bei sich, als er daran dachte, wie er vor nur wenigen Wochen die Zwillinge in dem kleinen Taufbecken gleich hinter dem Eingang von St. Erconwald getauft hatte. Die Jungen hatten sich die Seele aus dem Leib gebrüllt, und Athelstan hatte nur mühsam ernst bleiben können, denn die beiden glichen einander wie zwei Erbsen aus derselben Schote. Niemand konnte daran zweifeln, daß es Cranstons Söhne waren: rotgesichtig, brüllend, kahlköpfig, rülpsend und furzend, wenn sie nicht gerade nach den großzügigen Brüsten einer inzwischen erschöpft aussehenden Amme heulten. Während der ganzen Zeremonie hatte Cranston, der strahlende Vater, leicht vorwärts und rückwärts geschwankt und hin und wieder ein Schlückchen aus seinem wundersamen Weinschlauch genommen – so genannt, weil dieser anscheinend nie leer wurde. Die Taufe hatte in einem Chaos geendet, als Ursulas Sau in die Kirche gekommen und Bonaventura auf Cranstons Schoß gesprungen war. Cecily, die Kurtisane, hatte eine Ohrfeige von der Frau des Mistsammlers Watkin bekommen, die behauptete, das Weib mache ihrem Mann schöne Augen. Die ganze Zeit hatten Lady Maudes Verwandte und Sir Johns vornehme Bekannte aus der Stadt vor Entsetzen die Mäuler nicht zubekommen und den Mummenschanz begafft, der ihnen vorgeführt wurde.

Dennoch hatte der Tag ein gutes Ende genommen; in Cranstons Garten hinter seinem großen Haus auf der anderen Seite des Flusses war ein kleines Bankett abgehalten worden. Viele Gemeindemitglieder waren eingeladen gewesen, und Athelstan hatte in seinem ganzen

Leben noch nicht so viel gelacht; zur Krönung des Ganzen war Cranston sehr betrunken auf einem Misthaufen eingeschlafen, in jedem Arm ein schlummerndes Baby.

Athelstan schrak hoch, als Bonaventura ihm, lautlos wie ein Dieb, auf den Schoß sprang.

»Na los, Kater«, murmelte er. »Wir müssen die Messe lesen, Gebete sprechen.«

Er griff nach dem kleinen Schlüsselbund, der an seinem Gürtel baumelte, und ging hinaus, um die Kirche aufzuschließen. Die Sau grunzte ihm freundlich zu, als er vorbeikam, und kaute weiter fröhlich seinen Kohl. Bonaventura bedachte das Schwein mit einem verächtlichen Blick und folgte seinem Herrn hinüber zur Kirche. Crim, einer von Watkins, des Mistsammlers, zahlreicher Brut, wartete auf der Kirchentreppe.

»Du willst Meßdiener sein, Crim?«

»Ja, Pater.«

Athelstan schaute das halb gewaschene Gesicht an. Der Junge war ein boshafter Engel, aber heute morgen wirkte er besorgt, ja schuldbewußt, und wollte Athelstan nicht in die Augen sehen. Der Ordensbruder achtete nicht weiter darauf. Schließlich hatten Crims Eltern ständig Streit. Wahrscheinlich hatte es zu Hause Ärger gegeben. Er schloß die Kirchentür auf und ging hinein. Crim und Bonaventura schlüpften hinter ihm herein. Athelstan lehnte sich an den Taufbrunnen und schaute sich beifällig um. Ja, diese bescheidene Pfarrkirche wurde allmählich schön; die Deckenbalken waren verstärkt, das Dach neu gedeckt worden, so daß es den winterlichen Stürmen und Regenfällen widerstanden hatte. Der Boden des Kirchenschiffs war jetzt eben und sauber gefegt, und Huddle, der Maler, ein junger Mann von unbestimmter Herkunft, aber mit einem gottgegebenen Talent für das Malen und Radieren, füllte jede verfügbare Fläche an Wänden und Säulen mit farbenfrohen Szenen aus dem Alten und dem Neuen Testament. Sämtliche Fenster waren jetzt mit Horn- oder Glasscheiben verschlossen, und Athelstan war entschlossen, die Gunst irgendeines mächtigen Wohltäters zu erlangen, der buntes Glas für die Kirche bezahlen würde.

Aber St. Erconwald war mehr als nur ein Haus des Gebets. Hier trafen sich die Gemeindemitglieder, um Geschäfte zu machen oder die großen liturgischen Feste zu feiern. Junge Leute kamen, um sich trauen zu lassen; sie ließen ihre Kinder taufen und sich von ihren Sünden lossprechen, und wenn Gott sie rief, wurden sie im großen Gemeindesarg aufgebahrt und für den letzten Segen vor den Lettner geschoben.

Athelstan trommelte mit den Fingern auf den Holzdeckel des Taufbrunnens und summte die Melodie des Liedes, das er eben gesungen hatte. Anfangs hatte er die Pfarrei gehaßt, denn die schmutzige Kirche hatte ihn abgestoßen; aber mittlerweile hatte er gelernt, sie zu lieben, sie und die bunten Gestalten, die ihn umgaben und sein einsames Leben mit der Dramatik des ihren belebten. Crim war an die Tagträumereien seines Pfarrers gewöhnt; er galoppierte durch das Kirchenschiff wie ein Pferd, und Athelstan erinnerte sich plötzlich an Philomel, das ehemalige Schlachtroß, das jetzt sein Reitpferd und beständiger Gefährte war.

»Gott beschütze uns«, murmelte er. »Der alte Herr wird schon die Stalltür niedertreten!«

Eilig verließ er die Kirche und lief um das Haus herum zu dem kleinen Schuppen, in dem ein Stall für Philomel eingerichtet worden war. Der alte Gaul wieherte und schüttelte den Kopf, als Athelstan erschien, und trat sanft mit dem Huf gegen die Tür. Athelstan gab ihm rasch eine Mischung aus Hafer und Kleie zu fressen und warf ihm ein wenig Heu in den Stall. Seinem schwerfälligen Wiegegang und seinen langsamen Bewegungen zum Trotz hatte Philomel großen Appetit.

Als Athelstan in die Kirche zurückkam, saß Leif, der einbeinige Bettler, auf den Stufen.

»Guten Morgen, Pater.«

»Guten Morgen, Leif. Wie geht es Sir John?«

Der Bettler kratzte sich am Kopf, und sein Pferdegesicht wurde noch ernster.

»Der Lord Coroner ist nicht in guter Stimmung«, antwortete er. »Ich habe ihm erzählt, daß ich zum Betteln über die Brücke wollte, und da schickte er mich mit einer Botschaft her. Er hofft, Euch heute abend zu sehen.«

»Oh verflixt!« murmelte Athelstan.

»Pater«, drängte Leif flehentlich, »ich habe Hunger, und es war ein weiter Weg.«

»Die Haustür ist offen, Leif. Über dem Feuer hängt ein Topf Brühe, und in der Speisekammer ist Wein. Bediene dich.«

Leif brauchte keine zweite Einladung; obwohl er nur ein Bein hatte, sprang er wie ein Windhund auf und lief zum Haus. Athelstan sah ihm nach und dachte an Cranston. Wieder ein Mord? fragte er sich. Oder war es etwas Privates?

»Wen kümmert das?« fragte er den Kater. »Es wird ein schöner Sonntag werden.« Athelstan kniff die Augen zusammen und spähte zum Himmel. Vielleicht wurde es Zeit, daß er den wahren Grund für seine glückliche Stimmung zugab – er war nicht aufgefordert worden, an der Sitzung des Generalkapitels der Dominikaner zu Blackfriars teilzunehmen. Dennoch fühlte er einen feinen Stich des Bedauerns. Schließlich würden ein paar alte Freunde dasein... aber eben auch William de Conches, der Ober-Inquisitor aus Avignon; er würde die Debatte über die neuen Lehren des brillanten jungen Theologen Bruder Henry aus Winchester verfolgen.

»Wenigstens das bleibt mir erspart«, murmelte Athelstan.

»Mit wem redet Ihr, Pater?« fragte Crim und schob den Kopf durch die Kirchentür.

Athelstan zwinkerte ihm zu. »Mit Bonaventura. Vergiß nicht, in dieser Katze steckt mehr, als man auf den ersten Blick sieht.«

Athelstan ging durch das Kirchenschiff und am Lettner vorbei, beugte das Knie vor dem flackernden Ewigen Licht und begab sich in die kleine Sakristei. Er wusch sich noch einmal Hände und Gesicht, klopfte ein bißchen Stroh aus Philomels Stall von seiner Kutte und begann, die goldenen Gewänder anzulegen; die Kirche feierte ja immer noch in der Pracht der Osterzeit.

Er fuhr zusammen, als die Tür an der Rückseite der Kirche krachend aufgestoßen wurde. Doch nicht Cranston? dachte er. Aber es war nur Mugwort, der Glöckner, der in seinen kleinen Alkoven ging und anfing, die Glocke zur Messe zu läuten. Crim sauste wie eine Fliege zwischen Sakristei und Altar hin und her und bereitete alles für die Messe vor. Wasser für das Lavabo, Wein und Hostien für Opferung und Wandlung, das große Meßbuch mit dem entsprechenden Lesezeichen für diesen Tag, ein Tuch, an dem Athelstan sich die Hände trocknen konnte. Auf ein feierliches Kopfnicken des Priesters hin wurden Kerzen zu beiden Seiten des Altars aufgestellt; die Dochte wurden geputzt und angezündet – zum Zeichen dafür, daß die Messe gleich beginnen würde.

Athelstan ging zur Sakristeitür und schaute in die Kirche hinaus. Dies würde das letzte Mal sein, daß er die Messe im alten Chor las. Er hatte die Erlaubnis des Bischofs von London bekommen, den Altar und den Chorstein zu entfernen und Huddles Lettner für eine Weile abzubauen, so daß der alte Chor aufgerissen und mit neuen Steinplatten ausgelegt werden konnte. Er sah zu, wie Mugwort am Glockenseil riß; das verzerrte Gesicht des Mannes leuchtete vor Freude, während er die Glocke läutete wie ein verrückt gewordener Geist. Athelstan grinste bei sich. Ob die Leute zur Messe kamen oder nicht, wenn Mugwort fertig wäre, würde jeder im Umkreis von einer Meile wissen, daß Sonntag war und Zeit zum Gebet.

Nach und nach kamen seine Gemeindemitglieder herein. Der erste war Watkin, der Mistsammler, Küster der Kirche und Leiter des Gemeinderates: ein furchterregender, stämmiger Mann; sein Gesicht war voller Warzen, aus seinen Nasenlöchern wuchsen schwarze Haare, der Blick war scharf und ausdrucksstark. Hinter ihm kam seine noch furchterregendere Frau; ihr Gang erinnerte Athelstan immer an einen Ritter in voller Rüstung. Die Flamin Pemel war die nächste; ihr weißes Gesicht war halb irre, und ihre Augen blickten starr, während sie mit sich selbst über dies oder jenes brabbelte. Ranulf, der Rattenfänger, folgte mit zweien seiner Kinder. Athelstan mußte ein Grinsen hinter der vorgehaltenen Hand verbergen, denn die Kinder waren schwarz gekleidet wie der Vater und trugen Teerkappen, die ihre blassen, verkniffenen Züge verbargen; alle drei sahen genauso aus wie die Nagetiere, die Ranulf fangen sollte. Der Mann merkte, daß Athelstan ihn ansah, und grinste wissend, und der Priester erinnerte sich an sein Versprechen: Wenn der neue Chor fertiggestellt wäre, würde St. Erconwald die Zunftkirche der neugebildeten Gilde der Rattenfänger werden.

Noch mehr Pfarrkinder kamen, geführt von Huddle, dem Maler, mit dem verträumten Ausdruck auf seinem kindlichen Gesicht. Der Künstler – was er konnte, hatte er sich selbst gelehrt – ging geradewegs zu seinem neuesten Gemälde; es war eine leuchtend farbige Darstellung von Daniel in der Löwengrube. Als nächstes kam Tab, der Kesselflicker, der immer noch an den Folgen des Ale zu leiden hatte, das er am Abend zuvor im Übermaß getrunken hatte. Pike, der Grabenbauer, kam, anscheinend als Anführer einer Zwergenarmee. Irgendwie hatte es sich ergeben, daß er die Verantwortung für seine eigene große Brut und für Tabs Sprößlinge zu tragen hatte.

Athelstan beobachtete Pike aufmerksam. Er wußte, daß der Grabenbauer mit radikalen Bauernführern innerhalb und außerhalb der Stadt befreundet war, von denen bekannt war, daß sie unablässig Aufruhrpläne schmiedeten. Was Athelstan indessen größere Sorgen machte, war der Umstand, daß Pike zusammen mit der blonden, liebreizenden Kurtisane Cecily einen Anschlag auf Watkins Stellung als Vorsitzender des Gemeinderates plante. Athelstan seufzte, denn wenn das geschähe, würde ein wütender Machtkampf losbrechen.

Die Witwe Benedicta kam, bekleidet mit einem hellblauen Rock und weißem Schleier über dem nachtschwarzen Haar. Athelstans Herz klopfte ein bißchen schneller, und er schlug die Augen nieder, denn er liebte die Witwe mit einer unschuldigen Leidenschaft, die manchmal beide in Verlegenheit brachte.

Benedicta schloß die Tür und winkte ihm zu; dann trat sie hastig beiseite, als die Tür wieder aufgestoßen wurde und Ursula, die Schweinehirtin, gefolgt von ihrer bösartig dreinblickenden Sau, hereingewatschelt kam.

»Ich schlachte das verfluchte Schwein!« knurrte Athelstan leise. »Ich schlachte es, und dann esse ich ein Jahr lang Schweinebraten.«

Ursula aber lächelte ihm zuckersüß zu und hockte sich neben einen Pfeiler, und die Sau quetschte sich zwischen sie und Watkin. Athelstan mußte sich schon wieder auf die Lippe beißen, denn das Schwein hatte eine auffällige Ähnlichkeit mit dem Küster.

Ursula war meistens die letzte; also ging er zum Fuße des Altars, schlug das Kreuzzeichen und begann mit dem großen Mysterium der Messe. Seine kleine Gemeinde, die flüsternd dagesessen hatte, versammelte sich jetzt am Lettner und schaute aufmerksam zu, als der Priester begann, bei Gott für sie zu bitten.

ZWEI

Als die Messe vorbei war, lud Athelstan die Mitglieder des Gemeinderats in sein Haus ein. Mugwort und Crim blieben zurück, um den Altarraum leer zu räumen – Altartücher, Kerzen, Blumen und Gefäße mußten fortgetragen werden –, denn die Arbeiter, die Athelstan beauftragt hatte, warteten schon an der Kirchentür und wollten ihr Werk beginnen. Als die Versammlung sich niedergelassen hatte, servierte Athelstan den Gemeinderäten Becher mit Wein; dann sprach er ein Gebet zum Heiligen Geist und eröffnete die Sitzung. Binnen weniger Minuten hatten sich seine schlimmsten Befürchtungen bewahrheitet; offenbar waren am Abend zuvor eine Menge Pläne geschmiedet worden.

Unterstützt und gefördert von der verschmitzt grinsenden Cecily und der rotgesichtigen Ursula, begann Pike, der Grabenbauer, eine ätzende Attacke gegen Watkin; der Stein des Anstoßes war die Frage, ob Kinder auf dem Friedhof spielen durften oder ob man sich dort einen neuen Zaun leisten könne. Natürlich griff Watkins Frau ein, und der Streit wurde noch bissiger. Athelstan lehnte sich zurück und betrachtete ungläubig die intensive Leidenschaft der Streitenden, die diskutierten wie Rechtsanwälte am Königlichen Oberhofgericht, wenn es um Leben und Tod ging. Huddle grinste bloß verträumt. Tab wechselte dauernd die Seiten, während Leif, der Bettler, auf einem Schemel am Herdfeuer saß und den Mund so voll mit Athelstans Suppe hatte, daß er nur gelegentlich eingriff, um Watkins Frau, die er von Herzen verabscheute, Beschimpfungen an den

Kopf zu werfen. Benedicta biß sich auf die Unterlippe und grinste Athelstan an.

Gegen Mittag wurde Athelstan allmählich ärgerlich; er spürte, daß alle erschöpft waren, und machte der Debatte rasch ein Ende. Er bewirtete seine Gäste mit Schüsseln von der Suppe, die Leif immer noch schlürfte, während er abwechselnd Cecily lüstern angaffte und Watkins Frau lautstark beschimpfte.

Eine Zeitlang herrschte Stille. Athelstan und Benedicta nutzten die Gelegenheit, um in die Sonne hinauszugehen und den kleinen Garten zu inspizieren. Der Ordensbruder wollte nicht nur der erhitzten Atmosphäre entrinnen; auch Benedictas Schweigen beunruhigte ihn. Sonst griff sie immer ein, wenn es hoch herging, und goß Öl auf die Wogen, oder sie bekam einen Lachanfall wegen der Beleidigungen, die ausgetauscht wurden. Benedicta behauptete immer, der wahre Grund für die Machtkämpfe im Gemeinderat sei der, daß Watkins Frau Cecily nicht ausstehen könne und Pike, der Grabenbauer, Watkin verabscheute, weil sie beide eifersüchtig den Verdacht hatten, daß Watkins Friedhofsspaziergänge mit der jungen Kurtisane nicht immer etwas mit Gemeindeangelegenheiten zu tun hatten.

Draußen blieb Athelstan neben Benedicta stehen und lauschte dem zunehmenden Aufruhr in seinem Haus und dem Scheppern und Krachen in der Kirche, wo die Arbeiter jetzt die alten Steinplatten herausrissen.

»Was ist los?« fragte er.

Benedicta blickte auf. Er sah die Träne, die ihr über das olivfarbene Gesicht rann, und auch, daß ihre dunklen, ruhelosen Augen in Tränen schwammen. Waren sie blau oder violett? dachte Athelstan. Benedicta erinnerte ihn immer an ein Bildnis der Jungfrau Maria, das er einmal in einem Buntglasfenster gesehen hatte. Sie war von der gleichen, heiter gelassenen Schönheit, auch jetzt, wo sie Sorgen hatte. Athelstan berührte sanft ihre Schulter.

»Was ist?« fragte er noch einmal und verschloß die Ohren vor dem Zank in seinem Haus und dem Lärm der Handwerker in der Kirche.

»Pater, Ihr wißt, daß ich seit drei Jahren Witwe bin.«

Athelstan nickte.

»Nun ...« Benedicta blickte zur Seite und biß sich auf die Lippe. »Ich habe Nachricht aus Frankreich.« Sie holte tief Luft. »Es kann sein, daß er noch lebt.«

Verblüfft machte Athelstan einen Schritt rückwärts. »Dein Mann war Kapitän eines Schiffes. Ich dachte, er sei auf See umgekommen?«

»Ja. Er hatte einen Kaperbrief und war auf Kaperfahrt im Englischen Kanal. Er wurde von einem französischen Kriegsschiff angegriffen und versuchte, nach Calais zu entkommen, als plötzlich ein Unwetter losbrach und sein Schiff mit der ganzen Besatzung unterging. Aber jetzt habe ich Nachricht bekommen, daß er vielleicht in Gefangenschaft geraten ist.«

»Wie denn?«

»Ein Bekannter, ein Tagelöhner, ist vor kurzem aus Frankreich zurückgekommen, nachdem der Waffenstillstand erneuert wurde. Er behauptet, er hätte meinen Mann in einem Gefangenenlager in der Nähe von Boulogne gesehen.«

Sie verschränkte die Finger ineinander. »Was soll ich tun, Pater? Ich kann nicht nach Frankreich, denn dadurch würde eine schlimme Situation womöglich noch schlimmer; und dem Rat eine Petition zukommen zu lassen kann Monate dauern.«

Athelstan holte tief Luft und stählte sich gegen geheime Wünsche und Gedanken.

»Die Dominikaner haben ein Kloster in Boulogne«, sagte er. »Ich werde ihnen heute abend schreiben und Cranston bitten, einen der königlichen Kuriere den Brief überbringen zu lassen. Cranston wird ihm sicheres Geleit verschaffen können.« Athelstan lächelte. »Wir heißen nicht umsonst Dominikaner, Benedicta. Wir sind buchstäblich das Haus des Herrn. Wenn dein Mann noch lebt, dann wird dieses Haus einschreiten und vielleicht an die französischen Behörden appellieren. Womöglich wechselt etwas Wertvolles den Besitzer – und binnen eines Monats könnte dein Mann wieder zu Hause sein.«

Er tätschelte sanft ihre Schulter und bekam Gewissensbisse ob des reinen Wohlgefühls, das ihre Nähe ihm bereitete. Benedicta wandte sich ab, als wolle sie ihr Gesicht verbergen; dabei berührte eine Strähne ihres Haars Athelstans Wange, und er roch den Duft ihres Parfüms. Über die Schulter hinweg lächelte sie ihn an.

»Ihr geht besser wieder ins Haus, Pater«, sagte sie leise. »Watkins Frau hegt Mordgedanken!«

Athelstan verstand den Wink und kehrte zurück in sein Haus. Benedicta hatte recht; die Suppe hatte ihnen lediglich neue Kraft gegeben, und jetzt war die Gruppe aufgestanden; alle brüllten, und niemand hörte zu. Athelstan klatschte laut in die Hände, so lange, bis alle verstummt waren. Er schaute sie streng an.

»Wir haben alle das Sakrament genommen«, verkündete er, »und den Friedenskuß ausgetauscht; also werden diese Streitereien jetzt aufhören. Wenn wir wieder zusammenkommen, verlange ich eine Abstimmung über den Friedhof, und wenn eine Mehrheit zustandekommt, ist unsere Entscheidung getroffen.« Er schaute zu dem Bettler hinüber, der immer noch auf seinem Schemel hockte. »Leif!« rief er. »Hör auf, meine Suppe zu essen. Die soll für einen Monat reichen!« Er streckte die Hand aus. »Und ihr übrigen, geht auf eure Plätze, setzt euch und haltet den Mund!«

Er ging in die Speisekammer und holte eine Flasche Wein, ein Ostergeschenk von Cranston. Er goß jedem ein kleines Schlückchen ein. Seine Gemeindemitglieder bedankten sich murmelnd, und heimlich grinsten sie und zwinkerten einander zu, denn es kam sehr selten vor, daß ihr Gemeindepfarrer die Geduld verlor. Auch Benedicta kam wieder herein, und alle gingen zu ihren Plätzen. Nach einer kurzen, witzigen Rede, in der sie zur Einigkeit aufrief, lenkte Athelstan das Gespräch geschickt auf die Vorbereitungen für das Fronleichnamsfest.

»Die Kinder«, erklärte er, »werden ihr Stück im Kirchenschiff aufführen.«

»Und es gibt eine Prozession«, fügte Watkin hinzu.

»Und vielleicht ein neues Bild?« wollte Huddle erwartungsvoll wissen. »Gleich neben der Tür, Pater. Christus und die Speisung der Fünftausend.«

Athelstan lächelte und hob die Hand. »Eins nach dem anderen, Huddle.«

»Was wichtiger ist«, warf Cecily mit engelhafter Miene ein, »wir müssen einen Vorhang zwischen dem Pfeiler und der Wand vor dem Chor spannen. Vergeßt nicht, Pater, Ihr müßt uns vor dem großen Festtag die Beichte abnehmen und die Absolution erteilen.«

Athelstan schloß die Augen. Seinen Pfarrkindern die Beichte abzunehmen, hätte er gern vermieden, denn er wußte, was unweigerlich herauskam. Am Ende würde Watkins Frau zu ihm kommen, um ihn über die Sünden ihres Mannes auszufragen, und natürlich würde Athelstan sie beruhigen müssen, ohne dabei aber zu lügen oder das Beichtgeheimnis zu verletzen. Benedicta, die seine bange Sorge gespürt haben mußte, kam ihm eilig zu Hilfe mit der Idee, am Mittwoch vor Fronleichnam ein Blumenfest zu veranstalten, und sie waren mitten in einer friedlichen Diskussion, als die Tür aufgerissen wurde und einer der Arbeiter hereingestürzt kam.

»Pater! Pater! Kommt schnell!« Die Augen des Mannes waren angstvoll geweitet. Schweißperlen rannen ihm über das staubige Gesicht.

»Was gibt es?« rief Watkin. »Ich bin hier der Küster und Vorsitzende des Gemeinderates ...«

»Halt's Maul, Fettsack!« schrie der Arbeiter. »Pater, Euch brauchen wir. Ihr müßt kommen.« Erregt fuchtelte er mit den Händen. »Bitte kommt. Wir haben die Steinplatten weggenommen ...« Der Mann schluckte und starrte in die Runde. »Wir haben die Steinplatten unter dem Altar weggeräumt und eine Leiche gefunden.«

Athelstan überlief es kalt; er schlug mit der Faust auf den Tisch, um den Aufruhr zu beenden. »Eine Leiche?« fragte er. »Unter unserem Altar?«

»Na ja, Pater, um ehrlich zu sein, da liegt ein Skelett, makellos geformt. Liegt einfach da! Es hält ein kleines hölzernes Kruzifix in der Hand.«

Angeführt von ihrem Priester marschierten die Ratsmitglieder aus dem Haus hinaus und in die Kirche; alle Feindschaft war vergessen. In der Kirchentür blieb Athelstan plötzlich stehen, und die ganze Gruppe rumpelte und stolperte ineinander.

»Oh nein«, stöhnte er.

»Keine Sorge, Pater«, erklärte Watkin fröhlich. »In einer Woche ist das alles wieder in Ordnung.«

Athelstan starrte das Chaos an. Der Lettner war abgebaut, und der Altarraum sah aus wie ein Bauhof.

Die alten Steinplatten waren zu unordentlichen Haufen gestapelt, und als sie jetzt durch das Kirchenschiff nach vorn gingen, sah Athelstan das große Loch dort, wo der Altar früher gestanden hatte. Die anderen Bauarbeiter umstanden jetzt dieses Loch und schauten hinunter in die Dunkelheit. Der Mann, der ihn geholt hatte, anscheinend der Vorarbeiter, winkte Watkin und die übrigen wichtigtuerisch zurück.

»Ihr seht, Pater«, begann er und schaute sich Zustimmung heischend unter seinen Kollegen um, »der Altar stand auf einer Steinplatte, die ihrerseits auf einem Block ruhte, unter dem sich Kies und Erde befanden. Nun« – der Mann räusperte sich und wischte sich mit dem Handrücken über den staubigen Mund – »wie Ihr befohlen habt, wollten wir den Boden des Altarraums absenken und haben deshalb einen Teil der Erde entfernt. Tja, und unter dem Altar brach der Boden einfach ein, und das da haben wir gefunden.«

Umdrängt von seinen Pfarrkindern, trat Athelstan an den Rand der Grube, während einer der Arbeiter behutsam hineinkletterte und eine Segeltuchplane entfernte. Athelstan schnappte verblüfft nach Luft. Dort ruhte ein Skelett, und in den knochigen Fingern hielt es ein kleines Kruzifix, dessen Holz schon ganz verrottet und weich aussah. Die Handgelenke waren gekreuzt, die Beine lagen ausgestreckt nebeneinander.

»Das ist ein Märtyrer!« erklärte Watkin plötzlich, als gebe er einen großen Triumph bekannt. »Pater, schaut, es ist ein Märtyrer! St. Erconwald hat seinen eigenen Heiligen, eine kostbare Reliquie!«

Athelstan schloß die Augen und murmelte ein Gebet. Das letzte, was er wollte, war eine Reliquie. Er glaubte nicht, daß Gottes Wille von Knochensplittern oder Fleischresten abhing.

»Woher weißt du, daß es ein Märtyrer ist?« fragte er matt. »Jemand könnte die sterblichen Überreste auch einfach hier verscharrt haben.«

Seine Gemeindemitglieder starrten ihn erbost an; sie waren wild entschlossen, sich nicht um ihren Heiligen und Märtyrer bringen zu lassen.

»Natürlich ist es ein Märtyrer.« Pike ergriff das Wort, unversehens in schöner Eintracht mit Watkin. »Hört, Pater, Ihr habt doch schon manchen Leichnam gesehen; man schmeißt sie einfach in ein Loch und läßt sie da liegen. Der hier ist aber sorgfältig hingelegt worden, mit dem Kopf nach Osten.«

»Und das Kreuz!« krähte Ursula triumphierend. »Vergeßt das Kreuz nicht!«

»Das stimmt, Pater«, erklärte Benedicta leise. »Wem auch immer dieses Skelett gehören mag, und wer er oder sie auch war – diese Person wurde jedenfalls mit Respekt hier begraben und zum Zeichen der Ehrerbietung mit dem Kreuz versehen.«

Athelstan schaute hilflos in die Runde.

»*Concedo*«, murmelte er auf Lateinisch. »Ich gestehe zu, daß die Möglichkeit besteht. Aber wer ist es, und warum hier?«

»Das ist ein Märtyrer«, erklärte Mugwort. »Und wißt Ihr was, Pater, wahrscheinlich wurde er von den Persern getötet.«

»Von den Persern, Mugwort? Die Perser waren noch nie in England.«

»Doch, waren sie doch!« schrie Tab, der Kesselflicker. »Ihr wißt doch, Pater – dieselben Mistkerle, die Jesus ermordet haben. Als sie ihn umgebracht hatten«, fuhr der Kesselflicker fort, »kamen sie her, töteten jeden armen Hund, der an Jesus glaubte, und plünderten die Klöster aus.« Selbstbewußt schaute er sich um. Er war stolz auf das bißchen Schulbildung, die er besaß, und konnte nie der Gelegenheit widerstehen, damit zu prahlen.

»Römer«, widersprach Athelstan. »Die Römer sind in England eingefallen. Ja, und als der christliche Glaube sich hier verbreitete, töteten sie die, die an Christus glaubten. Männer wie St. Alban, dessen heiliger Leichnam nördlich von London in einer eigenen Kirche liegt.« Er sah die Enttäuschung in Tabs Augen. »Aber vielleicht hast du recht, Tab. Die Wikinger, die viel später kamen, waren tatsächlich in London. Sie haben ebenfalls Christen ermordet, und weiß Gott, dies könnte eines ihrer Opfer sein.« Er schaute in die Grube. »Aber wir wissen nicht, ob es ein Mann oder eine Frau ist. Also«, fuhr er fort, »Pike, Huddle, Watkin, nehmt das Skelett vorsichtig heraus.« Er deutete durch das Kirchenschiff zum Gemeindesarg, einer großen Eichenholzkiste, die in einem der Querschiffe stand. »Legt die Gebeine dort hinein, und dann wollen wir sehen, was wir finden können.«

Die auserwählten Gemeindemitglieder hoben das Skelett langsam und ehrfürchtig an, als sei es der heiligste Gegenstand unter der Sonne, und die übrigen, auch die Bauarbeiter, knieten nieder und bekreuzigten sich. Alle schraken auf, als Bonaventura, der sich in die Kirche geschlichen hatte, plötzlich erkannte, daß die weggeräumten Bodenplatten Ratten und Mäuse aufgestört hatten, und nun wie ein Geschoß aus schwarzem Fell quer durch den Chor sauste, um sich auf seine Beute zu stürzen.

»Na los!« drängte Athelstan.

Das Skelett wurde auf der Segeltuchplane aus der Grube gehoben. Athelstan achtete nicht auf das Protestgeflüster seines Gemeinderates; er untersuchte die

Gebeine und bemerkte, wie zart und weiß sie waren. Behutsam drehte und wendete er Schädel und Rippen, aber er fand keine Spur von Gewalt.

»Seltsam«, murmelte er.

»Was denn, Pater?«

»Nun, ich bin kein Arzt, aber gar so alt kann das Skelett nicht sein. Seht doch, wie fein und fest die Knochen noch sind. Ich vermute, es handelt sich um eine Frau, und nach allem, was ich aus der römischen Märtyrologie noch weiß, sind die meisten eines barbarischen Todes gestorben, durch Kreuzigen, Hängen, Pfählen oder Enthaupten. Dieses Skelett aber ist unbeschädigt.«

Er hätte den Schädel gern noch etwas genauer betrachtet, aber die Pfarrkinder drängten sich jetzt allzu dicht um den Sarg. Er winkte Tab. »Geh hinunter und hol den Büttel, Master Bladdersniff«, befahl er. »Du wirst ihn in einer der Bierschenken finden.« Athelstan betrachtete noch einmal das Skelett. »Und dann Culpepper, den Arzt. Sein Haus steht an der Ecke der Reeking Alley. Er mag alt sein, aber er ist erfahren.«

Dann scheuchte er alle zur Kirche hinaus und befahl den Arbeitern, weiterzumachen und die verlorene Zeit aufzuholen. Eine Zeitlang standen die Gemeindemitglieder noch draußen in der Sonne und plauderten aufgeregt, während Athelstans Stimmung sich immer weiter verdüsterte. Ihm schwante, was nun passieren würde. In Scharen würden die Leute zur Kirche strömen; man würde Wunder erwarten, sich um Reliquien balgen, und die alltägliche Ruhe in seiner Pfarrei wäre dahin. Die Fälscher würden folgen, die Ablaßhändler aus Avignon und aus Rom, erpicht darauf, die Angst der Menschen zu Geld zu machen. Dann die Reliquienhändler, wie immer die Taschen voller Müll, und die Reliquienkäufer – Leute, die gutes, hartes Silber für die Fingerglieder eines Heiligen oder für einen Splitter vom Schädel bezahlten. Und schließlich die professionellen Pilger und anderen religiösen Eiferer, die ihr Leben in einem Zustand ähnlich dem der Hysterie verbrachten.

Athelstan entfernte sich von der Gruppe, und Benedicta folgte ihm. Er blieb stehen und sah sich nach der Kirche um.

»Wie alt ist das Gebäude?« fragte sie; sie ahnte, woran er dachte.

Athelstan schaute zu den schmutziggrauen Mauersteinen des verwitterten Kirchturms hinauf.

»Ich weiß es nicht genau«, sagte er. »Aber zur Zeit König Stephens hat eine große Feuersbrunst hier jedes Haus dem Erdboden gleichgemacht. Die Kirche kann also frühestens unter der Herrschaft seines Nachfolgers, König Heinrichs II., entstanden sein.« Athelstan nagte an seiner Lippe und versuchte, sich an seinen Geschichtsunterricht zu erinnern. »Das war vor ungefähr zweihundert Jahren.« Er lächelte die Witwe an. »Und bevor du fragst, Benedicta: Es gibt keine Karten und Bücher – sie sind alle verschwunden. Ich bin ja erst seit kurzem hier, und bevor ich kam, wurde diese Kirche von reisenden Kuraten oder Wanderpriestern betreut.«

»Und davor?« fragte Benedicta.

Athelstan erinnerte sich vage an die Skandalgeschichten, die er gehört hatte, und schaute hinüber zu seinem Gemeinderat.

»Watkin!« rief er. »Auf ein Wort, bitte!«

Der Küster kam geschäftig herüber, sein Gesicht glänzte vor Aufregung.

»Hör mal, Watkin«, sagte Athelstan knapp, »wir dürfen in dieser Sache nicht den Kopf verlieren. Was weißt du über die Geschichte dieser Kirche? Vor allem über euren letzten Pfarrer?«

Der Mann kratzte sich am Kopf, befingerte die große Warze an seiner Nase und schaute Athelstan betreten an. »Nun, Pater, die Kirche war immer schon hier.«

»Und euer letzter Pfarrer?«

Watkin bog die Mundwinkel nach unten. »Ein seltsamer Kerl, Pater.«

»Wie meinst du das?«

Wieder kratzte sich Watkin am Kopf und schaute zu Boden, als suche er dort etwas. »Na ja, er hieß William Fitzwolfe, war einer von Euern Wanderpredigern, ein Gauner und ein Stutzer. Er benutzte St. Erconwald als Spielhalle und hielt hier sonderbare nächtliche Versammlungen ab.«

»Zum Beispiel?«

»Ihr wißt schon, Pater – die Galgenmänner.«

»Du meinst Zauberer?«

»Ja, Pater. Aber dann ist er verschwunden und hat alle Akten und Bücher der Kirche mitgenommen. Es hieß, das Erzdiakoniegericht sucht ihn, weil er sich mit Frauen vom Schlage der jungen Cecily eingelassen hat.« Watkin scharrte mit seinen großen, schmutzigen Stiefeln. »Er war ein schlechter Mensch, Pater. Er soll hinter viel Bösem hier gesteckt haben: falsche Maße in den Schenken, die Beschäftigung von Meerjungfern.« Er warf einen Seitenblick auf Benedicta. »Prostituierte, Huren ... so nennen wir sie.«

»Wie lange ist das alles her?« fragte Benedicta.

»Oh, ungefähr fünf Jahre. Ist das alles, Pater?«

Athelstan nickte und sah seinem Sakristan nach, als er davonwatschelte.

»Tja, Benedicta, da hast du eine Antwort. Keine Akten, keine Bücher, keine Geschichte.« Er zuckte die Achseln. »Wer weiß? Vielleicht hat das Skelett etwas mit Fitzwolfes frevelhaftem Treiben zu tun.«

Benedicta sah ihn scharf an. »Das bezweifle ich. Einer wie Fitzwolfe, wahrhaftig ein König der Schurken, hätte unzählige Stellen gewußt, um einen Leichnam zu verstecken. Bis zum Fluß, Pater, sind es schließlich nur ein paar Schritte. Nein, entweder wurde der Leichnam hier begraben, bevor die Kirche gebaut wurde, oder ... «

»Oder bei ihrem Wiederaufbau hierhergelegt«, unterbrach Athelstan sie. »*Concedo*, Benedicta, deine Logik ist unangreifbar. Und das bedeutet, ich muß herausfinden, wann die Kirche gebaut wurde und ob die Steinplatten schon einmal ausgetauscht worden sind. Cranston wird uns dabei helfen müssen. Aber bitte« – er wechselte das Thema –, »sag mir doch den Vornamen deines Mannes. Und wie sah er aus?«

Benedicta blinzelte und schaute weg. »Er hieß James. Er war groß, von mittlerer Statur, blond. Er trug das Haar dicht und lang, hatte einen Schnurrbart und eine Narbe von einem Messerschnitt unter dem rechten Auge.«

Athelstan dankte ihr, und eine Zeitlang standen sie noch da und überlegten, wie die Pfarrgemeinde wohl reagieren würde. Dann kam der Kesselflicker mit dem wichtigtuerischen, kurzsichtigen Bladdersniff und dem weißhaarigen, fröhlich blickenden Culpepper zurück.

»Was ist los, Pater?« Der Büttel reckte den Kopf vor wie eine wütende Gans; seine Augen waren schmal, seine Lippen geschürzt.

Athelstan seufzte und zog es vor, den dicken,

erstickenden Bierdunst zu ignorieren, der den Kerl wie ein Parfüm umwallte.

»Ich brauche Euch, Master Bladdersniff, und Euch, mein guter Doktor, denn man hat einen Leichnam gefunden – oder, besser gesagt, ein Skelett. Kommt mit.«

Sie gingen zurück in die Kirche. Bladdersniff inspizierte leicht schwankend das Skelett; er schnüffelte und murmelte vor sich hin. Schließlich richtete er sich auf, schob die Daumen unter den breiten Gürtel und verkündete: »Es ist tot, und es ist ein Skelett!«

Cecily und Benedicta fingen sofort an zu kichern. Der Büttel warf einen mißtrauischen Blick auf Pike, der hinter ihm stand und jede seiner Bewegungen so akkurat nachahmte, daß selbst Athelstan wegschauen mußte. Der Arzt Culpepper war eine größere Hilfe. Er hockte sich nieder und untersuchte das Skelett gründlich.

»Keine Spuren von Gewalt«, stellte er fest. »Die Knochen sind zart, glatt und frisch.«

»Also ist es erst vor kurzem begraben worden?« fragte Athelstan hoffnungsvoll.

»Ah, nein.« Der alte Arzt schaute Athelstan aus tränenden Augen an. »Ihr kennt die Londoner Tonerde, Pater. Die kann einen Knochen schön frisch halten. Gott weiß, wann dieses arme Ding begraben wurde. Aber eines kann ich Euch doch sagen: Dies ist das Skelett einer jungen Frau.«

»Woher wißt Ihr das?«

»Eine bloße Vermutung. Aber angesichts der Feinheit der Knochen, der Konturen der Rippen, der Arme und Beine, denke ich, daß ich recht habe.«

Athelstan bedankte sich bei beiden und beharrte noch einmal darauf, daß jedermann die Kirche verlasse;

er scheuchte sie vor sich her wie eine Bäuerin eine Schar Hühner und rief den Arbeitern zu, sie sollten weitermachen. Draußen befahl er Watkin, niemanden hineinzulassen. Seine Gemeinde versammelte sich um Bladdersniff und Culpepper und bestürmte sie mit eifrigen Fragen. Benedicta berührte Athelstans Hand.

»Alles wird gut, Pater. Dieses Geheimnis wird sich bestimmt sehr bald lösen.«

Er umfaßte ihre warmen Finger. »Ich danke dir, Benedicta. Und du sei auch beruhigt. Ich werde diesen Brief nach Boulogne schreiben.«

Er ging wieder in sein Haus und verriegelte die Tür hinter sich. Bonaventura kam auch; er sprang durch das offene Fenster, offenbar stolz wie ein Pfau nach seiner erfolgreichen Jagd in der Kirche. Eine Zeitlang saß Athelstan nur da und dachte über das Geschehene nach; er bedauerte, daß sein Seelenfrieden so abrupt gestört worden war. Endlich seufzte er und nahm Tintenhorn und Pergamentrollen herunter. Er beendete gerade die letzte Fassung seines Briefes an die Dominikaner in der Nähe von Boulogne, als es leise an der Tür klopfte.

»Herein«, rief er.

Dann fiel ihm ein, daß er sich eingeschlossen hatte; er stand auf und zog den Riegel zurück. Halb erwartete er, Benedicta zu sehen, aber zu seiner Überraschung stand Cranston da und schaute ihn düster an. Athelstan trat erstaunt zurück und winkte ihn herein. Cranston kam wie ein Schlafwandler in die Küche. Da stimmt etwas nicht, dachte Athelstan. Der große, dicke Coroner erschien sonst immer wie ein Unwetter aus dem Norden: lautstark und mit viel Gepolter.

»Sir John, es ist eine Freude, Euer liebreizendes Antlitz zu sehen.«

»Quatsch!« knurrte Cranston und ließ sich auf einen Schemel fallen. »Hat dieser faule Halunke, der Leif, dir meine Botschaft gebracht?«

Athelstan setzte sich ihm gegenüber. »Lady Maude?«

»Der geht es gut.«

»Und die zwei Kerlchen?« Athelstan benutzte das Wort, mit dem Cranston seine Zwillinge oft bezeichnete.

»Lustig und hungrig.« Der Coroner wischte sich den Schweiß von der Stirn und schob sein fettes, rotes Gesicht näher an Athelstan heran. Der Ordensbruder zuckte zusammen, als er den Zorn in den eisblauen Tiefen der Augen erblickte.

»Sir John, Ihr seid aufgebracht. Einen Becher Wein?«

»Scheiß auf so was!« fauchte Cranston. »Was ich brauche, ist ein großer Krug Ale. Laß uns in eine Schenke gehen.«

Athelstan war einverstanden; aber innerlich stöhnte er.

»Was schreibst du da?« Cranston deutete mit seinem dicken Finger auf den Brief.

Der Bruder erklärte es ihm, und Cranston grinste durchtrieben.

»Dann ist Benedicta vielleicht keine Witwe mehr?«

»Sir John, Ihr tut mir unrecht.«

»Aye.« Cranston steckte den Brief ein. »Ich lasse das verdammte Ding versiegeln und überbringen. Dann kommt ihr Mann zurück, und du kannst eine andere anhimmeln.«

Athelstan schluckte eine voreilige Antwort herunter, und Bonaventura sprang auf das Fensterbrett. Der Kater warf einen Blick auf den Coroner, und Athelstan hätte geschworen, daß Bonaventura in diesem Moment grinste, wenn ein Tier überhaupt grinsen konnte. Der alte Kater sprang hinaus und kam mit einer großen Ratte im Maul wieder herein. Er glitt durch die Küche und legte Cranston die grausige Trophäe vor die Füße wie eine Rose oder einen Silberbecher. Der Coroner verzog das Gesicht und zog die Füße weg.

»Hau ab, Bonaventura!« grollte er, aber das Entzücken des Katers über den Anblick des fetten Coroners stieg offenbar noch, und er rieb sich an Sir Johns stämmigem Bein.

»Na, jetzt langt's«, murmelte Athelstan.

Er stand auf, faßte das tote Nagetier beim Schwanz und trug es, gefolgt von einem aufmerksamen Bonaventura, nach draußen, wo er es ins Gras warf. Er ging noch einmal hinein, wusch sich die Hände, und verließ dann, begleitet von dem immer noch vor sich hin murrenden Cranston, das Haus. Sie gingen an der Kirche vorbei.

Zwei von Watkins Kindern standen dort Wache, aber Athelstan sah zu seinem Schrecken, daß zahlreiche Menschen sich versammelt hatten, die aufgeregt durcheinanderredeten und auf die Kirchentür deuteten.

»Was ist los mit diesen faulen Halunken?« knurrte Cranston.

»Das sag ich Euch später, Sir John.«

In der Schenke war es ruhig; die Bewohner der häßlichen Gassen und engen Behausungen von Southwark genossen anscheinend das schöne Wetter, entweder unten am Fluß oder in ihren kleinen Gärten. Der einarmige ehemalige Pirat, dem die Schenke gehörte, begrüßte Sir John wie einen lange vermißten Bruder und ignorierte die finsteren Blicke und gemurmelten Flüche.

»Ale!« brüllte Cranston schließlich. »Gutes, schweres Ale mit einer schönen Krone! Nicht deine Themse-

Brühe.« Er warf dem Burschen eine Münze zu, die der geschickt auffing.

»Und für dich, Bruder, einen Becher verdünnten Wein?«

»Nein, Sir John; heute ist schließlich Sonntag. Ich trinke Ale wie Ihr; ich denke, ich werde es brauchen.«

Der Schankwirt hörte, was er sagte. Seine Augenfältchen vertieften sich vor Freude über die Aussicht auf weitere Kundschaft. »Aye, Pater«, sagte er, »wir haben die Geschichte alle schon gehört. St. Erconwald wird berühmt.«

»Was für eine Geschichte?« fragte Cranston leise, als sie unter dem Fenster Platz genommen hatten, wo es Licht und eine leichte Brise gab.

Athelstan holte tief Luft und berichtete kurz, was wenige Stunden zuvor in der Kirche gefunden worden war. Cranston hörte bis zum Ende zu.

»Und was hältst du davon, Mönch?«

»Ordensbruder, Sir John. Vergeßt nicht, ich bin ein Ordensbruder.«

»Wen kümmert das?« kläffte der Coroner. »Glaubst du, es sind die Überreste eines Heiligen?«

Athelstan wartete, bis der Wirt ihnen das Ale gebracht hatte.

»Nein, dazu ist die Kirche nicht alt genug. Aber daß keine Unterlagen mehr da sind, ist natürlich nicht hilfreich. Der letzte Pfarramtsinhaber hat sich mit allem, was er tragen konnte, aus dem Staub gemacht. Vielleicht kennt Ihr ihn, Sir John? William Fitzwolfe?«

Cranston trank seinen Krug halb leer und rieb sich die fleischige Nase. Athelstan beobachtete ihn erwartungsvoll. Es gab keinen Schurken in London, über den Cranston nichts wußte. Der Coroner pustete die Wangen auf.

»Ah ja, ich erinnere mich an den Dreckskerl. William Fitzwolfe, seines Amtes enthoben und exkommuniziert. Seit fünf Jahren steht er auf der Liste der Leute, mit denen ich gern ein Wörtchen reden würde. Der Bursche soll sich in der Stadt versteckt halten.«

»Ich brauche die Chroniken der Kirche«, sagte Athelstan. »Ich muß wissen, was dort vorher stand und wann der Altarraum mit Steinplatten ausgelegt wurde.«

»Dabei kann ich dir helfen«, sagte Cranston. »Die Gemeindebehörden haben ihre eigenen Archive. Ich werde einen Schreiber, der gerade nichts zu tun hat, ein bißchen herumstöbern lassen; mal sehen, was er findet.«

»Und Fitzwolfe?«

»Nun, wenn er ein entlassener Priester ist, der sich des Sakrilegs und jedes anderen Verbrechens gegen die Gesetze schuldig gemacht hat, dann wird eine Belohnung auf ihn ausgesetzt sein. Ich, mein geliebter Ordensbruder, werde diese Belohnung erhöhen und meine Truppe von Informanten wissen lassen, daß derjenige, der diesen Spitzbuben zur Strecke bringt, meine Gunst gewinnt. Ich kenne diese Halunken besser als du; die brauchen das.«

»Sir John, Ihr seid sehr großzügig.«

»Quatsch! Du hast noch gar nicht gefragt, weshalb ich gekommen bin.«

»Wieder ein Mord?«

»Nun, ja und nein.« Cranston grinste boshaft. »Jetzt habe ich dich neugierig gemacht. Aber laß uns nochmal zu deiner albernen kleinen Kirche zurückgehen, bevor ich dir das Drum und Dran erzähle. Es wird bald dunkel, und ich möchte gern einen Blick auf dein mysteriöses Skelett werfen.«

DREI

Langsam wanderten Athelstan und Cranston zurück nach St. Erconwald. Die Menschenmenge war immer noch da, aber eine kurze, unverblümte Ansprache ihres Pfarrers ließ sie bald auseinandergehen; nur der schlaftrunkene Crim stand noch Wache vor der Tür.

»Die Arbeiter sind gleich fertig, Pater.«

»Gut«, sagte Athelstan. »Du kannst dann gehen, Crim.« Er warf dem Jungen einen Penny zu.

Athelstan stöhnte auf, als er die Kirche betrat und den Staub sah, der jetzt alles bedeckte.

»Man könnte meinen, hier hätte eine Belagerung stattgefunden«, kicherte Cranston, machte aber sofort ein ernstes Gesicht, als Athelstan ihn mit schmalen Augen anfunkelte und dann zu den Arbeitern hinübersah, die geschäftig ihr Werkzeug in Taschen mit Ledergriffen packten.

»Keine weiteren Skelette, Pater«, meldete der Vorarbeiter.

Das leise Lachen, das sein Scherz hervorrief, brach ab, als Athelstan mit großen Schritten auf ihn zukam.

»Das war nur Spaß, Pater«, sagte der Vorarbeiter. »Ihr könnt uns nicht verantwortlich machen.« Verzweifelt bemüht, das Thema zu wechseln, deutete er in den Chor. »Schaut, die meisten Platten sind raus.«

Athelstan schaute sich um. Der Boden des Altarraums bestand jetzt nur noch aus gestampftem Lehm; wo der Altar gestanden hatte, gähnte ein furchtbares Loch. Die Steine lagen säuberlich gestapelt an der Wand, und alter Kies und Sand waren zu Haufen geschaufelt. Athelstan faßte den Mann bei der Schulter.

»Ihr habt gute Arbeit gemacht«, stellte er fest und ging zu den Steinen, um sie genauer anzusehen. »Hier« – er wühlte in seiner Börse nach einer Münze und warf sie dem Vorarbeiter zu –, »trinkt einen Topf Ale. Ihr bekommt euren vollständigen Lohn, wenn die Arbeit getan ist. Aber du siehst aus, als hättest du Erfahrung als Steinmetz.« Er klopfte auf eine der Platten. »Also sag mir: Wurden diese Steinplatten verlegt, als die Kirche gebaut wurde?«

»Nein«, antwortete der Mann. »Die sind hastig gelegt worden, und vor nicht allzu langer Zeit.«

»Wann?«

Der Mann zuckte die Achseln. »Vor ungefähr zehn Jahren, vielleicht mehr. Seht Ihr, Pater« – sein staubiger Stiefel tappte auf den gestampften Lehmboden – »ich schätze, diese Kirche ist ungefähr hundertfünfzig Jahre alt, und als sie gebaut wurde, hatte sie noch keinen Altarstein, sondern nur festgestampfte Erde. In London findet Ihr heute noch solche Kirchen. Weil wir so nah am Fluß sind, ist der Boden feucht; ich nehme an, einer der Priester hat jemanden beauftragt, die Steinplatten zu legen. Der Mann hat sogar sein Zeichen hinterlassen.« Der Arbeiter nahm eine Kerze aus dem Holzkasten vor der Statue Unserer Lieben Muttergottes. Er zündete sie an und hielt sie dicht an eine der Platten. »Seht!« sagte er. »Da ist das Zeichen eines Steinmetzes.«

Athelstan und Cranston betrachteten die drei Lettern, die dort eingemeißelt waren: AQD.

»Was bedeutet das?« fragte Athelstan.

»Nun, jeder Maurer hat sein Zeichen«, erklärte Cranston. »Und das hier gehört offenbar dem Mann, der den Chor ausgelegt hat.«

»Könnten wir herausfinden, wer das ist?«

»Das bezweifle ich«, meinte der Arbeiter. »Allein in Southwark gibt es Dutzende von Maurern und Steinmetzen. Und wer weiß? Der Priester hat vielleicht jemanden von der anderen Seite des Flusses geholt oder sogar aus einem der Dörfer außerhalb von London. Ich kenne das Zeichen jedenfalls nicht.« Er nahm seine Tasche und winkte seinen Leuten. »Das ist alles, was ich Euch erzählen kann, Pater. Kommt, Leute, unsere Kehlen sind trocken!«

»Macht die Tür hinter euch zu!« rief Athelstan.

Er wartete, bis sie weg waren; dann führte er Cranston zu dem großen Gemeindesarg. Er und Cranston studierten das Skelett gründlich, und Athelstan erzählte dem Coroner, was er bisher erfahren hatte.

»Ich gebe dem guten Doktor recht«, erklärte Cranston, und seine Stimme klang hohl durch die dunkle Kirche. »Ich glaube auch, daß es eine Frau ist.« Er befingerte das Kreuz und rieb das zerbröselnde Holz. »Das Fleisch ist ziemlich schnell verwest; im Lehmboden haben sich zwar die Knochen gut erhalten, aber das Holz nicht.« Er nahm das Kreuz zur Hand; im Grunde waren es nur zwei zusammengenagelte Holzstücke. »Sehr plump«, stellte er fest. »Im Kern ist das Holz noch hart. Weißt du, Pater, wenn ich raten soll, so würde ich sagen, diese junge Lady wurde vor höchstens fünfzehn Jahren hier begraben.«

»Zur gleichen Zeit, als auch die Steinplatten verlegt wurden?«

»Genau.« Cranston holte tief Luft. »Gott verzeih mir.« Er hob das Gerippe hoch und drückte den Kopf nach hinten, ohne sich um das Knacken der Halswirbelknochen zu kümmern. Er spähte in den Schädel hinein und holte die Kerze näher heran, bis der Hohlraum darin gespenstisch leuchtete. »Interessant«, murmelte er.

»Was denn, Sir John?«

Cranston löste den Schädel jetzt ganz von der Wirbelsäule. Das Knacken hallte durch die Kirche wie Donner. Athelstan schloß die Augen und murmelte ein Gebet.

»Gott schenke ihr die ewige Ruhe«, sagte er. »Herr, du bist unser Zeuge: Wir beabsichtigen keine Unehrerbietigkeit; wir suchen nur die Wahrheit.«

»Der liebe Gott wird das verstehen«, dröhnte Cranston; er hob den Schädel hoch und hielt die Kerze noch näher. »Vergiß die frohe Botschaft nicht, Athelstan: Auf den Geist kommt es an, denn das Fleisch ist nichtig. Und jetzt, mein guter Mönch ...«

»Ordensbruder, Sir John.«

Der Coroner grinste boshaft. »Natürlich. Aber ich will dir Cranstons Philosophie von Beobachtung und Deduktion darlegen. Schau den Schädel genau an, Athelstan, und sag mir, was du siehst.«

Er hielt dem Priester Schädel und Kerze hin, und dieser leuchtete in die Öffnung hinter dem Kiefer und inspizierte eingehend das Innere des Schädels.

»Nichts«, murmelte er dann.

»Na, na, Bruder. Zuviel Ale vernebelt das Hirn und macht die Augen stumpf.« Cranston drückte seinen Arm. »Schau noch einmal.«

Athelstan tat es und schnappte nach Luft. Er schob die Kerze weiter hinein.

»Gib acht, daß du nicht den Knochen verbrennst«, warnte Cranston.

Athelstan betrachtete die rötliche Färbung unter der Schädeldecke. »Wie rote Farbe«, murmelte er. »Sehr schwach.«

Cranston nahm ihm Schädel und Kerze ab und hielt beides so in der Hand, daß er im trüben Halbdunkel aussah wie ein Meister der Schwarzen Kunst. Er blies die Kerze aus und legte den Schädel wieder in den Sarg. Er klappte den Deckel zu, nahm Platz und klopfte auffordernd neben sich auf die Holzbank, Athelstan solle sich zu ihm setzen.

»Meine Theorie, guter Mann«, begann er hochtrabend, »basierend auf Beobachtung, Logik und Deduktion, besagt, daß dieses Skelett einer jungen Dame gehörte, die ermordet und in dieses Loch unter dem Altar gelegt wurde. Von wem, das weiß ich nicht.«

»Und wie wurde sie ermordet?«

»Durch Ersticken oder Strangulieren.«

»Wie könnt Ihr das beweisen?«

»Ich habe es schon ein paarmal gesehen. Ein genuesischer Arzt hat mir die Zeichen beschrieben. Wenn jemand erstickt oder erwürgt wird, platzen offenbar die Blutgefäße im Gehirn, und der Schädelknochen wird vom Blut befleckt.«

»Und Ihr glaubt, so ist es hier passiert?«

»Ich weiß es sogar, mein Bester. Die Frage ist, wer hat es getan und warum? Es könnten die Arbeiter gewesen sein, die die Platten verlegt haben.«

»Oder der Priester, der hier gewohnt hat.«

Cranston tätschelte seinen Schenkel. »Ja, ja. Wir dürfen auch Fitzwolfe – gesegneten Angedenkens – nicht vergessen. Vielleicht sollten wir der Liste seiner Verbrechen noch Mord hinzufügen.«

Athelstan schaute sich in der Kirche um. Jetzt wirkte sie nicht mehr freundlich oder fröhlich. Ein furchtbarer Mord war hier begangen worden, und die schreckliche Sünde schien wie eine lastende Wolke über dem Gebäude zu hängen. Gab es nirgends Sicherheit? fragte er sich. Sickerten Mord und grausiger Totschlag in jede Ritze, jeden Spalt der menschlichen Existenz? Ihn schauderte, und er stand auf.

»Sir John, Ihr habt gesagt, Ihr wolltet mich in einer eigenen Angelegenheit sprechen?«

Cranston zog eine Grimasse.

»Ja, aber nicht hier, Bruder. Hast du noch was von diesem ausgezeichneten Wein?«

»Eine Flasche habe ich heute verbraucht, aber eine ist noch da für Euch, Sir John.«

»Gut, dann laß uns von hier verschwinden. Ich bekomme allmählich eine Gänsehaut, und mein Magen brüllt nach dem Saft der Rebe.«

Athelstan schloß die Kirche sorgfältig ab und führte Sir John hinüber zum Pfarrhaus. Gottlob war Bonaventura wieder verschwunden. Athelstan schloß die Läden, zündete die Kerzen an und entfachte das Feuer mit etwas Reisig neu. Er schenkte für Sir John und sich zwei große Becher Wein ein. Cranston zog die Kerze zu sich und schob eine kleine Pergamentrolle über den Tisch.

»Lies das, Bruder.«

»Warum?«

»Lies es einfach.«

Athelstan schnürte das Pergament auf und studierte die geübte Handschrift eines Schreibers. Er las einmal und blickte dann verwundert auf.

»Eine sonderbare Geschichte, Sir John. Was habt Ihr damit zu tun?«

Cranston erzählte, und Athelstan stöhnte auf.

»Oh, Sir John, um der Liebe Gottes willen, Ihr sitzt in der Falle! Wißt Ihr denn nichts von diesen Rätseln, diesen raffinierten Mosaiks der Logik? Manche sind jahrhundertealt und wurden nie gelöst.«

Cranston zuckte die Achseln. »Ich denke, dies hier ist eine wahre Geschichte.«

»Sir John, das könnte Euch tausend Kronen kosten

– oder, wenn John von Gaunt Euch in die Finger kriegt, Eure Integrität.«

»Dann hilf mir, Bruder.« Cranston leerte seinen Becher und stellte ihn dröhnend auf den Tisch.

Athelstan sah die Bangigkeit im sonst so gutgelaunten Gesicht des Coroners.

»Ich werde mein Bestes tun.«

Cranston wollte seinen Becher wieder bis zum Rand füllen, doch dann besann er sich anders. Er wagte es nicht. Er wollte nicht betrunken nach Hause kommen. Bis jetzt hatte er die Angelegenheit geheimgehalten, nur er und Athelstan wußten davon. Ob Lady Maude irgendwelche Gerüchte gehört hatte?

»Ihr müßt es ihr erzählen, Sir John«, sagte Athelstan leise, als habe er des Coroners Gedanken gelesen. »Ihr müßt es Lady Maude sagen.«

»Aye, aber das ist es ja gerade. Meine Frau weiß, daß ich Gaunt niemals um Hilfe bitten werde, aber woher soll ich tausend Kronen nehmen? Von den Bankiers? Da werden noch meine Urenkel die Zinsen zahlen müssen.«

Athelstan beugte sich vor und legte dem Coroner die Hand auf die dicke Faust.

»Mut, Sir John. Denkt immer daran: Wenn es ein Problem gibt, so diktiert die Logik, daß es auch eine Lösung dazu geben muß.«

Cranston erhob sich und griff nach Bibermütze und Mantel.

»Aye, Bruder. Ich werde mich nach deiner Kirche erkundigen und nach dem Aufenthalt des geheiligten Fitzwolfe.« Er scharrte mit den Füßen und spähte zu den Deckenbalken hinauf.

»Da ist noch etwas, nicht wahr, Mylord Coroner?«

Cranston plumpste wieder auf den Schemel. »Ja, das stimmt. Ich hatte Besuch.«

»Von wem?«

»Von deinem Pater Prior.«

Athelstan starrte ihn verblüfft an.

»Na ja ...« Cranston leckte sich die Lippen und schaute sehnsüchtig auf seinen Weinbecher. »Wie du weißt, findet da eine Sitzung des Generalkapitels statt, bei der die Schriften eines deiner Brüder erörtert werden sollen.«

»Ja. Bruder Henry von Winchester. Warum?« Athelstans Stimme wurde höher. »Was hat das mit mir zu tun?«

»Gar nichts, aber – um es kurz zu machen, Athelstan, in Blackfriars gehen seltsame Dinge vor sich. Ein Mönch ist tot, und ein anderer namens Alcuin ist verschwunden.«

»Alcuin!« hauchte Athelstan und sah das asketische Gesicht seines Mitbruders vor sich. »Verschwunden, Sir John? Alcuin war für das Klosterleben wie geschaffen. Ich könnte mir nie vorstellen, daß er über die Klostermauer springt und mit Hallo ins Fleischerviertel galoppiert, um sich dort mit einer hübschen Dirne zu treffen.«

»Nun, er ist verschwunden, und Pater Prior hat mich gebeten, die Sache zu untersuchen.« Cranston schluckte heftig. »Am Mittwoch kommt er zu dir. Das heißt, wir kommen beide. Ich nehme an, er will dich um Hilfe bitten.«

Athelstan schlug die Hände vors Gesicht. »Oh Gott!« betete er. »Nicht das. Nicht wieder zurück nach Blackfriars und zur Politik des Ordens.«

Und dann fluchte er, murmelte jedes schmutzige Wort, das er von Cranston gelernt hatte. Er war so glücklich gewesen; da waren zwar seine üblichen Pflichten als Cranstons Schreiber, aber nichts Ernstes, nicht seit jenen blutigen Morden im Tower am letzten Weihnachtsfest. Er hatte sich in das Studium der Sterne versenkt, in seine Plaudereien mit Bonaventura, er hatte seinen Pfarrkindern geholfen und – vor allem – seine geliebte Kirche renoviert. Und jetzt würde seine schwer errungene friedliche Ruhe zerstört werden: von Sir John mit seinem Problem, von Benedicta mit ihren Sorgen um ihren Ehemann, von dem Skelett in der Kirche und vom Pater Prior, der seine Hilfe wollte. Er schaute Cranston an.

»Überall folgen mir Mord und Totschlag«, flüsterte er, »sie schleppen sich hinter mir her wie eine Bestie aus der Hölle. Einen Fehler habe ich begangen, Sir John, und wie habe ich dafür bezahlt!«

Cranston stand auf, stellte sich neben ihn und klopfte ihm sanft auf die Schulter.

»Du hast nichts Unrechtes getan, Athelstan«, sagte er leise. »Du warst ein junger Mann, der in den Krieg zog. Du hast deinen jüngeren Bruder mitgenommen. Es war Gottes Wille, daß er fiel. Wenn dafür bezahlt werden mußte, so hast du es getan. Jetzt gibt es einen neuen Francis, meinen Sohn und dein Patenkind. Das Leben geht weiter, Bruder. Ich sehe dich Mittwoch.«

Cranston öffnete die Tür und verschwand in der Abenddämmerung.

Athelstan blieb sitzen und hörte, wie er wegging. Dann ging er zum Fenster und starrte hinauf zum dunklen Turm von St. Erconwald. Er atmete tief und versuchte, einen klaren Kopf zu bekommen. Pater Prior würde warten müssen, und das Skelett in der Kirche ebenfalls. Heute abend würde er nicht die Sterne studieren, sondern das Problem analysieren, das Cranston mitgebracht hatte.

Er setzte sich an den Tisch und studierte das Manuskript, das Cranston dagelassen hatte. Wie hatten diese Männer im scharlachroten Gemach so raffiniert ermordet werden können? »Nichts zu essen«, flüsterte er, »nichts zu trinken, keine Falltüren und keine verborgenen Vorrichtungen. Kein lautloser Mörder. Wie also sind diese Männer gestorben?«

Athelstan durchdachte alle Möglichkeiten, aber die Todesfälle waren scheinbar so einfach – es gab keinen Hinweis, keinen Haken, an dem man einen Verdacht hätte befestigen, keinen Spalt, den man hätte aufbrechen können. Athelstan fielen die Augen zu. Jäh schrak er hoch. Die Kerze war heruntergebrannt. Irgendwie, folgerte er, lag der Schlüssel zu all den Todesfällen bei den letzten beiden. Was hatte den Armbrustschützen so erschreckt, daß er seinen Kameraden erschossen hatte?

Wieder fiel ihm der Kopf auf die Brust, und er versank in einem tiefen Traum: Er saß in einer scharlachroten Kammer, und die Gestalt des Todes mit seinem Totenkopfgesicht drehte sich in seltsamem Tanz, während eine lautlose Macht langsam und drohend immer näher kam.

Am nächsten Morgen erwachte Athelstan frierend und steif; er saß noch immer am Tisch, den Kopf auf die Arme gelegt, und Bonaventura rieb sich auffordernd an seinem Bein. Irgendwo zwischen den schmutzigen Hütten und Behausungen von Southwark krähte ein Hahn sein Morgenlied in die aufgehende Sonne. Der Priester stand auf und streckte sich; er rieb sich das Gesicht und wünschte, er wäre ins Bett gegangen. Er rollte das Pergament zusammen, das Cranston ihm gegeben hatte, und brachte es hinauf in seine Schlafkammer, um es dort in die Truhe zu legen. Dann zog er sich aus, wusch sich mit einem nassen Lappen, rasierte sich und versuchte, sich auf die Messe zu konzentrieren, die er lesen mußte. Er durfte sich nicht von den Gedanken ablenken lassen, die ihm im Kopf herumgingen. Er putzte sich die Zähne mit einem Gemisch aus Salz und Essig, holte seine zweite Kutte hervor, aß zum Frühstück ein bißchen altbackenes Brot und fütterte geistesabwesend Bonaventura, der die Nacht anscheinend mit einem Streifzug durch sein Königreich in den Gassen rings um die Kirche verbracht hatte.

»Irgend etwas sagt mir, Bonaventura«, meinte Athelstan leise, als er sich niederhockte, um den zerzausten Kater zu füttern, »daß dies ein seltsamer Tag werden wird.«

Er ging hinüber in die Kirche und las allein die Messe an einem behelfsmäßigen Altar in der Mitte des Kirchenschiffs. Sorgfältig vermied er jeden Blick auf den Sarg mit seinem grausigen Inhalt, der zu seiner Linken stand. Niemand außer Pemel, der Flamin, kam, und sie schien sich mehr für den Sarg zu interessieren. Athelstan beendete seine Messe und räumte den Altar für die Bauarbeiter ab. Er fütterte Philomel und ließ das Schlachtroß mit locker zusammengebundenen Vorderbeinen in seinem kleinen Garten herumlaufen, damit es ein wenig Bewegung hatte. Dann kehrte er ins Haus zurück. Er beschloß, sich auf die Zusammenstellung der Liste der benötigten Vorräte zu konzentrieren, ehe er sich wieder den Skizzen zuwandte, die zeigten, wie der neue Chor aussehen sollte. Abe er war immer noch hungrig und rastlos, und so verschloß er sein Haus und ging zu einer Garküche in der Blowbladder Alley.

Er kaufte sich eine knusprige Fleischpastete und einen Teller Gemüse mit Sauce; dann setzte er sich draußen an die Wand und genoß die heiße Tunke und den würzigen Duft. Ein Bettler, dem für irgendein früheres Verbrechen die Nase aufgeschlitzt worden war, kam herangekrochen und winselte um Almosen. Athelstan gab ihm zwei Pennies. Der Kerl verschwand in der Garküche, kaufte dem Fettkloß von Bäcker ein paar Pasteten ab und setzte sich neben Athelstan. Nach einer halben Stunde hatte Athelstan genug von seinen weitschweifigen Geschichten über seine Heldentaten als Soldat und beschloß, einen Spaziergang zu machen.

Er mochte Southwark in der Frühe immer gern, trotz der überlaufenden Gassenrinnen, der faulig stinkenden Abfallberge und der Bewohner der Unterwelt, die sich jetzt in ihre Kämmerchen verdrückten, um dort die Rückkehr der Nacht abzuwarten. Eine Hure, deren scharlachrote Perücke schief saß, lehnte an einer Wand und schrie freundliche Schmähungen zu ihm herüber. Ein Trödler mit einem Karren voll angestoßener Äpfel stellte sich unten bei der Brücke auf und wartete auf morgendliche Kundschaft. Ein Tagelöhner, der seine Packtiere hinter sich herzog, ging eilig vorüber, entschlossen, Southwark hinter sich zu bringen, bevor das Tagesgeschäft begann. An der kleinen Kreuzung zwischen Stinking Alley und Pig Lane hockte eine Gruppe von Aussätzigen eng beieinander, die Köpfe von Kapuzen verhüllt, die Gesichter maskiert; sie schauten einer verrückten Zigeunerin zu, die einen seltsamen, lautlosen Tanz vollführte.

Athelstan blieb stehen und schaute zwischen den überhängenden Häusern hoch. Der Himmel war inzwischen von Licht überstrahlt, und so machte er sich auf den Heimweg, immer noch entschlossen, einen klaren Kopf zu bewahren. Er räumte auf, spülte die Becher ab und fegte den Fußboden. Draußen erwachte Southwark, geweckt vom Rumpeln der Karren, dem Geschrei der Kinder und den Rufen der Händler. Eine kleine Schar versammelte sich nach und nach vor der Kirche; die Arbeiter kamen und taten ihre Anwesenheit mit lauten Flüchen und Werkzeuggeklapper kund.

Athelstan beschloß, den Dingen ihren Lauf zu lassen. Er ging nach oben, kniete auf seinem kleinen Betstuhl nieder und begann mit seiner Morgendandacht: Frühgebet, Lobgesang und None. Er konzentrierte sich auf das Mysterium der Psalmen, die Lobpreisungen und die anschaulichen Beschreibungen vom Propheten Jesaja.

Unten hörte er einen Tumult, aber er beschloß, sich nicht darum zu kümmern. Mehrere Rufe und Aufschreie folgten, dann wurde laut an seiner Tür geklopft. Er flüsterte ein letztes Gebet und eilte nach unten. Watkin und Pike standen da, und ihre Gesichter glänzten vor Aufregung.

»Pater, Pater, Ihr müßt kommen! Ein Wunder ist geschehen!«

»Jeder neue Tag ist ein Wunder«, versetzte er schroff.

»Nein, Pater, ein richtiges Wunder!«

Sie zerrten ihn aus dem Haus und vor die Kirche, wo sich eine kleine Menschenmenge versammelt hatte. Die Leute umringten einen großen, weißhaarigen Mann, der den Ärmel seines grünen Mantels hochgeschoben hatte und aller Welt seinen Arm zeigte.

»Was gibt's?« bellte Athelstan und drängte sich durch die Menge.

Der Mann drehte sich um. Er hatte ein breites, sonnengebräuntes Gesicht. Athelstan bemerkte die Lachfältchen um Mund und Augen und die gute Qualität seiner Kleider. Neben ihm stand eine Frau; kastanienbraune Löckchen lugten unter einer hellblauen Haube hervor, und der butterblumengelbe Kittel über ihrem weißen Hemd sah teuer aus, gutgeschnitten und sauber. Der Mann lächelte Athelstan an.

»Pater, ein Wunder.«

»Unsinn!« fauchte Athelstan.

»Seht nur, Pater.« Der Mann zeigte ihm seinen rechten Arm, entblößt vom Ellbogen bis zum Handgelenk. »Als ich heute morgen aufwachte, war dieser Arm entzündet. Vor fünf Tagen habe ich mich geschnitten.« Er zeigte auf eine feine, rosarote Linie, die auf halber Höhe immer noch undeutlich zu erkennen war. »Ich habe die Wunde nicht behandelt, und sie war infiziert. Die Haut wurde krank. Der Arzt Culpepper behandelte die Stelle mit Salben und Verbänden, aber sie wurde nicht besser.« Der Mann schaute in die Runde, und Athelstan sah, daß viele Gemeindemitglieder seine dramatische Geschichte mit aufgerissenen Augen und offenen Mäulern verfolgten.

»Letzte Nacht konnte ich nicht schlafen, Pater. Das Jucken war so unerträglich.« Er fuhr sich mit der Zunge über die vollen Lippen. »Gestern hatten wir gehört, daß hier ein Heiliger gefunden worden sei.« Der Blick des Mannes wurde flehentlich. »Pater, ich war verzweifelt. Ich bin in Eure Kirche gegangen, habe mich an den Sarg gelehnt und um Hilfe gebetet.«

»Das stimmt.« Die junge Frau neben ihm ergriff das Wort. Sie wies auf einen Berg schmutziger Verbände vor der Kirchentür. »Mein Mann sagte, es gehe ihm besser. Der Schmerz und das Jucken hätten aufgehört.« Ihre lächelnden Augen schauten Athelstan beschwörend an. »Ich kann Euch nur erzählen, was passiert ist. Wir haben die Verbände abgemacht.« Sie deutete auf einen Wasserverkäufer, der die Straße hinuntereilte. »Ich habe eine Kanne Wasser gekauft und den Arm gewaschen. Und da war keine Entzündung, Pater. Die Haut war rein wie die eines Säuglings.«

Ein Aufschrei des Erstaunens erhob sich nach ihrem

Bericht. Athelstan betrachtete mißtrauisch den Arm des Mannes.

»Ihr sagt, Ihr habt Euch an den Gemeindesarg gelehnt und ein Gebet gesprochen?«

Der Mann rollte den Mantelärmel herunter. »Es war so, wie ich gesagt habe, Pater. Ich war nicht mehr als zehn Minuten dort.«

»Ich habe gesehen, wie der Verband abgenommen wurde«, schrie Watkin. »Es ist wahr, Pater. Ein Wunder.«

Die Leute bekreuzigten sich und schauten furchtsam zur Kirche hinüber.

»Pater«, rief Tab, der Kesselflicker, »was sollen wir jetzt machen?«

»Wir sollten den Mund halten, Tab, und einen kühlen Kopf bewahren. Kommt!« befahl Athelstan. »Alle in die Kirche! Pike, du gehst und holst den Arzt Culpepper. Sag ihm, ich bitte um Verzeihung, aber es ist wichtig, daß er sofort kommt.«

Die Gemeinde folgte Athelstan und dem Mann, der die Wunderheilung erfahren hatte, in die Kirche. Athelstan befahl allen, sich hinzusetzen und den Mund zu halten. Er ging wieder hinaus und lehnte sich an die Tür, während hinter ihm erneut aufgeregtes Getöse losbrach. Er hockte sich nieder und betrachtete den Haufen schmutziger Verbände: Sie waren mit dunklen Flecken übersät und stanken faulig. Athelstan untersuchte sie immer noch, als Pike mit dem verdrossen dreinblickenden Culpepper zurückkam.

»Pater, was gibt es jetzt schon wieder?«

»Lieber Doktor, ich bitte um Entschuldigung, aber da ist ein Mann in der Kirche, einer Eurer Patienten. Er behauptet, er habe an einer Entzündung am Arm gelitten, und Ihr hättet die Stelle mit Salbe bestrichen und verbunden.«

Culpepper zog sich den pelzverbrämten Mantel fester um die knochigen Schultern, und sein sonst humorvolles Gesicht wirkte jetzt gereizt und angespannt.

»Pater, ist das alles? Ich kann mich doch nicht an jede Verletzung erinnern!«

»Geht dort hinein«, bat Athelstan. »Geht hinein, schaut Euch den Mann an, untersucht seinen Arm, und dann kommt heraus und berichtet mir.«

Kopfschüttelnd und fluchend gehorchte Culpepper. Athelstan wartete draußen. Das Geplapper hinter ihm verstummte für eine Weile und brach dann erneut los, als Culpepper mit überraschter und bestürzter Miene aus der Kirche kam.

»Nun?« fragte Pike, an Gesicht und Körper angespannt wie ein Windhund.

Der Arzt schaute Athelstan betreten an.

»Es stimmt, Pater. Vor einigen Tagen kam Raymond D'Arques mit einer schrecklichen Hautentzündung zu mir. Ich habe sie sorgfältig untersucht, eine Salbe daraufgestrichen, den Arm verbunden und eine Gebühr kassiert.«

»Der Arm hatte die Fäule?«

»Eindeutig, Pater. Ein pilzartiger Ausschlag, der die Haut rauh machte und furchtbares Jucken verursachte.«

»Und der ist jetzt geheilt?«

»Ihr habt es gesehen, Pater. Und ich auch.«

»Könnte eine solche Infektion durch die Salbe geheilt worden sein, die Ihr daraufgestrichen habt?«

»Das bezweifle ich, Pater. Nicht in so kurzer Zeit. Solche Infektionen – ich habe sie schon oft gesehen – brauchen Wochen, ja, Monate, bis sie abheilen. Aber die Haut ist jetzt gesund und frisch.«

Athelstan trat gegen den kleinen Haufen Verbandstoff. »Und das hier ist von Euch?«

Der Arzt hob die Verbände auf, ohne sich zu besinnen, und schnupperte aufmerksam daran. »Ja, Pater, und wenn Ihr sie nicht braucht – er braucht sie sicher nicht mehr –, nehme ich sie mit und verwende sie noch einmal.« Der Arzt trat dicht an Athelstan heran. »Ich kann es nicht erklären, Pater, und Ihr könnt es auch nicht. Und wieso sollte Gott in St. Erconwald keine Wunder wirken?« Er machte auf dem Absatz kehrt und stapfte die Straße hinunter.

Athelstan sah Pike an. »Was weißt du über diesen Raymond D'Arques?«

»Ein braver Mann, Pater. Er und seine Frau Margot leben an der Dog Leg Lane. Er hat ein ziemlich großes Haus beim Skinner's Yard.«

Athelstan lehnte sich an die Wand. Die Dog Leg Lane lag gerade noch innerhalb seines Pfarrbezirks.

»Ich sehe sie aber nie in der Kirche«, brummte er.

»Ah«, antwortete Pike, »weil er und seine junge Frau wohlhabend sind und nach St. Swithin gehen. Sie sind gute, fromme Menschen, Pater, und geben regelmäßig den Armen. Er ist ein anständiger Handwerker, beliebt und geachtet. Fragt den alten Bladdersniff. Der kennt jedermanns Geschäft.«

Athelstan seufzte und kehrte in die Kirche zurück, wo seine aufgeregten Pfarrkinder Raymond D'Arques und seine Frau umdrängten. Der Mann winkte die anderen zur Seite und kam auf ihn zu.

»Pater«, flüsterte er, »es tut mir leid. Mein Arm war krank, und ich kam her, um zu beten. Ich kann nur Gott und Euch danken. Bitte nehmt dies.« Er drückte Athelstan eine Silbermünze in die Hand.

Der Priester trat zurück. »Nein, nein, das kann ich nicht.«

»Pater, Ihr müßt. Es ist mein Opfer. Wenn die Kirche

es nicht will, gebt es den Armen.« D'Arques schloß Athelstans Finger um das Geld. »Bitte, Pater, ich werde Euch keine weiteren Ungelegenheiten machen. Margot«, rief er über die Schulter, »wir haben diesen armen Priester lange genug gestört.«

Er ging davon. Seine Frau lächelte Athelstan zu, berührte sanft seine Hand und schlüpfte lautlos zur Tür hinaus, ihrem Mann hinterher.

»Tja, Pater!« Watkin, der Mistsammler, baute sich mit verschränkten Armen und gespreizten Beinen vor seinem Pfarrer auf. »Tja, Pater«, wiederholte er, »nun haben wir unser Wunder. Die Heilung ist der Beweis: Wir haben einen Heiligen hier in St. Erconwald.«

Athelstan sah, wie die Augen des Mistsammlers beim Gedanken an den zu erwartenden Profit glitzerten.

»Wallfahrten werden stattfinden«, rief der Sakristan. »St. Erconwald wird berühmt. Ihr könnt uns nicht hindern«, fügte er trotzig hinzu. »Ihr kennt das Kirchenrecht. Das Kirchenschiff gehört dem Volk. Dies ist unsere Kirche.« Er deutete mit dickem Finger auf das Querschiff. »Das ist unser Sarg, unser Skelett und unser Heiliger. Und wer anderer Meinung ist, kann sich gleich verpissen.«

Ein Beifallschor begrüßte seine Worte. Athelstan schaute seine Gemeinde an. Wenn doch nur Benedicta da wäre, um die Wogen zu glätten! Athelstan erkannte die gefährliche Mischung aus religiösem Eifer und Profitgier, die in den anderen erwacht war. Tab, der Kesselflicker, würde jetzt in seine Werkstatt gehen und feine Amulette, Bildnisse und Kreuze zurechthämmern, und binnen eines Tages würde er damit handeln. Der Tuchwalker Amasias würde mit einem »E« bestickte Tücher feilbieten und behaupten, sie hätten die Überreste des Heiligen berührt. Der Maler Huddle würde Skizzen auf Pergament anfertigen. Pike würde seine Frau Brot und Zuckerwerk backen lassen und in unheiliger Allianz mit Watkin den Pilgern und Neugierigen einen Wegezoll abnehmen. Eine Woge des Bedauerns durchströmte Athelstan, aber er sah ein, daß dies nicht die Zeit für kühle Logik oder unverblümte Wahrheiten war.

»Laßt mich darüber nachdenken«, sagte er. Er richtete sich zu voller Höhe auf und sah sich unter seinen Gemeindemitgliedern um. »Ihr Kindlein«, rief er und benutzte die Anrede, mit der er sonst seine Predigten eröffnete. »Ich bitte euch, seid achtsam und umsichtig. Gott wirkt Wunder. Dieser Tag ist ein Wunder. Jeder von euch, einzigartig in sich selbst, ist ein Wunder. Überstürzt nichts, denn diese Angelegenheit ist noch nicht geklärt. Ich will mich nicht gegen euch stellen, aber überlegt euch, was dies für euch und eure Gemeinde am Ende bedeutet. Ihr seid gute Leute, aber ich glaube, ihr seid verblendet.«

»Was ist mit dem Wunder?« schrie Mugwort. »Was ist mit unserem Märtyrer?«

Athelstan lächelte. »Wie der Psalmist sagt, Mugwort: Wer kennt die Wege Gottes? Wir werden sehen, wir werden sehen.«

Er machte auf dem Absatz kehrt und ließ sie stehen. In seinem Haus angekommen, stürzte er trotz der frühen Stunde einen Becher Wein herunter, und zwar mit einer Geschwindigkeit, für die ihn der Lord Coroner bewundert hätte.

VIER

Am Montag nach dem Großen Wunder von St. Erconwald saß Athelstans Ordensoberer, Pater Anselm, mit den Mitgliedern des Generalkapitels in seinem Studierzimmer und fragte sich, ob ein Meuchelmörder in Blackfriars sein Unwesen treibe. Bruder Brunos Treppensturz in die Krypta und, merkwürdiger noch, Bruder Alcuins Verschwinden rückten dies in den Bereich des Möglichen – als gäbe es nicht schon genug Dinge, die den Verstand strapazierten und den Körper ermüdeten.

Er schaute seine Ordensbrüder an, die an dem langen Holztisch versammelt waren: den hakennasigen, scharfäugigen Großinquisitor William de Conches, den glattgesichtigen, knabenhaften, aber blitzgescheiten Theologen Henry von Manchester, Bruder Callixtus, den Bibliothekar mit den langen, tintenbefleckten Fingern, der vom angestrengten Lesen in Manuskripten und Büchern ganz schwache Augen hatte. Der magere, eckige Bibliothekar fühlte sich offenbar unwohl, denn er zappelte auf der Bank herum und trommelte mit den langen Fingern auf der Tischplatte, als wäre er eigentlich lieber woanders. Neben ihm saß Bruder Eugenius, kahlköpfig und mit einem Gesicht wie ein Posaunenengel; seine gedrungene, rundliche Gestalt, seine freundlichen Augen und sein lächelnder Mund ließen nicht vermuten, daß er einen furchterregenden Ruf genoß: Er war der Gehilfe des Großinquisitors, ein Fanatiker, der überall Häresie und Spalterei witterte. Außerdem saßen da noch die beiden Gegner des Bruder Henry, die Verteidiger des Glaubens, die seine theologische Abhandlung untersuchen und den Nachweis logischer Unrichtigkeit erbringen oder aber einwenden sollten, daß sie sich gegen die orthodoxen Lehren der Kirche richte. Gleichwohl waren diese Verteidiger des Glaubens liebenswerte Männer. Peter von Chingforde war stämmig und kräftig, und sein dunkles, bärtiges Gesicht lächelte immer. Er war bodenständig und hatte einen ziemlich unverblümten Humor, den er bei seinen subtilen und geschickten Befragungen nicht erkennen ließ. Neben ihm saß, rothaarig und blaß, der irische Dominikaner Niall von Harryngton.

Der Ire sah den Prior jetzt von der Seite an und summte eine Hymne, dabei trommelte er einen kleinen Wirbel auf die Tischplatte. Der Prior lächelte matt. Er wußte, daß Bruder Niall stets ungeduldig war und jetzt zur Tagesordnung zurückkehren wollte, aber es gab andere, dringlichere Angelegenheiten – nicht nur Brunos Tod und Alcuins Verschwinden, sondern allgemeine Klosterangelegenheiten, und insbesondere die nachdrücklichen Bitten des Subsakristans Bruder Roger. Der Prior seufzte. Er mußte dem Mann wirklich ein wenig Zeit gewähren; aber Roger, ein Laienbruder, der Jahre zuvor der Inquisition in die Hände gefallen war, als er in einer Gemeinde außerhalb von Paris diente, war gebrochen im Geiste, schwach an Verstand und voller Angst vor William de Conches und seinem tückischen Gehilfen Eugenius.

Mit schmalen Augen musterte Anselm die beiden; sie steckten die Köpfe zusammen und tuschelten, und er überlegte, ob er sie dem Generalkapitel in Rom melden sollte. Gewiß, der Psalmist sang: »Der Eifer für dein Haus verzehrt mich.« Aber der Enthusiasmus und der Eifer, mit denen dieses kostbare Paar jegliche Ketzerei verzehren wollten, würde womöglich jedermann mitverschlingen. Er blickte starr auf die Tischplatte. Bruder Henry saß mit gespreizten Händen da und wartete, daß die Debatte ihren Fortgang nähme.

»Pater Prior«, sagte jetzt Bruder Niall, »wir haben eine Pause gemacht, haben die None gesungen, gegessen und getrunken. Sollten wir jetzt nicht fortfahren?«

Seine Frage löste vielstimmigen Beifall bei seinen Kollegen aus. Der Prior nickte und winkte Bruder Henry zu. Der junge Dominikaner lächelte und strich mit den Fingerspitzen über Tischplatte.

»Pater Prior«, Bruder Henry sprach leise, aber sehr deutlich, »meine Grundthese ist folgende: Allzusehr betont man die Tatsache, daß Christus ein Mensch wurde, um uns von unseren Sünden zu erlösen.« Er hob eine Hand. »Wenn aber der ehrwürdige Aquinas recht hat mit seiner Studie über die göttliche Natur, so ist Gott das ›Summum Bonum‹, das Höchste Gute. Wie kann aber das Höchste Gute, die Göttliche Schönheit, sich durch die Sünde zum Handeln bewegen lassen? Überdies« – Bruder Henry sah jetzt William de Conches an –, »wenn Gott allmächtig ist, warum konnte Er uns dann nicht durch eine einfache Verfügung von der Sünde erlösen?«

Der Prior klopfte auf den Tisch. »Bruder Peter, Bruder Niall, was antwortet Ihr darauf?«

Bruder Peter gluckste und grinste ihn an. »Wir versuchen nicht, darauf zu antworten, denn Bruder Henry spricht die Wahrheit. Gott ist das Höchste Gute, die Göttliche Schönheit, und er ist allmächtig. Eine solche These fechten wir nicht an.«

Die beiden Inquisitoren reckten die Hälse wie Falken und warteten darauf, daß Bruder Henry fortfuhr. Der Prior war plötzlich sehr müde. »Wir können nicht fortfahren«, teilte er seinen verblüfften Kollegen mit.

»Wie meint Ihr das?« schnarrte William de Conches.

»Pater Prior, wir haben uns hier versammelt, um über bestimmte Dinge zu debattieren und zu diskutieren. Hier geht es um die Reinheit der kirchlichen Lehre.«

»Nein, Bruder William«, fauchte der Prior. »Hier geht es um Leben und Tod. Bruder Bruno kam unter mysteriösen Umständen ums Leben. Manchmal fürchte ich, er könnte ermordet worden sein.«

Seine Sätze riefen Ausrufe der Überraschung hervor.

»Und Ihr glaubt, Alcuin war der Täter und hat sein Heil in der Flucht gesucht?« erkundigte Eugenius sich seidenweich.

»Nein. Alcuin ist kein Mörder. Ich habe Angst um ihn. Ihr bezichtigt ihn des Mordes und der Flucht, Eugenius. Woher wissen wir, daß er überhaupt noch lebt?«

»Das ist doch lächerlich!« erwiderte Eugenius schroff. »Weshalb sollte irgend jemand Bruno töten, und was bringt Euch auf den Gedanken, Alcuin sei tot?«

»Ich weiß es nicht, aber seit das Generalkapitel zusammengetreten ist, spüre ich eine Atmosphäre von Intrige und Boshaftigkeit, die diesem heiligen Gemäuer nicht entspricht.«

»Was schlagt Ihr also vor?« fragte Bruder Henry.

»Ich habe Sir John Cranston, den Coroner der City, um seine Dienste gebeten.«

»Aber er ist ein Laie, ein Beamter der Krone! Er hat keine Autorität in diesem Kloster«, stellte William de Conches fest.

»Er hat die Autorität des Königs.« Callixtus meldete sich in scharfem Ton zu Wort und schaute den Prior mit seinen müden Augen an. »Ich vermute, Pater, er wird nicht allein kommen.«

Jetzt strahlte der Prior vor Zufriedenheit. »Callixtus,

du hast meine Gedanken gelesen. Nein, Sir John wird nicht allein kommen. Ich werde seinen Sekretär und Schreiber, Bruder Athelstan, ein Mitglied dieses Ordens und Gemeindepfarrer von St. Erconwald in Southwark, bitten, ihm behilflich zu sein.«

Callixtus lehnte sich zurück und kicherte trocken; William de Conches schlug mit der Faust auf den Tisch.

»Athelstan ist in Ungnade!« rief er. »Er hat sein Gelübde gebrochen und ist aus dem Noviziat entflohen.«

»Gott hat Mitleid«, warf Bruder Henry ein. »Warum also sollten wir keines haben? Bruder Athelstan ist in der Kunst der Befragung ebenso geschickt und erfindungsreich wie Ihr. Ich stimme Pater Prior zu. Wir sind hier zusammengekommen, um über bestimmte Thesen zu debattieren, aber ich spüre noch etwas anderes hier, eine Bosheit und Feindseligkeit, die nichts mit Theologie oder Philosophie zu tun haben.«

»Ach, wirklich?« fragte Callixtus so sarkastisch, daß der Prior angesichts der offenkundigen Abneigung des alten Bibliothekars gegen den jungen Theologen zusammenzuckte.

»Ja, wirklich!« gab Henry zurück.

Der Prior schaltete sich ein. »Dann wird diese Angelegenheit vertagt, bis Athelstan und Sir John Cranston eingetroffen sind.« Er erhob sich. »Bis dann, Brüder.« Er nickte, machte eine flüchtige Segensgeste, und die Sitzung war zu Ende.

Das Kapitel polterte hinaus; nur William de Conches und Eugenius blieben sitzen. Sie warteten, bis die Tür geschlossen war, bevor sie sich erbost dem Prior zuwandten.

»Was soll das?« schnarrte William. »Wir haben nicht

die Reise von Rom hierher gemacht, um mit den profanen Angelegenheiten eines Klosters unsere Zeit zu verschwenden.«

»Hier bin ich Pater Prior«, gab Anselm zurück, »der offizielle Hüter dieses Klosters. Ihr seid meine Gäste – Ihr werdet meinen Anweisungen folgen oder abreisen. Wenn Ihr das tut, werde ich allerdings meinem Pater Generalis in Rom darüber Bericht erstatten.«

»Dieser Athelstan«, begann Eugenius, »er arbeitet unter den Armen?« Er faltete die Hände. »Ist es wahr, was man sich erzählt, Pater Prior, daß er sich von gewissen radikalen Theologen hat anstecken lassen, denen zufolge alle Menschen gleich sind?« Er redete sich warm. »Ich beziehe mich dabei vor allem auf jene Agitatoren, die Kirche und Staat umstürzen wollen, weil sie ein irdisches Paradies anstreben.«

Anselm funkelte den heuchlerischen Priester an, der so sehr daran gewöhnt war, andere im Netz der Ketzerei zu verstricken. Er biß sich auf die Lippe, dann beugte er sich vor. »Bruder Eugenius«, sagte er zuckersüß, »Ihr selbst führt ketzerische Reden. Tatsächlich leugnet Ihr die Schrift, denn hat nicht Christus, unser Herr, Seinen Jüngern gesagt, wir sollten nicht sein wie die Heiden, die sich gern zum Herrn über andere machen und es schätzen, wenn andere die Knie vor ihnen beugen?«

Der Blick des Inquisitionsgehilfen wurde stechend, und die Debatte wäre vielleicht hitziger geworden, wäre sie nicht durch ein Klopfen an der Tür beendet worden.

»Herein!« befahl Anselm.

Roger, der Subsakristan, trat ein; sein hageres Gesicht war voller Angst, und seine dicht beieinanderliegenden Augen blickten wachsam. Mit hochgezogenen

Schultern kam er hereingeschlurft, warf einen Blick auf den Großinquisitor und wäre wieder hinausgehuscht, wenn Anselm ihn nicht fest beim Handgelenk gepackt hätte.

»Bruder Roger, was gibt es?«

Der Subsakristan kratzte sich im schütteren Haar und blickte zur Seite. »Pater Prior«, murmelte er und rieb sich den Schädel. »Ich hatte Euch etwas zu erzählen. Etwas mit dreizehn, und daß es keine dreizehn hätten sein dürfen.« Mit bangem Blick sah er Anselm an. »Aber jetzt kann ich mich nicht mehr erinnern, Pater Prior. Es ist wichtig – aber ich kann mich nicht mehr erinnern!«

Anselm ließ das Handgelenk des Armen los. »Denk eine Weile nach«, sagte er, »und dann kommst du wieder.«

Der Subsakristan floh wie ein verängstigtes Karnickel.

»Der Mann ist ein Idiot!« zischte der Großinquisitor.

»Nein, Master William, er ist ein Kind Gottes, das vor Angst von Sinnen ist. Und Gott weiß: In diesem Kloster gibt es etwas Beängstigendes, Dunkles und Unheimliches.« Mit diesen Worten nickte Anselm den beiden zu und spazierte hinaus.

Prior Anselms Ahnungen erwiesen sich als zutreffend. Am selben Nachmittag, als die Vesper gesungen war und die Brüder sich entweder in ihre Zellen zurückgezogen hatten oder in der Kühle des vom Kreuzgang umspannten Gartens spazierengingen, kehrte Bruder Callixtus in die Bibliothek und das Scriptorium zurück.

Gegen die Vorschrift zündete er die hohen Kerzen wieder an, damit er seine Suche fortsetzen konnte. Callixtus war eines der belesensten Mitglieder des Dominikaner-Ordens und stolz auf sein wunderbares Gedächtnis. Er interessierte sich für die Debatte des Generalkapitels und wollte sich einen Namen machen. Er vergewisserte sich, daß die Tür des Scriptoriums geschlossen war, bevor er aufmerksam die Regale studierte, die bis zur Decke reichten. Sie enthielten lederne Bücher, in die die Abhandlungen und Schriften der Kirchenväter sorgfältig gebunden waren. Im Laufe des Tages hatte Callixtus die unteren Regale durchsucht, aber jetzt wollte er seine Arbeit vollenden; schließlich ging es darum, das Manuskript zu finden, in dem stand, was er brauchte. Callixtus hatte sich Alcuin gegenüber damit gebrüstet, daß er das könne; allerdings hatte er sich auf die Frage nach weiteren Einzelheiten nur an die lange, knochige Nase getippt. Er würde diesen Theologen zeigen, daß es nichts Neues gab unter der Sonne und daß die größten Gelehrten die Bücherliebhaber waren.

Callixtus zündete noch ein paar Kerzen an und starrte die Regale an, die turmhoch vor ihm aufragten. Er schob die lange Leiter an die gewünschte Stelle und kletterte vorsichtig hinauf, eine Kerze fest in der Hand. Er betrachtete die goldenen Lettern auf dem Rücken eines Buches, die ein früherer Bibliothekar darauf geprägt hatte: *Briefe, Bücher und Dokumente des Apostolischen Zeitalters*. Callixtus grinste und schüttelte den Kopf. Aufmerksam studierte er die anderen. Da hörte er unter sich ein Geräusch. Erschrocken schaute er hinunter.

»Wer ist da?« rief er leise.

Gewiß würde keiner der Brüder hereinkommen, dachte er. Diejenigen, die im Scriptorium arbeiteten, waren jetzt müde; ihre Augen brannten, ihre Finger waren verkrampft, und sie würden nur allzugern die

Abendsonne genießen. Callixtus setzte seine fieberhafte Suche fort. Er mußte diesen Band finden, bevor Athelstan kam. Nichts blieb hier lange geheim, und nach dem Abendbrot war der Klatsch wie ein Wildfeuer auf einem trockenen Stoppelfeld durch das Kloster gerast: Athelstan, das schwarze Schaf der Familie, kehrte in den Pferch zurück!

Callixtus hatte nichts gegen Athelstan. Soweit es einem Mann wie ihm möglich war, mochte, ja, respektierte er den asketischen und doch humorvollen Gemeindepriester der Armen. Aber er wollte doch nicht, daß Athelstan den ganzen Ruhm einstrich.

Ein Buch fiel ihm ins Auge. Er hielt die Kerze fest und streckte die Hand aus, um danach zu greifen, als die Leiter plötzlich heftig umgedreht wurde. Der Bibliothekar rutschte ab, so erschrocken, daß er nicht einmal schrie, und fiel wie ein Stein auf den Steinboden des Scriptoriums. Ein scharfer Schmerz durchzuckte seinen Körper. Callixtus rang nach Luft, denn der Aufprall hatte ihm den Atem verschlagen; zum Glück war er auf den linken Arm gefallen und so von schlimmeren Verletzungen verschont geblieben. Wieder hörte er ein Geräusch, und trotz der Schmerzensschauer drehte er sich zu der dunklen Schattengestalt um, die sich über ihn beugte.

»Hilf mir!« stöhnte er.

»In die Ewigkeit!« war die gezischte Antwort.

Callixtus öffnete den Mund. »Nein«, stöhnte er. »Oh nein, das wollte ich doch nicht!« Er versuchte davonzukriechen, doch da schlug ihm die verhüllte Gestalt einen schweren Messingleuchter an die Schläfe und brach Callixtus' Schädel wie eine Nuß, so daß Blut und Hirn herausrannen.

Am Tag nach dem »großen Wunder« begannen Athelstans Schwierigkeiten erst richtig. Die Neuigkeit von der Heilung verbreitete sich wie ein Lauffeuer in den stinkenden Gassen von Southwark. Die Kranken und Lahmen strömten zur Kirche und wurden ekstatisch begrüßt von Watkin und Pike, die den Vorplatz von St. Erconwald in einen kleinen Markt verwandelt hatten.

»Die werden bald müde werden«, sagte Athelstan leise zu Bonaventura. Er stand vor seinem Haus und betrachtete die lange Reihe der hoffnungsvollen Pilger, die vor der Kirche Schlange standen, um einen Blick auf das Skelett zu werfen, vor dem großen Holzsarg eine Kerze anzuzünden und ein Gebet zu sprechen. Athelstan hatte beschlossen, gute Miene zum bösen Spiel zu machen. Die Arbeiter im Chor durften weitermachen, und er war sicher, daß Cranston mit neuen Erkenntnissen kommen würde, die den Fall ein für allemal klären würden.

Aber am frühen Nachmittag war Athelstans Optimismus verflogen. Von weiteren Heilungen wurde gemunkelt; ein Kind mit Warzen behauptete, sein ekelhaftes Leiden sei verschwunden. Ein saurer Magen war beruhigt, Lendenschmerzen verflogen, und eine lange Liste von Leiden verging, nachdem der Betroffene vor dem Sarg gebetet hatte. Master Bladdersniff und die anderen Büttel kamen, um sich zu beschweren, aber Athelstan konnte nur lautstark seinem Mißvergnügen über die Vorgänge Luft machen und erklären, ihm sei die Sache aus der Hand genommen. Dann schloß er sich in seinem Haus ein.

Die Nachricht von dem wunderbaren Fund in St. Erconwald lockte all die menschlichen Bussarde und Windvögel an, die sich in Southwark herumtrieben: die Fälscher, die »ehrbaren Männer«, die Kesselflicker und die Höker, die mit religiösen Gegenständen handelten. Sie sammelten sich wie Fliegen auf einem Misthaufen. Ein Gauner mit Augenklappe und einem angeblich lahmen Bein hinkte in die Kirche, und als er herauskam, warf er seine Krücke beiseite, behauptete, er sei geheilt, und wollte die Krücke als gesegneten Gegenstand verkaufen. Er stand vor Athelstans Haus und brüllte einer Schar von Zuschauern zu, für einen Shilling sei dieses heilige Holz, das ihn nach Jerusalem und zurück getragen haben, zu erwerben. Im Haus verzog Athelstan unangenehm berührt das Gesicht. Da erklang eine zweite, durchdringendere Stimme von der Kirche her.

»Ich bringe Ablässe aus Rom! Vom Stellvertreter Christi selbst in Avignon! Wenn ihr dieses Pergament kauft, das beschrieben wurde mit Tinte aus einem Faß, hergestellt aus dem Holz der Krippe unseres Jesuskindes, dann werden euch – gegen ein gewisses Entgelt – alle eure Sünden vergeben werden, und ihr werdet eintausend Tage und Nächte weniger im Fegefeuer schmoren.«

Athelstan saß da und stützte den Kopf auf beide Hände; jetzt konnte er es nicht mehr ertragen. Er entriegelte die Tür, riß sie auf und stapfte hinaus. Er packte die hölzerne Krücke des »ehrenwerten Mannes« und schlug sie ihm über den Rücken, daß es laut klatschte.

»Im Namen Gottes, verschwinde!« schrie er. »Kennst du nicht den Vers: ›Dies ist das Haus Gottes und das Tor zum Himmel‹? Und kein schäbiger Marktstand in der Cheapside!«

Der Kerl stolperte, und seine Hand fuhr zum Messer an seinem Gürtel. Athelstan hielt die Krücke in beiden Händen und kam drohend näher.

»Nur zu, du kleiner Pißköttel!« schrie er und bediente sich unverbrämt des Cranston'schen Vokabulars. »Zieh deinen Dolch, und ich schlage dir deinen verdammten Schädel von den Schultern!« Wütend deutete der Priester auf die kleine Zuschauerschar. »Das hier sind ehrliche Menschen. Sie verdienen ihr Brot im Schweiße ihres Angesichts!«

Der Kerl warf Athelstan einen vorwurfsvollen Blick zu und machte sich schnell davon. Schwer atmend lehnte der Priester sich auf die Krücke.

»Tut mir leid«, sagte er zu den erschrockenen Zuschauern. »Geht jetzt nach Hause. Kümmert euch um eure Frauen, eure Männer, eure Kinder. Behaltet euer Geld. Geht und liebet eure Nächsten, und ihr werdet Gott finden – nicht bei diesem peinlichen Mummenschanz der billigen Gaukelei!«

»Ein Ablaß!« schrie die durchdringende Stimme plötzlich. »Ein Ablaß für eure Sünden! Die Himmelspforte lockt!«

Athelstan richtete sich auf und funkelte den Ablaßhändler an, der mit dem Rücken zu ihm auf der Kirchentreppe stand. Ohne nachzudenken, ging Athelstan hinüber und rammte dem Mann das Ende der Krücke so wütend ins Kreuz, daß der die Treppe hinunterstolperte und unten auf allen Vieren landete. Dort drehte er sich um; sein gelbes Gesicht war eine Maske des Hasses, er bleckte schwarze Zähne, und seine Augen waren schmal vor Wut. Der Priester hockte sich oben an der Treppe nieder.

»Ich werde jetzt die Augen schließen«, sagte er leise, »und ein Ave Maria sprechen. Wenn ich bei den Worten ›Jetzt und in der Stunde unseres Todes‹ angekommen bin, werde ich die Augen wieder öffnen. Und wenn du dann noch hier bist, dann werde ich dich grün und blau prügeln und auf einen Misthaufen werfen.«

Athelstan war noch nicht bei »Heilige Maria« angekommen, als er mit einem halbgeöffneten Auge sah, daß der Ablaßhändler davonrannte wie ein Hase. Athelstan richtete sich auf und starrte Watkin und Pike an, die in der Kirchentür standen.

»Wenn ihr so etwas noch einmal zulaßt«, sagte er leise, »dann mögt ihr weiterhin meine Pfarrkinder sein, aber meine Freunde seid ihr nicht mehr.«

Langsam kehrte er zu seinem Haus zurück, schloß die Tür und legte sich auf das Bett. »Wenn es einen Gott im Himmel gibt«, sagte er leise, »dann wird die Wahrheit doch sicher herauskommen, oder?«

Am nächsten Morgen war es um St. Erconwald ein bißchen stiller, nachdem Athelstan am Tag zuvor dermaßen aus der Haut gefahren war. Die Wahrheit kam nicht, wohl aber Cranston und der Pater Prior. Athelstan hatte soeben an seinem Behelfsaltar die Messe gelesen, sich davon überzeugt, daß die Arbeiter gut vorankamen, Philomel gefüttert und nahm zum Frühstück soeben seine letzte Schale Suppe und einen Becher verdünnten Wein zu sich, als Cranston an die Tür hämmerte und sofort hereingerauscht kam wie der Heilige Geist.

»Morgen, Mönch!« donnerte er, und hielt in der einen Hand seinen wunderbaren Weinschlauch. Unaufgefordert füllte er Athelstans Becher, nahm einen großzügigen Schluck, rülpste und bat den lächelnden Pater Prior einzutreten. Athelstan stand auf.

»Guten Morgen, Pater. Wollt Ihr Sir John und mir trotz der frühen Stunde bei einem Glas Wein Gesellschaft leisten?«

Prior Anselm lächelte Cranston bewundernd an.

»Warum nicht?« sagte er leise. »Wahrlich sagt ja der Psalmist, der Wein erfreut des Menschen Herz, und der

Heilige Paulus schreibt in seinem Brief an Timotheus: ›Trinke etwas Wein für den Magen.‹«

Cranston rülpste wieder und strahlte den Prior an.

»Ist das wahr?« rief er.

»Natürlich, Sir John.«

»In diesem Fall«, erklärte Cranston, »ist der Heilige Paulus mein Lieblingsheiliger. Das muß ich Lady Maude erzählen. Der Brief an Unsere Liebe Frau?«

»Nein, Sir John«, sagte Athelstan. »Der Brief an Timotheus. Pater Prior, setzt Euch doch. Ihr, Sir John – einen Becher aus der Speisekammer?«

Sie ließen sich nieder; Cranston strahlte, und Pater Prior nippte behutsam an seinem Zinnbecher. Athelstan rieb sich das Gesicht.

»Du siehst müde aus, Mönch«, stellte Cranston fest.

Athelstan deutete auf die Tür. »Ihr kennt den Grund, Sir John. Das verfluchte Skelett und, was noch schlimmer ist, die verfluchte Dummheit der Pfarrkinder: Sie sind so leichtgläubig, daß man ihnen Schwarz für Weiß verkaufen könnte, wenn man seine Worte nur mit dem richtigen Honig beträufelte.«

»Ja, davon habe ich gehört«, sagte der Pater Prior.

Sir John rutschte auf seinem Schemel hin und her. »Ich tue ja, was ich kann!« beteuerte er. »Ich habe Schreiber, die in den Akten stöbern, und Büttel, die im Dreck von Whitechapel den Aufenthalt von Master Fitzwolfe herauszufinden suchen, aber bis jetzt – nichts.« Er trank aus seinem Weinschlauch. »Und die scharlachrote Kammer?« fragte er mit schmalen Augen.

»Nichts, Sir John, überhaupt nichts.«

»Die scharlachrote Kammer?« fragte der Prior.

Cranston lachte gezwungen. »Ein kleiner Scherz zwischen uns, Pater Prior. Ein Rätsel, das dieser gute Priester hier und ich zu lösen versuchen.«

»Ich bin auch wegen eines Rätsels hier«, sagte der Prior und sah Athelstan an. »Sir John hat dir vielleicht schon erzählt, was sich in Blackfriars zugetragen hat. Jetzt ist noch Schlimmeres geschehen.« Er stellte seinen Becher hin. »Bruder Bruno ist auf geheimnisvolle Weise gestorben. Alcuin, der Sakristan, ist immer noch verschwunden. Roger, der Subsakristan ... du erinnerst dich vielleicht an ihn, Bruder?«

Athelstan nickte.

»Nun, er brabbelt Unsinn. Die Inquisitoren glauben, es ist Ketzerei im Spiel. Und jetzt ... « Mit den Fingerspitzen schob er seinen Weinbecher hin und her. »Bruder Callixtus, der Bibliothekar, arbeitete gestern noch spät abends im Scriptorium – Gott weiß, warum. Er suchte etwas in den oberen Regalen. Nun, die Leiter rutschte weg, er stürzte ab und zerschmetterte sich das Hirn auf dem Steinboden.«

»Gott schenke ihm die ewige Ruhe«, murmelte Athelstan und bekreuzigte sich.

Er kannte alle Namen, die Pater Anselm genannt hatte, aber die Gesichter dieser Männer waren verschwommen und undeutlich. Einige hatte er vom Sehen gekannt, als er noch in Blackfriars gelebt hatte. Andere, wie Henry von Winchester und die beiden Inquisitoren, waren Gäste aus anderen Häusern. Athelstan stützte sich auf den Tisch und überlegte schnell. Wenn der Pater Prior eine Woche früher gekommen wäre, hätte er Athelstan in große Bestürzung versetzt, aber vielleicht wirkte Gott ja auf geheimnisvollen Wegen? Vielleicht wäre jetzt ein kurzer Aufenthalt fern von St. Erconwald das beste für ihn? Er schaute den Prior an.

»Was, glaubt Ihr, geht vor in Blackfriars?«

Pater Prior starrte in seinen Becher. »Gott sei mein

Zeuge«, flüsterte er. »Ich glaube, wir haben einen Sohn Kains in unserer Mitte, einen Mörder. Ich möchte, daß du und Sir John die Sache untersucht. Ich möchte, daß ihr sofort mitkommt.«

»Und St. Erconwald?« fragte Athelstan.

Cranston beugte sich vor und tätschelte ihm die Hand. »Zerbrich dir nicht die Rübe deswegen, Pfaffe. Was da draußen vorgeht, könnte man als Landfriedensbruch bezeichnen. Ich schicke ein paar stämmige Wachtmeister mit einer Verfügung der Gemeindebehörden her, die die Kirche für jedermann schließen, mit Ausnahme der Arbeiter.«

Athelstan nickte rasch. »Ja, ja«, meinte er, »das wäre am besten. Und nun, Pater Prior, erzählt mir genau, was in Blackfriars vorgeht.«

Er schloß die Augen und lauschte aufmerksam Pater Anselms Schilderung der Ereignisse der letzten Tage.

»Also«, schloß Athelstan. »Wir haben eine Sitzung des Inneren Kapitels in Blackfriars, wo Henry von Winchester seine theologische Abhandlung gegen die Brüder Peter und Niall verteidigt, während unsere Freunde von der Inquisition dabeisitzen, um Ketzereien aufzuspüren.«

»Ja.«

»Und währenddessen sterben Bruder Bruno und Bruder Callixtus, Alcuin verschwindet, und Ihr scheint mir sehr besorgt über das Gebrabbel eines Schwachsinnigen zu sein.«

Der Prior rieb sich die Augen. »Ich bin besorgt, weil Bruder Rogers Gebrabbel nach Alcuins Verschwinden begann. Weißt du, es heißt, Alcuin sei in die Kirche gegangen, um am Leichnam Bruder Brunos zu beten. Er verschloß die Tür hinter sich, weil er allein sein wollte. Das tat er oft. Bruder Roger klopfte an, aber weil niemand aufmachte, benutzte er einen zweiten Schlüssel, um hineinzukommen. Von Alcuin war keine Spur.« Der Prior verschränkte die Finger ineinander. »Aus irgendeinem Grund scheint Alcuins Verschwinden Bruder Rogers Verstand noch tiefer in die Finsternis gestoßen zu haben.« Er stand auf. »Du mußt kommen, Athelstan. Sir John wird sich um die Kirche kümmern. Ich ziehe es vor, dich zu bitten, aber wenn nötig, werde ich es dir als dein Ordensoberer auch befehlen.«

»Ich komme«, sagte Athelstan. Er stand auf und streckte sich. »Ein Urlaub von St. Erconwald wird wirklich erholsam sein. Pater Prior, geht nur zurück nach Blackfriars. Sir John und ich werden bald nachkommen. Ich möchte, daß Ihr die Mitglieder des Generalkapitels zusammenruft. Ich muß sie zusammen befragen.«

Pater Prior nickte, rückte den Gürtel seiner Kutte zurecht und Athelstan sah ihm nach, wie er zu seinem Pferd ging, das bei der Kirchentreppe angebunden war.

»Ach, Sir John?« Er drehte sich um. »Der Brief wegen Benedictas Ehemann. Er ist weg?«

»Wie ein abgeschossener Pfeil.«

»Gut.«

Athelstan ging hinaus auf den Vorhof und sah ein paar Kinder auf der Treppe spielen.

»Crim! Crim! Lauf so schnell du kannst zu Mistress Benedictas Haus und sag ihr, sie soll herkommen, bitte.«

Er kehrte in die Küche zurück, wo Cranston sich schon wieder Wein nachschenkte. »Seht Euch vor, Sir John«, warnte er. »Ihr werdet Euren Verstand heute nachmittag noch brauchen.«

»Verflucht, ich brauche aber etwas zu trinken«, blaffte Cranston erbost. »Vor allem, wenn ich den Tag mit einer Meute miefiger Mönche verbringen soll.«

»Ordnungsliebende Ordensbrüder trifft es wohl eher«, erwiderte Athelstan scherzend.

Cranston rülpste.

»Lady Maude und den Kindern geht es gut?«

»Aye, aber ich werde in Blackfriars wohnen«, antwortete der Coroner. »Ich glaube, Lady Maude hat Wind bekommen von meiner blöden Wette. Du weißt ja, wie sie ist, Athelstan.« Cranston blies die Wangen auf. »Lady Maude meckert nicht, aber ich kann diese langen, traurigen Blicke nicht aushalten. Bruder« – er schaute Athelstan flehentlich an –, »das Problem muß gelöst werden.«

Athelstan wandte ihm den Rücken zu, damit Cranston nicht die Verzweiflung in seinem Gesicht sehen konnte.

»Skelette, mysteriöse Todesfälle und ein Meuchelmörder im Kloster!« Athelstan schloß die Augen. »Oh, gütiger Gott, hilf uns!«

Er machte sich in der Küche zu schaffen, bis es an der Tür klopfte.

»Herein!« rief er.

Benedicta trat ein; ihr schönes Gesicht war jetzt ernst und besorgt. Sie nickte Cranston zu.

»Was ist passiert, Bruder? Warum schickt Ihr nach mir?«

Athelstan führte sie zu einem Schemel und setzte sich dann neben sie.

»Benedicta, der Brief ist unterwegs, aber wir müssen auf Antwort warten. Ich muß die Pfarrei für eine Weile verlassen und nach Blackfriars gehen.« Sanft berührte er ihr Handgelenk. Cranston hustete verlegen und schaute weg. »Hör zu, Benedicta«, fuhr Athelstan fort. »Wenn ich fort bin, berufst du für heute abend eine Gemeinderatssitzung ein.« Er nahm seinen Schlüsselring vom Gürtel. »Ihr könnt euch hier treffen. Du mußt versuchen, sie zur Vernunft zu bringen. Kümmere dich um die Kirche. Beaufsichtige die Arbeiter; sie müßten in ein paar Tagen fertig sein. Füttere Bonaventura. Und, um Gottes willen, behalte Cecily im Auge.« Er grinste. »Sie ist für Watkin und Pike noch wichtiger als dieses Skelett.«

Benedicta nahm die Schlüssel. »Seht Euch vor, Pater«, sagte sie leise. »Ihr werdet uns fehlen.« Und sie verschwand so lautlos, wie sie gekommen war.

»Ein braves Weib, das«, sagte Cranston spöttisch. »Ein wahrhaft gesundes Weib.« Taumelnd kam er auf die Beine, und sein mächtiger Wanst schwankte, während er seinen benebelten Verstand darauf konzentrierte, den Stopfen wieder in den Weinschlauch zu bringen. »Jetzt ein gutes Schläfchen«, brummte er, »und mir geht's wieder bestens.«

Athelstan räumte eilig die Becher ab. Er wechselte die Kutte, wusch sich und holte seinen verschlissenen Sattel mit den Ledertaschen für Schreibtablett, Pergament, Federn und Tintenhorn herunter. Dann sattelte er den widerstrebenden Philomel, für den ein idealer Tag des Schlummerns zwischen den Mahlzeiten auf diese Weise abrupt zu Ende ging. Binnen einer Stunde führte Cranston, der abwechselnd schnarchend, rülpsend und furzend im Sattel saß, seinen »geliebten Schreiber«, wie er Athelstan nannte, hinunter zur London Bridge.

FÜNF

Sie mußten sich mühsam den Weg auf die andere Seite bahnen, denn die Karren, mit denen die Feldfrüchte zu den Märkten geliefert worden waren, verließen jetzt die Stadt, bevor die Abendglocke geläutet wurde. Auf dem Fischmarkt in der Bridge Street stank es nach ranzigen Heringen. Athelstan sah ein paar der faulen Fische, die die Händler immer noch loszuschlagen versuchten, und gelobte sich stillschweigend, vor den Fischpasteten, die in den Garküchen und Schenken serviert wurden, auf der Hut zu sein.

An einem so schönen Tag war ganz London auf der Straße. Die Reichen in Kleidern aus rotbrauner Atlasseide drängten sich Schulter an Schulter mit Straßenjungen, deren dünne Leiber von schmutzigen, zerfetzten Lumpen nur notdürftig bedeckt waren. Ein Schar Prostituierte mit frisch geschorenen Schädeln wurde von einem Dudelsackpfeifer zu dem runden Gebäude namens »Tun« in der Cheapside geführt, wo sie zur Schau gestellt werden würden.

Die beiden bogen nach links in die Ropery ein, wo die Verkaufsstände mit Schnüren, Seilen, Tauen und Zwirnen aller Art behängt waren, manche bunt gefärbt, andere in rostbraunen Rollen, die von Maurern und Bauhandwerkern gekauft wurden. Lehrjungen liefen umher und hielten Ausschau nach Kundschaft; sie griffen sogar in das Zaumzeug der Pferde, aber ein Blick auf den rotgesichtigen Cranston und den dunkel verhüllten Priester genügte, und sie wandten sich ab.

Der Anblick der Seile für die Bauleute erinnerte Athelstan an die Steinplatten in der Kirche und an das rätselhafte Steinmetzzeichen. Er hatte seine Gemeinde aufgefordert, sich nach einem ähnlichen Zeichen umzusehen, aber niemand kannte es. Irgend etwas, dachte Athelstan, mußte der Mann, der die Steinplatten damals verlegt hatte, über das Skelett wissen, das darunter lag.

Cranston geriet in Bewegung. »Sieh dir das an«, sagte er.

Sie hatten an der Ecke der Vintry haltgemacht, wo die Männer des Sheriffs Bestrafungen ausführten. Ein nackter Mann stand bis zum Kinn in einem Faß mit Pferdepisse. Der roh bekritzelte Zettel, der ans Holz geheftet war, offenbarte ihn als einen Brauer, der sein Bier gepanscht hatte. Die größte Zuschauermenge aber umstand eine alte Vettel, der man die zerlumpten Röcke über den Kopf gebunden hatte, damit ein Gerichtsdiener ihr mit einem Stab den schlaffen, grauen Hintern versohlen konnte: die Strafe für die Mißhandlung einiger Kinder. Die Zuschauer verspotteten die unglückliche Frau, der man die Augen verbunden hatte, und bewarfen sie mit Kot und Abfall. Der Aufruhr legte sich, als eine Beerdigungsprozession näher kam, angeführt von einem Priester, der ein Kreuz trug und sang: »*Requiem dona eis.*« Die meisten Leidtragenden waren betrunken, und der Sarg dümpelte auf den Schultern der Träger dahin wie ein Korken auf dem Wasser; er schwankte so heftig, daß der Deckel sich löste, der grauweiße Arm des Leichnams herausbaumelte und auf und ab fuchtelte, als wolle der Verstorbene den Umstehenden zum Abschied zuwinken.

Athelstan und Cranston stiegen ab und führten ihre Pferde an den Karren vorbei, die über das Kopfsteinpflaster zum Hafen rumpelten. Sie bogen in die Beck

Street ein und wurden dort unter die Traufe eines Hauses gedrängt, um Platz für eine seltsame Prozession zu machen: Mehrere Männer mit Kapuzen und Gesichtsmasken, aber nackt bis zur Taille, bewegten sich langsam die Straße hinunter. In leierndem Ton sangen sie den »Miserere«-Psalm, und andere peitschten ihnen dabei den Rücken, bis die Haut blaurot aufplatzte.

»Flagellanten!« wisperte Athelstan. »Man sieht sie in Paris, in Köln und in Madrid, und jetzt auch in London. Sie wandern von Stadt zu Stadt, singen ihre Psalmen und geißeln einander zur Buße für ihre Sünden.«

Cranston rülpste nur laut. »Wie um Gottes willen«, knurrte er, »kann so etwas dem lieben Gott gefallen?«

Athelstan schüttelte nur stumm den Kopf.

Die Flagellanten bogen um die Ecke, und das Klatschen der Geißeln und die frommen Gesänge verhallten allmählich.

Athelstan und Cranston näherten sich jetzt Blackfriars; schon sah man die großen und kleinen Türme des Klosters über den roten Ziegeldächern der Häuser. Eine Seitenstraße wurde von Soldaten in der Livree der City abgesperrt; sie waren bewaffnet und drückten sich Schwämme vor Mund und Nase. Athelstan spähte in die Straße hinein, und ein Schauer überlief ihn. Die Straße lag verlassen. Alle Türen waren verschlossen und verriegelt, und die Fensterläden fest verrammelt. Das bunte Schild vor einer Taverne klapperte gespenstisch und schwang seufzend vor dem Eingang zur leeren Schankstube.

»Die Pest!« sagte Cranston und stieg auf sein Pferd. »Gott schütze uns, Bruder, wenn die nochmal wiederkommt.«

Athelstan schlug das Kreuzzeichen an der Straßenecke und folgte Cranston auf den großen freien Platz vor Blackfriars. Vor ihnen erhoben sich das mächtige Tor und die hohe Mauer, die das große Kloster umgab. Cranston riß heftig am Glockenseil; ein Laienbruder erschien und geleitete sie über den gepflasterten Hof zu einem Stallknecht, zahnlos, mit triefenden Augen und dem häßlichsten Furunkel im Gesicht, das Athelstan je gesehen hatte; der Mann murmelte etwas Unverständliches und führte ihre Pferde weg. Als der Laienbruder sie in die kühlen, luftigen Gänge führte, lächelte Athelstan. Es war ein merkwürdiges Gefühl, wieder hier zu sein. Hier hatte er sein Noviziat abgeleistet. Er schaute in einen steinernen Korridor hinein und blieb stehen, als könne er seinen eigenen Geist dort sehen, einen jungen Mann, der sich in finsterer Nacht durch diese Korridore schlich, durch ein offenes Fenster in den mondbeschienenen Garten hinaus und über die Mauer kletterte, hinter der sein jüngerer Bruder auf ihn wartete, um mit ihm in den Krieg des Königs zu ziehen. Armer Francis, verscharrt auf einem französischen Schlachtfeld!

»Es tut mir leid«, flüsterte Athelstan den Stäubchen zu, die im strahlenden Licht tanzten, das durch das Fenster hereinfiel. »Es tut mir so leid!«

Der Laienbruder sah Athelstan neugierig an.

»Fehlt Euch etwas?« fragte der Mann.

Cranston kniff die Augen zusammen und schüttelte den Kopf, als könne er Athelstans Gedanken lesen.

»Es ist nichts«, brummte er. »Mein guter Freund hat einen Geist gesehen.«

Der verwunderte Laienbruder führte sie weiter durch den sonnengesprenkelten, von Bogengängen umgebenen Garten zu Prior Anselm, der sie in seinem großen, blaugestrichenen Gemach erwartete.

»Ihr kommt früher als erwartet«, sagte er, schnippte

mit den Fingern und flüsterte dem Laienbruder ein paar Anweisungen ins Ohr. »Setzt Euch doch«, murmelte er dann. Er griff nach einer kleinen Glocke und läutete. »Ihr müßt durstig sein.«

Cranston strahlte. Athelstan, der sich in diesem Gemach, wo er für seine Sünden zur Rede gestellt worden war, immer unbehaglich fühlte, nickte geistesabwesend.

Ein Diener erschien mit einem großen Krug Met und drei Bechern. Kaum hatte er Prior Anselm und Athelstan eingeschenkt, als Cranston seinen Becher schon leergetrunken hatte und ihn anstieß, damit er ihn wieder füllte.

»Nicht so schüchtern«, sagte der Coroner und schmatzte. »Wunderbar! Absolut wunderbar! Gieß nur voll bis zum Rand, und dann stell den Krug neben mir auf den Boden.«

Der unglückliche Diener gehorchte und zog sich großäugig zurück.

»Schmeckt Euch unser Met, Sir John? Unsere Bienen sind äußerst fruchtbar und geben einen überaus milden, süßen Honig. Ich muß Euch ein Glas davon und ein Fäßchen für Lady Maude mitgeben.«

»Ausgezeichnet«, murmelte Cranston, starrte Athelstan mit verschwommenem Blick an und schwankte gefährlich auf seinem Stuhl. »Ein prächtiger Ort. Ich begreife nicht, weshalb du ihn verlassen hast.«

Athelstan funkelte ihn an. Jeden Augenblick würde Sir John jetzt einnicken und sein Nachmittagsschläfchen halten. Hoffentlich würde er nur nicht vom Stuhl fallen; so betrunken, war Cranston unglaublich schwer.

»Pater Prior«, sagte Athelstan rasch, »diese Angelegenheit mit Henry von Winchester – weshalb gibt es da eine so große Debatte?«

Prior Anselm war fasziniert von Cranston und hatte Mühe, seinen Blick von dem jovialen Coroner loszureißen, der wie ein rülpsendes Riesenbaby auf seinem Stuhl hockte.

»Henry hat ein Traktat geschrieben«, antwortete er langsam, »und behauptet darin, Gott sei nicht Mensch geworden, um uns von der Sünde zu erlösen, sondern um uns wieder gottselig zu machen.«

Athelstan zog die Brauen hoch. »Aber wo liegt denn dabei die Ketzerei?«

»Erst habe ich mich das auch gefragt; aber wenn wir Bruder Henrys These folgen, daß Christus kam, um uns in den früheren Zustand der Gottseligkeit zurückzuversetzen, was ist dann die Bedeutung der Sünde? Wo bleibt der Gedanke der göttlichen Gerechtigkeit und Vergeltung?«

Cranston rülpste. »Zuviel Sünde, verdammt!« murrte er. »Das ist alles, worüber ihr Pfaffen redet. Wie kann der liebe Gott einen Mann in die Hölle schicken, bloß weil er zuviel trinkt?«

Cranston schmatzte und war im Begriff, seine ureigene Abhandlung vom Stapel zu lassen, als es an der Tür klopfte und der Laienbruder hereinkam.

»Pater Prior, das Generalkapitel wartet.«

Athelstan hatte Cranston, den Theologen, ungläubig angestarrt; jetzt erhob er sich. »Pater Prior«, sagte er hastig, »wir sollten gleich zu ihnen gehen.«

Anselm winkte Athelstan zu und führte die beiden durch ein Labyrinth von Korridoren; Cranston wogte hinterdrein wie ein dickbäuchiges Schiff im Sturm. Die Mitglieder des Generalkapitels und der verwirrte Bruder Roger saßen bereits um den Tisch. Sie erhoben sich halb, aber Anselm winkte ihnen, sich wieder zu setzen. Rasch waren alle einander vorgestellt, und Athelstan war froh, daß er Cranston bei sich hatte. Er galt als das schwarze Schaf des Ordens; einigen dieser Leute könnte seine Anwesenheit mißfallen, ja, sie könnten sogar Einwände dagegen haben. Jetzt aber war jeder nur von Cranston fasziniert, der sich, ohne um Erlaubnis zu bitten, auf Pater Anselms Stuhl plumpsen ließ und wie ein jovialer Bacchus in die Tischrunde strahlte. Athelstan sah sie grinsen und hörte ihre getuschelten Bemerkungen. Die Worte »Säufer« und »Trunkenbold« sowie herablassende Blicke gingen in seine Richtung.

Während der Prior verlegen ein paar Worte sprach, musterte Athelstan seine Brüder in Christo: William de Conches und Eugenius mit seinem fröhlichen Gesicht kannte er vom Hörensagen; gefährliche Männer mit scharfen Augen und Seelen wie Rattenfallen, die glaubten, der Herr sehe es wirklich gern, wenn Menschen um seinetwillen in Kesseln mit siedendem Öl gebraten wurden. Der joviale Bruder Peter und der Ire Niall waren ihm fremd. Sie schienen beide ganz nett zu sein, und Athelstan sah, daß Peter kurz davor war, in helles Gelächter auszubrechen, als er sah, wie Cranston tranigen Blicks am Tisch lehnte. Bruder Henry von Winchester saß da wie eine Statue, und sein dunkles Gesicht war eine Maske heiterer Gelassenheit. Er lächelte Athelstan schüchtern zu und nickte. Athelstan erwiderte die Begrüßung. Von diesem gescheiten jungen Theologen hatte er schon gehört: ein machtvoller Prediger mit rasiermesserscharfem Verstand. Der arme Bruder Roger neben ihm war das genaue Gegenteil mit seinem törichten Gesicht und den wunderlichen Haarbüscheln, die ihm vom Kopf abstanden. Athelstan sah die irren Augen des Mannes und den Speichel, der ihm aus dem Mund tropfte, und er fragte sich, ob der Mann wohl wahnsinnig genug war, um einen Mord zu begehen.

Anselm beendete seine Einleitung, drehte sich um und sah Cranston an; aber dieser war inzwischen fest eingeschlafen, und ein heiteres Lächeln lag auf seinem Gesicht. Athelstan hustete, um die Aufmerksamkeit von ihm abzulenken, legte Tintenhorn, Pergament und Federkiel auf den Tisch und betastete alles nervös. Er starrte vor sich hin, und dann griff er nach Federkiel und schaute in die Runde.

»Der Pater Prior«, begann er langsam, »hat mich gebeten, herzukommen, um Licht in gewisse Geheimnisse zu werfen, die das Generalkapitel betreffen. Dieses trat am Montag, dem einunddreißigsten Mai, zusammen. Eine Woche später fiel Bruder Bruno die Treppe zur Krypta hinunter. Am darauffolgenden Samstag, dem vergangenen Samstag, um genau zu sein, ging Bruder Alcuin, der Sakristan, in die Klosterkirche und verschloß die Tür hinter sich, um in aller Stille für die Seelenruhe seines toten Bruders zu beten, der im Sarg vor dem Hochaltar lag. Ist das richtig, Pater Prior?«

Anselm nickte. »Ja«, sagte er, »Alcuin ging in die Kirche. Die Tür war verschlossen, aber als Bruder Roger hineinging, war Alcuin verschwunden.« Anselm schwieg, und Athelstan sah, wie der Schwachsinnige mit leerem Blick grinste. »Am Montag abend«, fuhr Anselm fort, »begab sich Bruder Callixtus gegen die Regel des Hauses in die Bibliothek, um private Studien zu treiben. Dort fiel er anscheinend von der Leiter und war auf der Stelle tot.«

»Zufälle!« fauchte William de Conches, verschränkte die Arme und stützte sie auf den Tisch. »Bruno war ein alter Mann, und die Treppe ist steil.« Er zuckte die Achseln. »Alcuin ging in die Kirche und beschloß, vielleicht von seinen Gefühlen übermannt, aus dem Kloster zu fliehen. Er ging hinein, verschloß die Kirche hinter sich und stahl sich davon wie ein Dieb in der Nacht.« Der Inquisitor funkelte Athelstan unverschämt an. »Er wäre nicht der erste Ordensbruder, der so etwas tut, und bestimmt auch nicht der letzte.«

Athelstan erwiderte seinen Blick kühl und versuchte, die aufsteigende Wut zu verbergen. Hoffentlich bist du der Mörder, dachte er, denn hier ist Mord geschehen. Er blinzelte und bemühte sich, so boshafte Gedanken aus seinem Kopf zu verbannen.

»Und Bruder Callixtus?« fragte Athelstan. »Er ist ebenfalls gestürzt, diesmal von der Leiter?«

»Ja, ja«, blaffte Eugenius; er wandte sich nur halb um und wollte Athelstan nicht ansehen.

Der Bruder stützte die Ellbogen auf den Tisch, formte mit den Fingern ein spitzes Dach, und er nahm sich vor, nicht nach rechts zu blicken, wo Cranston schnarchte wie ein Baby. »Bruder Henry, Bruder Niall, Bruder Peter?« Er lächelte die Theologen an. »Ihr habt alle die Logik studiert?«

Die drei nickten.

»Und die Theorie der Wahrscheinlichkeit und die Möglichkeit des Zufalls?«

Wieder nickten sie zustimmend.

»Dann sagt mir, Pater Prior«, bat Athelstan, »wie viele gewaltsame Todesfälle hat es in den letzten drei Jahren hier im Kloster gegeben? Also nicht natürliche Todesfälle, sondern gewaltsame und unerwartete.«

»Keinen.«

»Es hat also«, schloß Athelstan, »bevor das Generalkapitel zusammentrat, drei Jahre lang keinen gewaltsamen Todesfall gegeben, vielleicht sogar sechs Jahre lang. Aber dann tagt das Generalkapitel, und innerhalb von zwei Wochen sind zwei Brüder tot und ein dritter auf geheimnisvolle Weise verschwunden. Nun sagt mir bitte, Ihr alle: Ist das wahrscheinlich? Ist das logisch?«

Bruder Henry von Winchester schüttelte lächelnd den Kopf.

»Bruder Niall, Bruder Peter?«

Ihren Gesichtern war anzusehen, daß sie Bruder Henry zustimmten.

»Überdies haben wir noch weiteres Beweismaterial«, fügte Athelstan hinzu. »Etwas, das der Pater Prior mir gar nicht erzählt hat.«

Anselm schaute ihn überrascht an.

»Da gibt es doch noch etwas, nicht wahr, Pater Prior?«

Anselm fuhr sich mit der Zunge über die schmalen, trockenen Lippen. Hatte er recht daran getan, diesen jungen Dominikaner zurückzuholen? Athelstans Verstand war zu schnell, zu scharf. War die Kur, die er vorgeschlagen hatte, vielleicht schlimmer als die Krankheit? Hatte William de Conches recht? Wäre es besser, diese Dinge ruhen zu lassen? Athelstan schaute ihn mit seinen meergrauen Augen fest an.

»Ja, ja, da ist noch etwas«, gestand er. »Alcuin kann nicht aus dem Kloster geflohen sein. Seine Zelle war so, wie er sie verlassen hatte; er nahm nichts mit, keine Heilige Schrift, keine Tasche, keine Speise, kein Geld, keine Stiefel, kein Pferd aus dem Stall. Und wenn er geflohen wäre, hätte ihn doch sicher jemand gesehen. Außerdem fühlte er sich aus dem Kapitel ausgeschlossen. Er und sein enger Freund, Bruder Callixtus« – Anselm lächelte matt –, »hielten sich immer für Theologen. Die anderen Brüder hörten sie schwatzen; sie taten das Generalkapitel als Farce ab. Alcuin meinte, sein Freund Callixtus könne beweisen, daß Ihr, Großinquisitor, Eure Zeit verschwendet.«

»Was meinte er damit?« bellte William de Conches.

»Er meinte, Mönch ...« Cranston schmatzte und klappte die Augen auf.

Die Dominikaner zuckten zusammen, als der Coroner vollends erwachte, sich reckte und scharf in die Runde spähte, ob jemand über ihn lachte.

»Er meinte«, wiederholte er dann, »daß es zwei Mönche gab« – er grinste – »Verzeihung, zwei Ordensbrüder, die das Generalkapitel für Zeitverschwendung hielten. Jetzt ist der eine tot und der andere verschwunden. Habe ich recht, Pater Prior?«

Anselm nickte rasch. Cranston hielt einen dicken Finger hoch.

»Ich habe nicht Logik studiert, erinnere mich aber stets an das alte Sprichwort: ›Wenn ein Hund die Augen schließt, muß er deshalb noch lange nicht schlafen.‹ Ich bin Sir John Cranston, Coroner des Königs in dieser Stadt. Auch wenn ich schlafe, bin ich wach.«

Athelstan stöhnte. Er wünschte, Cranston würde jetzt nicht sein Possenspiel vom Trunkenbold veranstalten.

»Pater Prior«, sagte er hastig, »was, glaubt Ihr, haben Alcuin und Callixtus gemeint, als sie sagten, der Großinquisitior verschwende hier seine Zeit?«

»Das weiß ich nicht. Die beiden standen ständig tuschelnd in den Ecken; und Callixtus suchte in der Bibliothek nach irgendeinem Manuskript.«

»Und der andere«, unterbrach Cranston grob und funkelte Athelstan an, »Ihr wißt schon, der Alte, der als erster gestorben ist – Bruno. Hatte er etwas mit dem Generalkapitel zu tun?«

»Nein«, antwortete Eugenius. »Aber Alcuin behauptete aus irgendeinem merkwürdigen Grund immer, er habe genau um die Zeit in die Krypta gehen wollen, als

Bruno dort stolperte und fiel.« Eugenius verzog das Gesicht. »Ich überlasse es Euch, Athelstan, nun Eure Schlüsse zu ziehen, was er damit gemeint haben könnte.«

Athelstan notierte sich, was bis dahin berichtet worden war; dann legte er seine Feder hin, stand auf und blieb vor Bruder Roger stehen, der sich duckte wie ein verängstigter Hase und den Großinquisitor nicht aus den Augen ließ. Athelstan ergriff die Hand des Schwachsinnigen.

»Bruder Roger«, sagte er leise, »was möchtest du dem Pater Prior erzählen?«

Roger klapperte heftig mit den Lidern und leckte sich die Lippen, so daß seine Zunge zu groß für seinen Mund zu sein schien. Speichel rann ihm über das Stoppelkinn, und der Subsakristan rieb sich mit schmutzigen Fingern den Schädel.

»Ich habe in der Kirche etwas gesehen«, sagte er. »Aber ich weiß nicht mehr, was es war – nur, daß es zwölf hätten sein müssen. Oder dreizehn?« Er grinste Athelstan ausdruckslos an. »Ich weiß es nicht. Bruder Roger vergißt so schnell.«

Athelstan richtete sich kopfschüttelnd auf.

»Pater Prior, gibt es noch etwas, das wir wissen müssen? Weiß sonst jemand noch mehr über diese geheimnisvollen Ereignisse?«

Eine Mauer des Schweigens beantwortete diese Frage.

»Wenn das so ist, Pater Prior, würden Sir John und ich uns gern zurückziehen. Wir haben doch ein Zimmer hier?«

»Ja, der Diener wird euch hinaufführen. Sir John und du, ihr werdet in unserem Gästehaus wohnen.«

Athelstan biß sich auf die Lippen. Er wußte, daß Sir John in Blackfriars bleiben wollte, um vor Lady Maudes spitzer Zunge sicher zu sein, aber der Gedanke, mit ihm eine Kammer zu teilen, mißfiel ihm. Er war ein paarmal mit Cranston auf Reisen gewesen, und er wußte, daß der Coroner sehr gesprächig werden konnte, zumal nach einem guten Essen und einigen Bechern vom spanischen Weißen.

»Wir haben Eure Erlaubnis, im Kloster umherzugehen und uns anzusehen, was wir wollen?«

»Selbstverständlich.«

Die Sitzung war beendet. Bruder Roger rannte fast aus dem Zimmer. Die Brüder Niall und Peter nickten Athelstan lächelnd zu. Bruder Henry murmelte, er sei erfreut, ihn hier zu sehen, aber die beiden Inquisitoren ignorierten ihn. Prior Anselm überantwortete Athelstan und Cranston dem Laienbruder, der sie zum Hauptgebäude hinaus und um die Kirche herum zu einem kleinen Gästehaus mit Blick auf den Obstgarten führte. Im Erdgeschoß verfügte es über eine eigene Küche samt Speisekammer, und in einer geräumigen Kammer darüber gab es zwei Betten, eine Truhe, einen Betstuhl, einen Tisch am verglasten Fenster, einen Stuhl, mehrere Schemel und an den Wänden etliche Haken für ihre Kleider. Das Zimmer war sauber und gut gefegt. Frische, mit Kräutern vermischte Binsen bedeckten den Küchenboden; die Wände der Schlafkammer zierten wollene Tücher, und auf dem Boden lag ein Teppich aus reiner Wolle, der auf eine rauhe Unterlage genäht worden war.

»Pater Prior sagt, Ihr könnt zum Essen zu uns ins Refektorium kommen, wenn Ihr wollt«, sagte der junge Diener. »Ihr könnt aber auch selbst kochen oder Euch etwas aus der Küche bringen lassen.«

»Wer würde das Essen bringen?« fragte Athelstan.

»Ich«, antwortete der junge Bursche. »Mein Name ist

Norbert. Ich bin im Noviziat und bereite mich auf die letzten Gelübde vor.«

Athelstan musterte Norberts glattes Gesicht und die klaren braunen Augen. Er sah aus, als könne man ihm vertrauen.

»Du hast nichts zu tun mit dem Generalkapitel?« fragte Athelstan.

»Oh nein, Bruder Athelstan. Zu groß für mich.«

»Dann bringst du uns das Essen aus dem Refektorium herüber«, sagte Athelstan und klopfte ihm auf die Schulter. »Und jetzt sei ein braver Bursche und sieh nach unseren Pferden im Stall. Philomel, das alte Schlachtroß, frißt, bis es platzt.« Er warf einen listigen Blick auf Cranston. »Und er ist nicht der einzige. Mylord Coroner ist ein Mann mit wunderbarem Appetit. Sieh zu, daß sein Tablett gut gefüllt ist.«

Norbert entblößte grinsend seine Zahnlücken.

»Und dieser Met«, meldete sich Cranston zu Wort und schob die Daumen hinter seinen Gürtel. »Wie ich höre, ist er sehr gut für die Gurgel.«

»Pater Prior hat bereits ein Fäßchen für Euch dagelassen, Sir John. In der Speisekammer sind auch Krüge mit Wein und ein kleines Faß Bier.«

»Ausgezeichnet! Ausgezeichnet!« brummte Cranston.

Athelstan wartete, bis der junge Diener gegangen war, und ließ sich dann auf einen Stuhl fallen.

»Sir John, was haben wir nun hier?« Er breitete Pergament und Federn auf dem Tisch aus. »Zunächst einmal ein Generalkapitel, das einberufen worden ist, um theologische Fragen zu erörtern. Bruder Henry verteidigt seine Thesen gegen die Brüder Peter und Niall. Die Inquisitoren sind dabei, um Ketzerei aufzuspüren. Zwei andere Dominikaner, Alcuin und Callixtus, machen merkwürdige Bemerkungen darüber, daß das Generalkapitel Zeitverschwendung sei. Callixtus stürzt in der Bibliothek von einer Leiter, und Alcuin verschwindet. Man erzählt sich, obwohl Bruder Bruno nichts mit dem Generalkapitel zu schaffen gehabt habe, sei er just zu der Zeit die Treppe zur Krypta hinuntergestürzt, als Alcuin hätte dort sein sollen. Bruder Roger, ein Schwachsinniger, behauptet, in der Kirche stimme etwas nicht, und redet von zwölf oder dreizehn. Nun, Sir John, was meint Ihr dazu?«

Lautes Schnarchen beantwortete seine Aufzählung. Athelstan drehte sich um. Cranston saß in dem einzigen hochlehnigen Stuhl vor dem kleinen Feuer, schlief fest und lächelte und schmatzte. Seufzend ging Athelstan, um es ihm bequemer zu machen; er legte Holz nach und kehrte dann zurück zu seinen Notizen. Eine Stunde lang saß er da und bemühte sich, Sinn in das zu bringen, was man ihm erzählt hatte; derweil schnarchte Cranston, und Athelstan hörte mit halbem Ohr, wie die Klosterglocke läutete und die Brüder zur Andacht rief. Die Sonne ging unter. Cranston schrak aus dem Schlaf hoch; er klopfte sich auf den Bauch, ging erst zum Abort und dann in die Speisekammer, um sich einen Krug Met zu holen.

»Nicht jetzt, Sir John«, sagte Athelstan, der ihm gefolgt war. »Wir haben zu arbeiten.«

Cranstons Gesicht war der Inbegriff von Selbstmitleid. »Bruder, ich habe Durst.«

»Sir John, wir haben zu arbeiten.«

»Was denn?«

»Sir John, Ihr seid der Coroner. Ihr besichtigt den Schauplatz dieser Verbrechen, und je eher wir die Geheimnisse aufgeklärt haben«, fügte er hoffnungsvoll hinzu, »desto eher können wir auch das Rätsel der scharlachroten Kammer lösen.«

Cranston stellte den Krug hin und grinste. »Bruder Athelstan, ich bin ganz Ohr.«

Sie gingen zurück zum Kreuzgang. Athelstan erinnerte sich verschwommen, daß die Krypta von einem kleinen Gang an der Nordseite der Kirche abging. In dem Garten innerhalb des Kreuzgangs war es still; nur Bienen umsummten die Blumen am plätschernden Springbrunnen. Die kleinen Pulte, an denen die Brüder kopierten und schrieben, waren beiseitegeschoben. Athelstan dachte an die langen Stunden, die er hier zugebracht und das Tageslicht benutzt hatte, um einen gelehrten Traktat abzuschreiben. Er blieb stehen. Bruder Callixtus war sein Mentor gewesen, und Alcuin hatte immer einen Hang zu theologischen Schriften gehabt. Hatten sie etwas gesehen oder einen Traktat studiert, der etwas mit dem Generalkapitel zu tun hatte? Athelstan starrte den kleinen Springbrunnen an. Die Bibliothek von Blackfriars war berühmt; sie enthielt Manuskripte aus ganz Westeuropa, und nicht nur die Schriften seines Ordens, sondern auch die der alten Philosophen sowie anderer Theologen.

»Komm schon, Athelstan«, drängte Cranston und deutete auf die große, eisenbewehrte Tür. »Die Geheimnisse der Krypa erwarten uns.«

Athelstan nickte und stieß die Tür auf.

»Eine steile Treppe«, murmelte er. »Sie verschwindet nach unten in der Dunkelheit. Früher dachte ich immer, dies sei der Eingang zur Hölle.« Er zeigte auf eine Fackel im Halter neben dem Eingang. »Ihr habt Feuer dabei, Sir John. Zündet sie an.«

Der Coroner tat es, und die harzgetränkte Fackel erwachte blakend zum Leben.

»Macht das noch einmal, Sir John«, bat Athelstan und schloß die Kryptatür hinter ihnen.

Sir John machte ein verwirrtes Gesicht. »Um Gottes willen, Bruder, die Fackel brennt doch schon.«

»Nein, macht es noch einmal! Wiederholt die Bewegung!«

Cranston gehorchte widerstrebend. »Was ist denn los, Bruder?«

»Nun, wir wollen versuchen, uns vorzustellen, was Bruder Bruno getan haben mag. Seht, Sir John, die oberste Stufe ist breit und sicher. Wenn man die Tür hinter sich schließt, hängt die Fackel daneben an der Wand. Bruder Bruno dürfte sich umgedreht haben wie Ihr, um diese Fackel anzuzünden. Nun ist die oberste Stufe, wie gesagt, breit genug, daß jemand Platz hätte, hinter der Tür zu warten. Bruno kommt herein und dreht sich um. Wie Ihr, müßte er fast das Gleichgewicht verlieren, wenn er sich reckt, um die Fackel anzuzünden.«

»Du willst also sagen«, unterbrach Cranston, »daß jemand hier im Dunkeln lauerte und dem alten Mann einen heftigen Stoß gab, weil er ihn für Alcuin hielt?«

»Ja.«

Vorsichtig nahm Athelstan die Fackel aus der eisernen Halterung und hielt sie in die Schwärze, so daß die Schatten über die steile Treppe tanzten, die unter ihnen in die Tiefe führte. Er deutete auf den eisernen Handlauf.

»Als ich hier Novize war, fürchtete sich jedermann vor diesen steilen, scharfkantigen Stufen. Deshalb wurde der Handlauf angebracht. Kein Mensch, schon gar kein alter Mann, und auch nicht jemand wie Alcuin, könnte einen solchen Sturz überleben.«

»Aber nicht Alcuin wurde hier hinuntergestoßen«, bemerkte Cranston, »sondern der arme Bruno. Zugegeben, der Falsche, aber die Frage bleibt: Warum wartete hier jemand auf Alcuin? Und warum wollte Alcuin herkommen? Du hast in Blackfriars studiert, Athelstan?«

Athelstan lächelte, steckte die Fackel wieder in den eisernen Halter und öffnete die Tür. »Sehr gut beobachtet, Sir John. Ja, die Krypta wurde oft für geheime Zusammenkünfte benutzt. Ihr kennt die kleinen Streitereien und Auseinandersetzungen, die es in jeder Gemeinschaft gibt – von den verbotenen Beziehungen nicht zu reden, die zwischen Männern, die dem Zölibat verpflichtet sind, entstehen können.«

»So etwas ging hier vor sich?« Cranston schloß die Kryptatür hinter sich.

Athelstan nahm ihn behutsam beim Ellbogen und führte ihn zurück in das verblassende Sonnenlicht im Garten.

»So etwas und noch merkwürdigere Dinge, Sir John, aber jetzt suchen wir einen Mörder.«

»Es könnte immer noch ein Unfall gewesen sein«, widersprach Cranston.

»Das würde von zwei Dingen abhängen. Erstens: Können wir einen Zusammenhang zwischen Alcuin und der Krypta finden? Wen wollte er dort treffen? Und zweitens: Brannte die Fackel an der Wand, als Brunos Leichnam gefunden wurde? Wenn nicht, bedeutet das, daß er gestoßen wurde, als er gerade Feuer schlug; der Mörder mußte sich beeilen, um nicht entdeckt zu werden. Er hätte dann lediglich einen Schatten gesehen. Ihm einen heftigen Stoß zu versetzen und dann zu verschwinden wäre ein Kinderspiel.«

Cranston rieb sich den verkrampften Nacken, und ihn fröstelte. So ruhig, so friedlich, dachte er; Blackfriars war ganz anders als die Stadt, mit seinen weißgekälkten Mauern, sauberen Wegen, blumenreichen Gärten, plätschernden Springbrunnen und den melodiösen Stimmen, die das Lob Gottes sangen. Und doch herrschten hier die gleichen Gefühle wie in den Gassen der Cheapside, und sie waren ebenso stark: Wollust, Neid, Eifersucht, Habgier. Und sogar Mord.

Sie traten beiseite, als die Kirchentür sich öffnete und die Mönche herauskamen, die Hände in den weiten Ärmeln ihrer Kutten verborgen, die Kapuzen tief ins Gesicht gezogen, und schweigend in langer Reihe zum Refektorium zurückgingen. Cranston hob den Kopf wie ein Jagdhund und schnupperte in den Wind. Dann klopfte er sich auf den Bauch und leckte sich die Lippen.

»Essen«, murmelte er. »Hirschbraten, Bruder. Frisch, zart und mit Rosmarin gewürzt.«

»Später, Sir John.«

Athelstan hielt ihn am Handgelenk fest und wartete, bis die Mönche vorbeigezogen waren, ehe er Cranston in die Kirche schob. Noch spielte ein Rest Sonnenlicht in den bunten Glasfenstern und erfüllte die Dunkelheit mit blassen Lichtstreifen. Die Weihrauchwolken aus dem Chor wehten ins Kirchenschiff herunter wie Parfüm. Athelstan empfand die heilige Stille, als sei sogar die Luft durch den Gesang der Brüder geweiht.

Sie gingen durch das Kirchenschiff und unter dem prachtvoll geschnitzten Lettner hindurch in den Chor. Athelstan schaute sich um und bestaunte die Schönheit des vielfarbigen Marmorbodens, der Alabasterstufen, des großen, aus kostbarstem Marmor gehauenen Hochaltars und der Säulen, deren Simse mit dickem Blattgold überzogen waren. Kerzenhalter aus massivem Silber standen auf dem weißseidenen Altartuch. Hoch oben in der Wand strahlte eine zierliche Fensterrosette im Licht der sinkenden Sonne. Athelstan betrachtete die wuchtigen geschnitzten Bänke zu beiden Seiten des Chors, wo die Brüder sich zum Gottesdienst versammelten. Er dachte an die Tage, da er selbst hier im Halbschlaf gestanden und zur Morgenandacht die Psalmen gesungen hatte. Über dem Altar hing ein schweres schwarzes Kreuz an Ketten aus purem Gold von den Deckenbalken herunter. In der Apsis hinter dem Altar und unter dem Rosettenfenster waren Nischen eingemeißelt, und in einigen standen lebensgroße Apostelstatuen.

»Das ist nicht St. Erconwald«, stellte Cranston leise fest und bestaunte die stille Schönheit des Chores. »Ein Gedicht aus Stein und Marmor«, fügte er hinzu. »Aber ob Alcuin hier gestorben ist?«

Athelstan blinzelte, als habe er im stillen Frieden dieser Kirche ganz vergessen, weshalb er eigentlich hier war.

»Wie viele Eingänge gibt es?« fragte Cranston schroff.

»Nur zwei«, sagte Athelstan. »Der, durch den wir gekommen sind« – er deutete auf das Hauptportal – »und einen im Chor.«

»Und keine Falltüren oder Geheimgänge?«

»Nichts dergleichen. Und Pater Prior sagt, beide Türen waren verschlossen. Alcuin wollte offenbar allein sein.«

»Und wo könnte er hingegangen sein?«

Athelstan winkte und führte ihn um den Hochaltar herum. Dahinter lag ein scharlachroter Teppich, und auf jeder der vier Ecken stand ein kräftiger Holzpfeiler.

»Wozu dienen die?« fragte Cranston.

»Wenn ein Bruder stirbt, wird der Sarg auf diesen Pfeilern auf den roten Teppich gestellt«, erklärte Athelstan. »Der Leichnam muß einen Tag und eine Nacht am Altar ruhen. Dann wird die Requiemmesse gesungen.« Athelstan tappte mit dem Fuß auf den Boden. »Dann wird der Sarg in das große Gewölbe darunter versenkt.«

»Könnte Alcuin in dieses Gewölbe geworfen worden sein?«

»Das bezweifle ich. Bedenkt, daß man ja Brunos Sarg hinabgelassen hat. Unsere Laienbrüder sind vielleicht nicht die allerhellsten Köpfe, aber es wäre ihnen sicher aufgefallen, wenn da die Leiche eines ihrer Brüder gelegen hätte.« Athelstan zeigte auf den Betstuhl, sah sich um und betrachtete die lebensgroßen Statuen in ihren Nischen. »Hier wurde Alcuin das letzte Mal lebend gesehen«, sagte er. »Pater Prior ist sicher, daß er in die Kirche ging. Aber was geschah dann?«

Seine halb geflüsterten Worte klangen gespenstisch in der Stille, und trotz der Schönheit dieser Kirche verspürte Cranston etwas Bedrohliches.

»Ich weiß nicht, Bruder«, antwortete er. »Ich weiß es wirklich nicht. Aber ich habe das Gefühl, wir stehen am Eingang zum Tal des Todes!«

SECHS

Athelstan und Cranston blieben noch eine Weile stehen und erörterten die verschiedenen Möglichkeiten, wie Alcuin verschwunden sein mochte, ehe sie in die Mitte des Chores zurückgingen.

»Ich habe Hunger«, murrte Cranston.

»Ihr habt immer Hunger. Aber Ihr müßt Euch noch etwas ansehen, bevor wir essen.«

Sir John zog einen Schmollmund wie ein kleiner Junge, der seine Süßigkeiten nicht bekommt.

»Mylord Coroner«, fügte Athelstan geduldig hinzu, »Ihr seid hierher gerufen worden, um zu ermitteln. Und was tut ein Coroner?«

Cranston lehnte sich an die Wand. »Er untersucht den Leichnam«, sagte er. »Was hast du vor, Athelstan? Willst du Bruder Bruno ausgraben?«

»Nein. Aber Callixtus liegt aufgebahrt und wartet auf seine Beerdigung.«

»Na los, Athelstan«, knurrte Cranston. »Erst die Arbeit, dann das Essen.«

Sie verließen die Kirche und gingen durch den Kreuzgang zum Refektorium, wo ein alter Laienbruder Wache stand. Athelstan winkte ihn zu sich.

»Ich bitte um Entschuldigung«, wisperte er, »aber sei doch so freundlich und sag dem Pater Prior, daß Sir John Cranston Bruder Callixtus' Leichnam sehen muß.«

Der Laienbruder schaute überrascht, ging aber auf Athelstans Drängen ins Refektorium. Athelstan blieb in der halboffenen Tür stehen und sah, wie das Kerzenlicht die Schatten flackern ließ. Er hörte, wie der Lektor aus dem Leben der Heiligen vorlas, während die restliche Gemeinschaft schweigend aß; nur das Klappern der Töpfe und das Tappen sandalenbeschuhter Füße unterbrach die friedliche Stille.

Der Laienbruder kam zurück.

»Pater Prior ist einverstanden«, gab er bekannt. »Bruder Callixtus liegt in der Krankenstube, und ich soll Euch hinbringen.«

Die Krankenstube befand sich etwas abseits von den übrigen Gebäuden. Ein Bruder mit weißer Schürze über der Kutte begrüßte sie und führte sie zur Rückseite des Hauses, wo ein kleiner, mit Kalk ausgestreuter Raum als Leichenkammer diente.

»Wir haben getan, was wir konnten«, sagte der Krankenbruder. »Am Samstag wird Bruder Callixtus beerdigt.«

Er winkte sie zu dem einsamen Tisch, den ein weißes, purpurgesäumtes Leichentuch bedeckte. Athelstan schlug das Laken zurück. Callixtus' Leib war gewaschen und in die Kutte eines Dominikanermönchs gehüllt worden, aber die Todesursache war doch offenkundig. Sein schmales, säuerliches Gesicht war von blauschwarzen Blutergüssen bedeckt. Athelstan betrachtete die verkniffenen Züge. Schon war die Nase spitz geworden, die Wangen eingefallen und die Augen in die Höhlen zurückgesunken. Mitgefühl wallte auf, als er sich an Callixtus in der Blüte seiner Jahre erinnerte, an seinen scharfen Verstand und seinen spöttischen Humor. Aufmerksam untersuchte er die klaffende Wunde an der Schläfe des toten Bruders. Der Einbalsamierer hatte sein Bestes getan, aber Athelstan sah, wie tief die Wunde war, scharfkantig und breit wie eine Ackerfurche.

»Bruder!« rief er. »Hast du den Toten aus der Bibliothek geholt?«

»Ja.«

»Und war er mit dem Kopf auf die Steine oder auf einen scharfkantigen Gegenstand geschlagen?«

»Er lag einfach auf dem Boden.«

»Was hast du denn gefunden?« Cranston kam näher. Ihm war ein bißchen flau; sein Magen war leer, und er rümpfte die Nase ob des sauren Geruchs hier im Raum.

»Seht doch, Sir John. Bruder Callixtus hat sich bei seinem Sturz Gesicht und Kopf blaugeschlagen, aber ich vermute, die tödliche Verletzung ist das hier.« Er deutete auf die tiefe Wunden an Callixtus' Schläfe und schlug dann das Tuch wieder über den Leichnam. »Ich will damit sagen«, flüsterte er, »daß Callixtus abgestürzt ist, aber danach mit etwas Scharfkantigem geschlagen wurde. Ach« – Athelstan wandte sich an den Krankenbruder – »als du Bruder Brunos Leiche aus der Krypta holtest, brannte da die Fackel?«

»Natürlich, sonst herrscht da nachtschwarze Finsternis. Alcuin hatte den Toten entdeckt. Ah!« Der Krankenbruder hob rasch die Hand an den Mund. »Ja, ich fand das merkwürdig.«

»Was?«

»Alcuin entdeckte den Toten, aber erst, nachdem er selbst die Fackel angezündet hatte. Ich entsinne mich, daß er das erwähnte.« Der Bruder legte das Gesicht ratlos in Falten. »Wieso ist Bruno bloß in diesem finsteren, schwarzen Loch herumgestolpert?«

»Diese Frage kann nur Alcuin beantworten«, erwiderte Cranston knapp. Er schaute Athelstan an. »Also birgt ein Mann, der jetzt verschwunden ist, das Geheimnis von Brunos Tod.«

Sie bedankten sich bei dem Krankenbruder. Athelstan bat den Laienbruder, sie zur Bibliothek zu führen, und ließ dort, allen Protesten des Mannes zum Trotz, sämtliche Kerzen anzünden. Dann ging er zu der hohen, schmalen Leiter, die an den dunklen Regalen lehnte. Er bemühte sich, Cranstons bewunderndes Gemurmel zu ignorieren; dieser Raum barg süße Erinnerungen für Athelstan. Hier an diesen Tischen in einer der schönsten Bibliotheken des Reiches hatte er als junger Mönch studiert. Der satte Geruch von Leder und der süße Duft frisch getrockneter Manuskripte ließen tiefe Wehmut in ihm wachwerden, und plötzlich hatte er einen Kloß in der Kehle. Aber hier hatte er auch den Entschluß gefaßt, das Kloster zu verlassen und mit seinem Bruder nach Frankreich in den Krieg des Königs zu ziehen. Hastig schaute er sich um. Waren die Geister hier? Der Geist seines Bruders oder die seiner Eltern, die später an gebrochenem Herzen gestorben waren? Athelstan blinzelte heftig und packte die Leiter.

»Seht Ihr, Sir John, Callixtus ist hier hinaufgestiegen. Er rutschte ab und fiel.« Athelstan deutete auf den Boden. »Die Steinplatten sind eben, und es gibt nirgends eine scharfe Kante. Sir John, würdet Ihr dem Laienbruder helfen, alle Kerzenleuchter zusammenzutragen?«

»Wieso?« wollte Cranston wissen. »Bruder, was um alles in der Welt hast du vor?«

Athelstan hielt einen Finger hoch. »Denkt nach und überlegt. Ich wende die Lektion an, die Ihr mich gelehrt habt. Callixtus' Kopf zerschmetterte an einem scharfkantigen Gegenstand. Von den Kanten der Tische und Stühle abgesehen, sind die einzigen scharfkantigen Gegenstände in dieser Bibliothek die Kerzenleuchter.«

Sir John zuckte die Achseln und half dem Laienbruder, sämtliche Kerzenhalter in die Mitte eines langen Studiertisches zu stellen. »Er könnte auf die Tischkante aufgeschlagen sein«, gab er zu bedenken.

Athelstan stand neben der Leiter und schüttelte den Kopf. »Unsinn, Sir John. Die Regale stehen auf der einen Seite des Scriptoriums, die Tische auf der anderen. Wenn Ihr hier oben von der Leiter fallt, schlagt Ihr auf dem Steinboden auf.« Athelstan grinste. »Das könnten wir jederzeit ausprobieren.«

»Diese Leiter trägt mein Gewicht nicht«, knurrte Cranston und stellte die Kerzenleuchter dröhnend auf den Tisch.

Endlich war er fertig. Athelstan ging zu einem großen Eichenholzschrank gleich neben der Scriptoriumstür. Er wühlte in den Fächern herum, schob Tintenhörner und Pergamentrollen hin und her, bis er eine kleine, hölzerne Dose gefunden hatte. Er nahm ein großes, rundes Stück Glas heraus.

»Was ist das?« fragte Cranston, als Athelstan damit zum Tisch zurückkam.

»Ein Glas, das vergrößert, Sir John. Wir benutzen es oft zum Studium von Manuskripten, wenn die Schrift verblaßt, eng oder klein ist. Eine feinsinnige Erfindung, die von den Arabern benutzt wird. Seht.« Athelstan hielt das Vergrößerungsglas an den Fuß eines Kerzenhalters, und Cranston sah mit einem Ausruf des Entzückens, wie es den dicken Metallrand größer erscheinen ließ.

»Also«, sagte Athelstan, und untersuchte aufmerksam nacheinander jeden Kerzenhalter im gesammelten Licht der anderen.

Der Laienbruder trat besorgt von einem Fuß auf den anderen. »Da tropft aber eine Menge Wachs auf den Boden«, klagte er.

»Dann putz es weg!« kläffte Cranston.

Der Mann hastete davon, und Athelstan setzte seine Untersuchung fort.

»Ah!« Er zog einen Kerzenleuchter heran und reichte Sir John das Vergrößerungsglas. »Schaut hin, Mylord Coroner, und der Mord wird Euch ins Gesicht starren.«

Cranston gehorchte.

»Bei allen Zitzen des Satans!« murmelte er und kam noch näher. »Blutflecke! Und Haare!«

Athelstan nahm ihm Glas und Kerzenleuchter ab. »Blut von Callixtus, Haare von Callixtus. Der arme Bruder ist nicht einfach von der Leiter gefallen. Er wurde heruntergestoßen und dann mit diesem Kerzenleuchter totgeschlagen. Lösch die Kerzen«, rief er dem Laienbruder zu. »Und stelle alles wieder an seinen Platz. Ich danke dir für deine Hilfe. Der Pater Prior wird davon erfahren.«

Athelstan nahm den Kerzenleuchter und führte Cranston zurück zum Gästehaus, wo Bruder Norbert dabei war, den Tisch zu decken. Er warf einen überraschten Blick auf den Leuchter und machte den Mund auf, um Fragen zu stellen, aber Cranston packte ihn fest bei der Schulter.

»Bruder!« grollte er. »Mein Bauch ist so leer wie die Börse einer Hure. Ich brauche Nahrung. Gutes Fleisch, Brot und ein bißchen von diesem Met.«

Er schob dem jungen Novizen seinen weißen Schnurrbart so dicht unter die Nase, daß Norbert fürchten mußte, Sir John werde ihn auffressen; beinahe im Laufschritt verließ er das Gästehaus, und als Athelstan aus der Kammer im Obergeschoß herunterkam, war er schon zurück und hatte Schüsseln mit dampfendem Fleisch gebracht, dazu frisch gebackenes, in

Tücher gewickeltes Brot und zwei große Zinnhumpen. Er stellte das Mahl auf den Tisch und verschwand eilig.

»Komm schon, Athelstan«, knurrte Cranston, setzte sich und verteilte die Teller. »Ich werde meinen Teil jetzt essen. Und wenn ich vor dir fertig bin, fange ich mit deinem an!«

Sie aßen und tranken schweigend, bis Cranston sich zurücklehnte, sanft rülpste und seinen Schreiber anstrahlte, der gedankenverloren auf den Tisch starrte.

»Nun, Athelstan, ich habe den Verdacht, daß es sich um Mord handelt.« Cranston deutete auf das Fäßchen Met. »Noch einen Humpen, und ich werde mir deinen wunderbaren Rat anhören.«

Athelstan grinste und füllte den Humpen zum dritten Mal. Zumindest würde Sir John heute nacht gut schlafen.

»Nun?« fragte Cranston.

»Zunächst, Mylord Coroner, halte ich Bruder Brunos Tod für einen Unfall insofern, als eigentlich Alcuin die Treppe hinuntergestoßen werden sollte. Zweitens denke ich, daß Alcuin tot ist, obwohl nur der liebe Gott weiß, wohin man seinen Leichnam geschafft hat und wie und warum er gestorben ist. Drittens: Callixtus wurde ohne Zweifel ermordet. Viertens, alle diese Todesfälle und auch das Verschwinden Alcuins hängen mit der Angelegenheit zusammen, die gerade vor dem Generalkapitel verhandelt wird. Und schließlich: Ich glaube, Callixtus hat in der Bibliothek etwas gesucht. Aber auch hier weiß nur der liebe Gott, was es war.«

»Das ist nicht viel«, grummelte Cranston und wischte sich mit dem Handrücken über den Mund. »Und, Bruder – was können wir noch tun?«

»Nun, es ist viel zu spät, um jetzt noch alle zu fragen, wo sie waren, aber wenigstens kann ich den Pater Prior bitten, Alcuins und Callixtus' Zellen gründlich durchsuchen zu lassen. Vielleicht findet sich etwas. Aber ich sage Euch eins, Sir John: Womöglich wird es weitere Morde geben.« Er schwieg und wandte den Blick ab. »Ich bin nie frei davon, nicht wahr, Sir John?«

Cranston sah ihn mitleidig an. »Athelstan, du kennst den menschlichen Geist. Du bist Priester. Du sitzt im Beichtstuhl und hörst, wie andere ihre Sünden vor dir ausbreiten. Seit Kain den Kieferknochen eines Esels aufhob, um seinen Bruder zu erschlagen, findest du den Mord überall, wo Männer und Frauen, gleich welchen Standes und in welchen Umständen, miteinander Umgang haben und nach Macht streben. Schau ...« Er stand auf und schob seinen Stuhl zurück. »Wir haben für das Problem deines Priors getan, was wir können. Komm schon, Athelstan, ich habe nur noch eine gute Woche Zeit, um das Rätsel für Lord Gaunt zu lösen.«

Athelstan rieb sich die Augen. »Sir John, ich bin müde. Ich muß noch eine Andacht sprechen, und dann ist da die Sache in St. Erconwald.«

»Unfug!« Cranston klatschte sich auf den Schenkel. »Es wird dir guttun. Laß uns ins Schlafgemach hinaufgehen.«

Athelstan seufzte, löschte die Öllampen, vergewisserte sich, daß das Feuer gut eingedämmt war, nahm eine Kerze und folgte Sir John hinauf in die dunkle Schlafkammer.

»Komm schon, Mönch, zünde die Kerzen an!«

Athelstan gehorchte, und flackernd erwachte der Raum zum Leben.

»Und jetzt«, fuhr Cranston fort, »wollen wir so tun, als wäre dies die scharlachrote Kammer.« Er ging hinüber zu dem Dokument, in dem das Geheimnis beschrieben war, und las es rasch. »Wir haben ein Bett, einen Schemel, einen Tisch und ein Fenster, ganz ähnlich wie hier.« Er schloß die Tür. »Man sagt uns, es gebe keinen geheimen Gang. Niemand ist hereingekommen, Essen und Trinken wurden nicht gebracht. Wie also sind sie gestorben?« Er ging zum Fenster. »Der erste lehnte tot am Fenster und hatte vor lauter Angst die Fingernägel ins Holz gegraben.«

Athelstan setzte sich auf das Bett und versuchte trotz seiner Müdigkeit, Sir John bei Laune zu halten. »Der Leichnam trägt keine Spur von Gewalt.«

»Gut!« murmelte Cranston.

»Das zweite Opfer«, fuhr Athelstan fort, »wurde auf dem Boden vor dem Bett gefunden. Los, Sir John, spielt das vor.«

Cranston gehorchte und streckte sich der Länge nach am Boden aus.

»Wiederum«, murmelte Athelstan, »keine Spur von Gewalt, niemand war hereingekommen, und keine vergifteten Speisen oder Getränke waren gebracht worden.« Er stand auf und schob seinen Schemel dicht vor Cranstons Bett. »Und jetzt, Sir John, die beiden letzten Toten. Ich bin der Mann, der auf dem Schemel sitzt, und Ihr liegt auf dem Bett und tut, als hättet Ihr eine geladene Armbrust in den Händen.«

Cranston gehorchte.

»Und jetzt, Sir John, springt Ihr auf und schießt mir einen Pfeil in die Brust. Wenn Ihr Euch vom Bett erhebt, stehe ich vom Schemel auf.«

Sie spielten die Szene wie zwei Schauspieler; dann starrten sie einander verdrossen an.

»Das führt zu nichts«, stöhnte Cranston.

»Könnte es etwas im Feuer gewesen sein oder an den Kerzen?« fragte Athelstan.

»Daran habe ich auch schon gedacht«, antwortete Cranston. »Aber vergiß nicht, als der zweite starb, der

Priester aus dem Dorf, da brannten keine Kerzen, und das Feuer war auch aus.«

»Mich beschäftigen die letzten beiden Todesfälle«, sagte Athelstan, als Cranston ihn flehentlich anschaute. »Laßt es uns noch einmal spielen, Sir John. Legt Euch auf das Bett.«

Cranston gehorchte. Athelstan nahm auf dem Schemel Platz und lehnte sich an die Wand.

»Was hat den Bogenschützen aufgeweckt?« fragte er. »Was hat ihm solche Angst gemacht, daß er seinen Kameraden erschoß, bevor es ihn selbst tötete? Die meisten Berufsschützen können blitzschnell schießen, und so starb der Kamerad. Aber, wie die Mathematiker sagen: Es muß einen gemeinsamen Nenner geben, etwas, das die beiden Tode miteinander verbindet. Wir dürfen hier nichts durcheinanderbringen. Meint Ihr nicht auch, Sir John?«

Lautes Schnarchen war die Antwort. Athelstan erhob sich ungläubig. Cranston lag wie ein Kind auf dem Rücken, ein Lächeln auf dem roten Gesicht, verloren für die Welt. Athelstan zog ihm die Stiefel aus, löste seinen Gürtel und versuchte, es ihm so bequem wie möglich zu machen. Dann blies er die Kerzen aus, kniete vor seinem eigenen Bett nieder, bekreuzigte sich und versuchte, das kirchliche Abendgebet zu sprechen, was aber fast unmöglich war. Seine Gedanken wanderten von einem Problem zum anderen: Bruder Rogers einfältiges Gesicht, Callixtus, kalt und tot, die Inquisitoren mit ihren bösen, vorwurfsvollen Blicken, Cranstons unlösbares Problem, das Chaos vor der Kirche St. Erconwald – und dann Benedicta, wunderschön in ihrer Einsamkeit. Athelstan schüttelte den Kopf, bekreuzigte sich erneut, stieg ins Bett und betete, daß der Schlaf bald kommen möge.

Er erwachte früh am nächsten Morgen. Cranston schnarchte immer noch wie ein Schwein im anderen Bett. Der Dominikaner rasierte und wusch sich leise, zog eine saubere Kutte an und schob die Füße in die Riemensandalen. Er schlich sich aus dem Gästehaus und über das nebelverhüllte Gelände, denn die Glocke rief mit gedämpftem Klang zum Lobgebet. Athelstan begab sich zu der Klostergemeinschaft auf ihren Bänken im Chor. Die Mönche sangen Psalmen und lauschten den Lesungen, die Arme verschränkt und die Köpfe gesenkt. Athelstan spürte, daß seine Gegenwart ihre Neugier weckte. Er las seine Messe in einer kleinen Stifterkapelle und versuchte, sich auf das Mysterium der Wandlung von Brot und Wein in Fleisch und Blut Christi zu konzentrieren.

Bruder Norbert war sein Meßdiener und half ihm nachher auch, die Gewänder und heiligen Gefäße wegzuräumen. Danach ging Athelstan ins Refektorium, um eine Schale Hafergrütze mit Milch und Honig und zwei schneeweiße Brötchen zu essen. Er dachte an das karge Frühstück, das es manchmal in St. Erconwald gab, und trank lächelnd einen Schluck von seinem verdünnten Bier. Er saß am ersten Tisch vor der Tür, der für Besucher und Gäste reserviert war. Am Lesepult am oberen Ende des Refektoriums las ein verschlafener Lektor mit eintöniger Stimme aus dem Leben des Hl. Dominikus, bis Pater Prior die Glocke läutete und die Gemeinde aufstand und sich zu ihren verschiedenen Aufgaben zerstreute. Athelstan hielt den Blick gesenkt.

»Geht es dir gut, Bruder?«

Er blickte auf. Henry von Winchester stand vor ihm.

»So gut, wie man es erwarten kann. Nimm doch Platz.«

Der junge Theologe ließ sich neben ihm auf die Bank

gleiten. Athelstan sah, wie geschmeidig und flink seine Bewegungen waren. Henry war von einer körperlichen Anmut und Gewandtheit, die in schönem Einklang mit seinem scharfen Intellekt standen.

»Deine Ermittlungen laufen gut?«

Athelstan verzog das Gesicht. »Ich erzähle es dir später, Bruder, wenn ich dem Pater Prior Bericht erstattet habe. Und deine Abhandlung?«

»*Cur Deus homo* – Warum Gott Mensch ward.«

»Wenn das Generalkapitel sich für dich ausspricht, wird dein Werk an jeder Universität in Europa studiert werden.« Athelstan versetzte ihm einen spielerischen Rippenstoß. »Und dann, Bruder Henry, hm? Ein Bistum? Ein Kardinalshut? Ein Sitz in der Kurie?«

Henry von Winchester lachte leise, wandte sich ab und spielte mit ein paar Brotkrumen auf dem Tisch.

»Ich bin schon froh, wenn ich den Beifall des Großinquisitors gewinne. Hätte ich gewußt, daß meine Arbeit soviel Aufregung verursacht, hätte ich es mir vielleicht nochmal überlegt. Du hast meine Abhandlung gelesen?«

Athelstan schüttelte den Kopf.

Bruder Henry überblickte das Refektorium und verzog das Gesicht, als er sah, daß der Pater Prior auf sie zukam.

»Dann schicke ich dir eine Abschrift ins Gästehaus. Bitte lies sie; deine Meinung wäre mir wertvoll.«

Der Theologe stand auf, nickte und ging davon, als der Pater Prior die Ärmel seiner Kutte zurückschlug und zu Athelstan trat.

»Du hast gut geschlafen, Bruder?«

Athelstan ließ das starre Lächeln, das er für Bruder Henry aufgesetzt hatte, verschwinden.

»Pater Prior«, flüsterte er, »ich möchte, daß Ihr die

Habe der Brüder Callixtus und Alcuin durchsucht. Ihr seid dazu befugt und ermächtigt. Wenn Ihr etwas Ungewöhnliches findet, laßt es mich bitte sehen.«

Der Prior sah ihn scharf an. »Warum?«

»Ihr habt recht getan, mich herzuholen, Pater. Callixtus wurde ermordet; man hat ihm mit einem Kerzenleuchter den Schädel eingeschlagen. Bruno wurde ermordet, und Gott weiß, wo der Leichnam des armen Alcuin versteckt ist.«

Der Prior wurde bleich. Er ließ den Kopf in die Hände sinken und rieb sich die Augen.

»Du bist sicher?«

»Gott ist mein Zeuge, Pater Prior. Ihr beherbergt einen Meuchelmörder hier in Blackfriars. Ich möchte, daß diese Durchsuchung stattfindet, und heute nachmittag muß das Generalkapitel zusammentreten, damit ich meine Schlußfolgerungen vortragen kann.«

»Muß man hier verhungern?« Cranston stand in der Tür und brüllte ins Refektorium, daß ein alter Bruder fast vor Schreck aus den Sandalen gesprungen wäre. »Bei den Titten einer Fee!« Er funkelte Athelstan an. »Frierend und hungrig wache ich auf, du bist weg, und es ist nichts zu essen da!«

Der Prior hob die Hand, schnippte mit den Fingern, und ein Diener brachte ein Tablett mit einer Schüssel köstlich duftender Lammbrühe, einem Berg weißer Brötchen und einem Krug Ale. Cranston riß dem armen Mann das Tablett förmlich aus den Händen und ließ sich neben Athelstan auf die Bank fallen. Er spähte durch das Refektorium, klopfte sich auf den mächtigen Wanst und sah Athelstans Grinsen, die Verblüffung des Priors und die staunenden Augen der Brüder.

»Bei den Zähnen der Hölle!« knurrte er. »Ich habe euer Schweigegelübde ganz vergessen.«

Er schnupperte an dem Fleisch und strahlte in die Runde.

»Ach, na ja, ich bitte alle um Entschuldigung. Morgen, Pater Prior, Bruder Athelstan.« Er griff nach dem großen Hornlöffel und machte sich genüßlich über die Schüssel her. Dann wischte er sich den Mund mit dem Tuch ab, das die Brötchen bedeckte, und rülpste. »Ein gutes Essen«, dröhnte er, daß mindestens das halbe Kloster ihn hören konnte, »ist eine Eucharistiefeier. Wenn der liebe Gott nicht gewollt hätte, daß wir essen – na, dann hätte er uns keinen Bauch gegeben und keine leckeren Speisen, um ihn zu füllen! Denn wie sagt der Psalmist? ›Der Wein erfreut des Menschen Herz.‹«

»Das ist der einzige Psalmenvers, den er kennt«, raunte Athelstan dem Prior zu.

Cranston aß genüßlich weiter, und Fleisch und Brot und Bier verschwanden im Handumdrehen. Rasch bekreuzigte er sich, stand auf und stieß Athelstan an.

»Los, Bruder, es ist ein schöner Morgen. Pater Prior, ich habe Euren Obstgarten gesehen. Äpfel und Pflaumen, he? Und die Bienenkörbe sind auch dort?«

Fasziniert von Cranston, nickte der Prior wieder stumm.

Athelstan konnte nur die Achseln zucken, die Augen zum Himmel verdrehen und Cranston eilig folgen, denn dieser marschierte bereits zur Tür hinaus und den Kiesweg hinunter, zu den Klostergärten. Unterwegs blieb er stehen, setzte seine Bibermütze auf und spähte zum dunstigen Himmel hinauf.

»Warte nur, Bruder, es wird ein schöner Tag werden. Hast du mein Rätsel gelöst?«

»Ich habe es versucht, aber Ihr seid darüber eingeschlafen, Mylord Coroner.«

Sir John machte ein unhöfliches Geräusch mit den Lippen. »Und vermutlich gibt es auch in dem reizenden Schlamassel hier keine Fortschritte?«

»Nein, Sir John.«

Sie gingen durch den Kräutergarten, vorbei am Gästehaus und in den großen Obstgarten, der bis zur Außenmauer von Blackfriars hinunterreichte. Cranston schilderte eifrig, wie er in der Nacht geschlafen hatte, als Athelstan plötzlich stehenblieb und seinen Begleiter am Arm festhielt.

»Mylord, Coroner, schaut!«

Cranston spähte angestrengt umher, denn noch immer wehte der Dunst um die Bäume.

»Beim Hintern der Königin Mab!« knurrte er und trat einen Schritt vor. »Was ist das denn?«

Aber Athelstan rannte schon zwischen den Bäumen dahin.

»Oh nein!« stöhnte er, fiel auf die Knie und starrte hinauf in das weiße, grotesk verzerrte Gesicht Bruder Rogers. Der arme Schwachsinnige hing an einem überhängenden Ast, den Hals seitwärts verrenkt, und Hände und Beine baumelten herab wie die einer kläglichen Puppe.

»Gott erbarme dich!« schrie Cranston hinter ihm. Er zog sein großes Messer, reckte sich und schnitt das Seil durch; er fing den toten Körper auf, als wäre er leicht wie ein Kind, und legte ihn sanft ins taunasse Gras. Athelstan kniete neben dem Leichnam nieder, schlug das Kreuzzeichen und flüsterte ihm hastig ins Ohr: »*Absolvo te a peccatis* ... Ich spreche dich los von deinen Sünden.« Er führte die rasche Absolution zu Ende, während Cranston am Baum lehnte und das Seil anstarrte, das noch dort baumelte, eine grausige Erinnerung an die Tragödie.

»Was soll das?« knurrte er. »Der Mann ist seit Stunden tot. Seine Seele ist längst weg.«

Athelstan löste das Seil von Rogers Hals. »Das wissen wir nicht, Sir John«, erwiderte er über die Schulter. »Die Kirche lehrt, daß die Seele den Körper erst Stunden, vielleicht sogar Tage nach dem Tod verläßt; solange also Hoffnung ist, gibt es auch Erlösung.« Er hockte sich auf die Fersen. »Ich denke allerdings, dieser arme Mann wird sicher die Gnade Christi genießen. Trauriges Ende eines tragischen Lebens.«

»Er hat sich umgebracht«, bemerkte Cranston. »Hat Selbstmord begangen.«

Athelstan betrachtete den üblen Striemen am Hals des Mannes.

»Das glaube ich nicht, Sir John.« Er schaute sich die rotschwarze Wunde, die das Seil geschürft hatte, genauer an und drehte den Toten behutsam um. »Ja, wie ich's mir dachte. Schaut, Sir John.« Mit der Fingerspitze zeichnete er die Spur der Schlinge nach; unter dem Kieferknochen, bei den Ohren, waren zwei feinere Schnitte, kleine, rote Schrammen.

»Was ist das?« fragte Cranston.

»Kommt, Sir John, so etwas habt Ihr schon gesehen.«

Der Coroner schaute näher hin; er wendete den Leichnam um und versuchte, nicht in die hervorquellenden Augen zu blicken, und auch nicht auf die geschwollene, schwärzliche Zunge, die fest zwischen den gelben Zähnen klemmte.

»Der arme Hund hat sich nicht selbst aufgehängt!« murmelte Cranston. »Er wurde mit einer Garotte erwürgt! Solche roten Male hinterläßt nur die Schnur einer Garotte.«

Athelstan war auf den Baum geklettert und knotete das Ende des Seils los. Zustimmend rief er: »Ihr habt recht, Sir John. Das Seil hier hat eine Spur hinterlassen, aber nur wegen des Gewichts des Toten. Wenn Roger Selbstmord begangen hätte, wäre der Ast tiefer abgeschürft. Auch ein Mann, der sich aufhängt, kämpft um sein Leben. Der Ast würde tiefere Spuren tragen.« Athelstan richtete sich vorsichtig auf im schwankenden Baum und trat gegen den Ast, an dem das Seil gehangen hatte.

»Was machst du da, Bruder?« schrie Cranston, als harte, unreife Äpfel auf ihn herunterprasselten.

»Das werdet Ihr gleich sehen, Sir John.«

Vor den Augen des überraschten Coroners packte Athelstan den Ast mit beiden Händen und schob sich darauf vorwärts, bis er mit seinem ganzen Gewicht darauf saß. Er beugte und streckte den Arm, so daß der Ast ins Tanzen geriet. Plötzlich krachte es, der Ast brach, und Athelstan wäre fast auf den verdutzten Cranston gefallen. Grinsend rappelte er sich auf, wischte die Hände ab und klopfte sich den Schmutz von der Kutte.

»So etwas habe ich seit Jahren nicht mehr gemacht, Sir John.« Grimmig schaute er zu dem abgebrochenen Ast hinauf und dann auf Rogers Leichnam im Gras. »Wir können beweisen, daß es Mord war, Sir John. Erstens: die Spuren der Garotte. Der Mörder hat gehofft, daß die Schürfwunde der Seilschlinge sie überdecken werde. Zweitens: Der Ast ist nicht tief genug abgerieben; das bedeutet, daß Roger schon tot gewesen sein muß, als er aufgehängt wurde. Und schließlich: Wenn Roger sich selbst aufgehängt hätte, dann hätte er gezuckt und den Ast dabei nicht nur aufgeschürft, sondern wahrscheinlich abgebrochen. Er ist schwerer als ich, und es heißt, ein Gehängter kann bis zu einer halben Stunde am Seil tanzen.« Athelstan kratzte sich am

Kopf. »Nein, Sir John – wie Ihr sagen würdet: ›Dieses arme Schwein‹ wurde wahrscheinlich entweder gestern abend oder heute früh vor Tagesanbruch hierher gerufen und mit der Garotte erwürgt.« Er schwieg einen Augenblick lang. »Ihr seht das Problem, Mylord Coroner?«

Cranston blinzelte. »Nein.«

»Nun, Roger wurde ermordet; aber wie konnte der Mörder mit einer Leiche auf den Baum klettern und das Seil um den Ast knoten?«

Cranston sah sich um und suchte gründlich den Boden ab. »Tja, der Mörder hatte die Schlinge schon vorbereitet. Roger wird erwürgt, er zieht die Leiche hoch, und die Schlinge zieht sich um den Hals zu.«

»Dann muß der Mörder aber sehr groß gewesen sein.«

»Nein.« Cranston ging unter den Bäumen umher und kam bald mit einer robusten Holzkiste zurück; sie war ungefähr einen Fuß hoch und einen Yard breit. Er stellte sie genau an die Stelle, wo Rogers Leichnam gebaumelt hatte.

Athelstan lächelte. »Natürlich! Diese Kisten stehen überall im Obstgarten herum. Die Brüder brauchen sie im Herbst, wenn das Obst geerntet wird. Man muß nur hinaufsteigen, die Kiste wieder wegnehmen, und – simsalabim! – sieht es aus, als hätte Roger sich aufgehängt.«

»Und, wie du so gekonnt bewiesen hast, mein lieber Ordensbruder, wäre der Ast wohl abgebrochen, wenn Roger selbst darauf entlanggekrochen wäre, und seine Todeszuckungen hätte er ganz sicher nicht ausgehalten.« Der Coroner blieb vor dem Toten stehen. »Mord«, erklärte er, »durch eine oder mehrere unbekannte Personen. Aber Gott will Gerechtigkeit, und der König ebenfalls! Wir werden herausfinden, wer es war, und ich würde zu gern wissen, warum er es getan hat.«

»Weil Roger in der Kirche etwas gesehen hat«, sagte Athelstan. »Er hat ja gesagt: ›Es hätten zwölf sein müssen.‹ Was mag er damit wohl gemeint haben?«

SIEBEN

Athelstan und Cranston gingen zurück ins Klostergebäude. Athelstan suchte den Prior auf und berichtete in knappen Worten, was sie gefunden hatten und zu welchen Schlußfolgerungen sie gekommen waren.

Anselm wurde blaß, und Athelstan sah, daß sein Prior dem Zusammenbruch nahe war.

»Warum nur?« wisperte der Geistliche heiser. »Warum so viele Tote?«

»Sagt mir, Prior«, bat Cranston, »was könnte Bruder Roger im Obstgarten gesucht haben?«

»Er ging oft dorthin. Es war sein Lieblingsplatz. Er sagte, er spreche gern mit den Bäumen.« Anselm bemühte sich, die Tränen zurückzuhalten. »Roger war einfältig. Er arbeitete in der Sakristei. Alcuin war streng, aber sehr gut zu ihm. Roger hatte eigentlich nicht viel zu tun – ein bißchen putzen, fegen, und Blumen pflücken für die Kirche. Er war nicht gern in geschlossenen Räumen. Er liebte die frische Luft, und ich ließ ihn gewähren. Wenn die anderen Brüder sich morgens und abends zum Lobgesang in der Kirche versammelten, ging Roger in den Obstgarten. Der arme Kerl sagte, er fühle sich dort Gott näher als irgendwo sonst.« Der Prior schlug mit der Faust auf den Tisch. »Nun ist die arme Seele bei Gott, und der Mörder stolziert sorglos umher wie ein Gockel. Athelstan, was kannst du tun?«

»Pater Prior, ich tue, was ich kann, aber ich muß Euch um Erlaubnis bitten fortzugehen. Ich muß nach St. Erconwald.« Er sah den Prior flehentlich an. »Ich komme noch heute zurück. Ich muß nur sehen, daß alles in Ordnung ist.«

»Ach ja, die berühmte Reliquie«, antwortete Prior Anselm säuerlich. »Weiß Gott, weshalb du dich darum noch kümmerst, Athelstan. Deine Pfarrkinder hören nicht auf dich.« Er verzog das Gesicht. »Ja, ich habe die Neuigkeit gehört. Der Ruhm deines mysteriösen Märtyrers verbreitet sich in der ganzen Stadt. Wenn du nicht aufpaßt, wird der Bischof persönlich eingreifen, und du weißt, was dann passiert.«

Athelstan schloß die Augen und sprach ein stummes Gebet. Oh ja, ich weiß, was dann passiert, dachte er. Die Leute des Bischofs werden das Skelett holen und in irgendeine Kirche überführen, oder sie werden es zerbrechen und die Teile als Reliquien verkaufen; derweil wird man die Türen von St. Erconwald für die Dauer einer Untersuchung versiegeln. Und die kann Monate dauern.

»Dieses erste Wunder«, sagte Anselm, »bist du sicher, daß es echt war?«

Athelstan verzog das Gesicht. »Ein Arzt hatte die Haut behandelt, und der Mann, ein Bürger von gutem Ruf, behauptet, sein Arm sei nun geheilt.«

Athelstan war mit seinen Gedanken woanders, als er sich von Prior Anselm verabschiedete und zum Gästehaus hinüberging; Cranston trottete hinter ihm her. Der Dominikaner packte seine Satteltasche; er dachte immer noch an das, was der Prior gesagt hatte. Unterdessen flatterte der Coroner um ihn herum wie ein gemästetes Huhn.

»Wieso willst du weg, Bruder? Weshalb dorthin zurück?«

»Weil es hier im Augenblick nichts zu tun gibt, Sir John, und ich dort etwas zu erledigen habe.« Er sah Cranston scharf an. »Ich schlage vor, Sir John, daß auch Ihr nach Hause geht, zu Lady Maude. Sicher wartet sie schon auf Euch.«

Cranston stöhnte wie ein auf frischer Tat ertappter unartiger Junge. »Beim Hintern einer Fee!« flüsterte er. »Wenn Domina Maude von meiner Wette erfährt, wird sie mir die Ohren abschneiden.«

Athelstan sah ihm ins Gesicht. »Früher oder später, Sir John, werdet Ihr Euch ihrem Zorn stellen müssen. Dann doch lieber früher. Kommt.«

Sie schickten nach Norbert, damit er das Gästehaus verriegelte. Sie beschlossen, nicht zu Pferde in die Stadt zurückzukehren, sondern mit einem Ruderboot von East Watergate zur London Bridge zu fahren. In der Knight Rider Street und den Gassen, die davon abgingen, herrschte kaum noch Betrieb. Lehrlinge mit schlaftrunkenen Augen machten die Verkaufsstände bereit; die anderen Bewohner schlummerten noch, ehe der neue Arbeitstag begann. In East Watergate indessen waren die Männer des Sheriffs schon mit der Hinrichtung von vier Flußpiraten beschäftigt – grauhaarige, wettergegerbte Männer, die hastig die Leitern zur wartenden Schlinge hinaufgestoßen wurden. Athelstan und Cranston schauten weg, als ein berittener Scherge den Befehl gab, die Leitern umzuwerfen, und die Piraten in der Luft baumelten und tanzten, als die Schlingen sich zuzogen. Athelstan schloß die Augen und murmelte ein Gebet für ihre Seelen. Die Hinrichtung löste bittere Erinnerungen an das gespenstische Bild aus, das er am Morgen im Obstgarten von Blackfriars gesehen hatte. Er drehte sich zur Reihe der schwarzen Galgen um, deren Arme auf den Fluß hinauswiesen. Er hörte Geschrei, als Verwandte der Flußpiraten herbeigelaufen kamen, sich mit einem Satz an die immer noch zappelnden Leiber hängten und sie grob herabzogen, bis mehrfaches scharfes Knacken anzeigte, daß ihre Hälse gebrochen waren, und die Leichen endlich bewegungslos dahingen. Die Leute des Sheriffs protestierten zwar, aber sie taten nichts, um diesen Gnadenakt zu verhindern. Die Schergen verkündeten, daß Gerechtigkeit geschehen sei, und zogen ab.

»Endlich«, seufzte Cranston, »werden wir ein Boot bekommen können.«

Die Schiffer und Bootsleute, die den Verkehr auf dem Fluß beherrschten, hatten sich in kleinen Gruppen zusammengefunden und zugesehen, wie die Männer hingerichtet wurden, die ihr Geschäft attackiert hatten. Jetzt schlenderten sie zu der Treppe an der Kaimauer zurück. Cranston mietete das schnellste, von vier Männern geruderte Boot, und bald waren sie auf der Flußmitte und glitten durch den Nebel zum Ufer von Southwark hinüber. Als sie an einem der großen Mistkähne vorbeikamen, die Berge von Müll, Tierkadavern und menschlichem Abfall in die Mitte des schnell fließenden Flusses kippten, mußten sie anhalten und Mund und Nase bedecken. Andere Silhouetten zogen vorüber: eine Barke mit Soldaten, die einen Gefangenen zum Tower brachten, ein gascognisches Weinschiff, das langsam flußaufwärts in Richtung Rotherhithe fuhr. Bei Dowgate begegnete ihnen ein großes, goldverziertes Ruderboot voll ausgelassener Leute, junge, in Seide gehüllte Höflinge mit ihren lärmenden Huren, die sich in die Stadt zurückrudern ließen, nachdem sie die Nacht hindurch in den Bordellen von Southwark gefeiert hatten.

An einem kleinen Kai am Fuße der Priorei von St. Mary Overy und den zinnenbewehrten Türmen und Mauern des Stadtpalais des Bischofs von Winchester gingen Athelstan und Cranston an Land. Cranston hatte schließlich doch beschlossen, Athelstans Rat zu befolgen und heim zu Lady Maude zu gehen, aber er bestand darauf, daß sein Gefährte ihn begleitete.

»Weißt du, Bruder, wenn du dabei bist, läßt sich der Zorn der Domina vielleicht im Zaume halten.«

Athelstan nickte wohlweislich. Das wird ein Anblick werden, dachte er. Lady Maude, klein, zierlich und sanft, stand in dem Ruf, ein wildes Temperament zu haben. Sie wanderten durch ein Labyrinth von stinkenden Gassen, vorbei am Stadthaus des Abtes von Hyde und an einem kleinen Abwasserkanal entlang, wo ein gelber, klapperdürrer Hund geschäftig die Geschwüre am Bein eines Bettlers leckte. Dann erreichten sie den Platz vor der Kirche von St. Erconwald. Athelstan vergewisserte sich, daß sein Haus gut verschlossen war, und sah mit Verzweiflung, daß Ursulas Sau wieder von seinem Kohl gefressen hatte. Er nahm einen zweiten Schlüsselbund aus seiner Truhe und schloß die Kirche auf, denn die Arbeiter waren noch nicht da. Das Kirchenschiff lag immer noch voller Staub, aber die Männer waren fleißig gewesen, denn der Chor erstrahlte im Glanz weißer, ebenmäßig verlegter Steinplatten. Entzückt klatschte Athelstan in die Hände.

»Wunderschön!« rief er. »Der Lettner wird wieder aufgestellt, und dann auch der Altar. Meint Ihr, daß es gut aussehen wird, Sir John?«

Cranston hockte an einer Säule und nickte geistesabwesend. »Ein wahres Juwel«, brummte er. »Aber hast du schon gesehen, was verschwunden ist?«

Athelstan kam zu ihm und schaute ins Seitenschiff.

»Der Sarg!« schrie er. »Der verfluchte Sarg ist weg!«

»Keine Sorge, Pater.« Crim trat herein, gefolgt von Bonaventura mit hochgerecktem Schwanz. Der Lausbub kam tanzend auf ihn zu, und der Kater miaute erfreut, als er seinen fetten Freund, den Coroner, erblickte. Während Sir John mit dem Fuß aufstampfte und den Kater leise verfluchte, berichtete Crim, daß sein Vater den Sarg mitsamt den heiligen Gebeinen in das kleine Totenhaus auf dem Gemeindefriedhof geschafft hatte.

»Wißt Ihr, Pater, die Wachtmeister, die der Lord Coroner geschickt hat, haben die Leute verscheucht. Und Pike, der Grabenbauer, meinte, wenn schon die Kirche verschlossen sei, so sei doch das Beinhaus offen. Also haben sie den Sarg dahin gebracht.«

Athelstan schluckte seine Flüche herunter, stapfte zur Tür hinaus und über den zugewachsenen Friedhof zum Totenhaus, das an der gegenüberliegenden Mauer stand. Es war ein kleines, viereckiges Gebäude mit Strohdach und einem winzigen, mit einem Laden verschlossenen Fenster. Pike, der Grabenbauer, lag fest schlafend vor der Tür, aber Athelstan sah, daß der Strom der Pilger sich einen Trampelpfad quer über den Friedhof zu dem kleinen Schuppen gebahnt hatte.

»Das wird ein Spaß werden«, murmelte er.

Als er vor dem schlafenden Pike stand, holte er mit dem sandalenbeschuhten Fuß aus und trat gegen die Sohle von Pikes schwerem Stiefel, so daß der Grabenbauer erschrocken hochfuhr. Athelstan musterte seine glasigen Augen, das unrasierte Gesicht und den leeren Weinschlauch in der Hand.

»Oh, Pater, guten Morgen.«

Athelstan hockte sich neben ihn. »Und was machst du hier?« fragte er zuckersüß.

Pike rieb sich die Augen und wich wachsam zurück. »Die Reliquie bewachen, Pater.«

»Und wer hat gesagt, du sollst den Sarg aus der Kirche holen?«

»Watkin. Es war seine Idee.«

»Jawohl, Pater!« rief eine Stimme hinter einem gemeißelten Grabstein. »Es war Watkin.«

Cecily, die Kurtisane, erhob sich wie eine Erscheinung; ihr Haar war zerzaust, ihr Gesicht vom Schlaf zerknittert, und sie hatte einen dicken Mantel um ihr fleckiges, scharlachrotes Kleid gewickelt.

Athelstan sah erst sie, dann Pike an und bemühte sich, die Wut im Zaum zu halten, die in ihm hochkroch.

»Ihr wart die ganze Nacht hier? Zusammen? Dies ist ein Friedhof! Ein Gottesacker!« Er richtete sich auf. »Kennst du die Bibel nicht, Pike? Dies ist das Haus Gottes, und keine Abdeckerei!«

Athelstan ging zur Tür des Beinhauses.

»Ich schließe auf, Pater.«

»Hau ab!« schrie Athelstan und trat wütend unter den Türriegel.

»Oh, Pater, nicht!« heulte Cecily.

Athelstan trat noch einmal zu, und die Tür flog auf, just als Cranston auf der Flucht vor dem aufmerksamen Bonaventura über den Friedhof gelaufen kam und wissen wollte, was los sei.

Athelstan schaute sich im Totenhaus um. Der Sarg stand auf einem Tisch inmitten verblichener Blumen. Jemand hatte ein rohes Holzkreuz an die Wand gehängt, und Athelstans Wut wurde nur noch größer, als er sah, daß der Sarg entweiht worden war.

»Sie fangen an, Holzsplitter zu verkaufen!« zischte er.

Er stürmte hinaus und hätte Cranston fast über den Haufen gerannt. Cecily flüchtete wie ein bunter Schmetterling auf das Friedhofstor zu, aber Pike wollte noch nicht weichen. Athelstan packte den Kerl bei seinem Wams und zog ihn an sich.

»Hör zu, Pike, ich bin sehr böse über das, was ihr getan habt. Dein Vater liegt hier begraben, sein Vater und dessen Vater vor ihm, und viele andere Vorfahren unserer Pfarrei. Gute Männer, fromme Frauen, arm, aber fleißig.« Mit einer energischen Kopfbewegung deutete er hinter sich auf das Totenhaus. »Mit eigenen Händen haben sie diesen Sarg gezimmert, das Holz gekauft, einen Tischler bezahlt. Und du, Watkin, und all die anderen, ihr mißbraucht ihn zu einem lächerlichen Mummenschanz.«

Pike erschrak angesichts der ungewohnten Wut des Priesters und glotzte ihn mit offenem Maul an. Athelstan ließ ihn los.

»Paß auf, Pike: In ein paar Tagen komme ich wieder. Ich will, daß der Sarg dann wieder in der Kirche steht, das Totenhaus verschlossen ist und diese Albernheit ein Ende hat.« Er sah sich auf dem überwucherten Friedhof um. »Und Watkin kannst du ausrichten: Ich wünsche diesen Friedhof aufgeräumt zu sehen, das Gras gemäht, die Gräber gepflegt – oder ich werde ihm persönlich etwas antun, woran er sich für den Rest seines gottgegebenen Lebens erinnern wird. Hast du das verstanden?«

Pike nickte ängstlich und stapfte zur Pforte hinaus.

Cranston schlug Athelstan auf die Schulter. »Gut gemacht, Bruder! Du hättest dem Mistkerl noch in den Hintern treten sollen.«

Athelstan setzte sich müde zwischen die umgestürzten Grabsteine. »Sie meinen es ja gut, Sir John. Es sind arme, einfache Leute, die hier eine Möglichkeit sehen, rasch viel Geld zu verdienen. Ich hätte nicht die Geduld verlieren dürfen.«

Ein Rülpser war Cranstons Antwort.

»Crim!« rief Athelstan. »Ich weiß, daß du dich da versteckst.«

Der Bengel stand da wie ein Jagdhund mit zitternden Flanken und blickte Athelstan unverwandt an.

»Keine Angst.« Athelstan lächelte. »Du bist ein guter Junge, Crim. Rasch, bevor zuviel Verkehr auf der Straße ist: Lauf zu Lady Benedicta und sage ihr, sie soll sich mit Sir John und mir in der Schenke ›Zum Gescheckten‹ treffen.«

Der Junge verschwand mit weiten Sätzen wie ein Greyhound im hohen Gras. Cranston faßte Athelstan beim Arm und zog ihn sanft hoch, dann legte er dem Bruder wie ein Bär den Arm um die Schultern. Athelstan roch den Weindunst in seinem Atem und wußte gleich, daß Sir John irgendwo unter seinem voluminösen Mantel den wunderbaren Weinschlauch verwahrte.

»Für einen Pfaffen bist du ein wackerer Kerl, Athelstan. Du hast Feuer im Arsch, Stahl im Herzen und eine Zunge wie ein Rasiermesser.« Er grinste boshaft und umarmte Athelstan wie eine Schraubzwinge. »Wenn du kein Mönch wärst, dann wärst du ein guter Lehrling für das Amt des Coroners.«

»Ihr seid ja guter Dinge, Sir John.«

»Mir ist auch schon wohler«, antwortete Cranston. »Ein Krug Ale und die Anwesenheit der schönen Benedicta. Was kann man sich mehr wünschen?«

»Und Lady Maude?« fragte Athelstan.

Cranston machte ein langes Gesicht. »Bei den Eiern des Satans, Bruder! Jag' mir keinen solchen Schrecken ein!«

Sie erreichten die Schenke und ließen sich an einem Tisch nieder. Cranston war bei seinem zweiten Humpen Ale und zerriß mit dicken Fingern das weiße, saftige Fleisch einer kleinen Wachtel, als Benedicta hereinkam. Der Coroner brüllte nach einem Becher Kräuterwein, lud sie ein, auf seinem Knie Platz zu nehmen, und brüllte vor Lachen über die widerborstige Antwort der Frau, derweil er Athelstan aus dem Augenwinkel boshaft anzwinkerte. Er wußte, der Priester war ein guter und frommer Mann, aber seine Schwäche für diese Frau faszinierte Cranston. Es war die einzige Gelegenheit, bei der Athelstan je nervös wurde, diese ersten paar Augenblicke einer Begegnung mit Benedicta, und auch jetzt war das so. Der Bruder umsorgte die Frau wie ein liebeskranker Knabe und sorgte dafür, daß sie es auch bequem hatte; Benedicta, eingeschüchtert von soviel Aufmerksamkeit, murmelte, sie fühle sich sehr wohl. Athelstan sah, daß es tatsächlich so war: Sie hatte den angespannten, bangen Blick verloren, ihr schwarzglänzendes Haar unter dem zarten weißen Schleier war duftig, und er bewunderte ihr enganliegendes Kleid aus rosaroter Atlasseide, das am Hals von einer herzförmigen Brosche verschlossen wurde. Benedicta zwinkerte Cranston zu und warf Athelstan einen Blick zu.

»Ihr wart an der Kirche, Pater?«

»Ja, und ich habe Pike ordentlich die Meinung gesagt. Cecily hat Reißaus genommen, bevor ich auch ihr ein paar Wahrheiten verpassen konnte. Benedicta, ich hatte dir doch die Verantwortung übertragen.«

Die Frau hob anmutig die Schultern. »Ihr kennt doch Watkin, Pater. Er hat ein Maul wie eine Trompete. Zumindest habe ich sie aus der Kirche heraushalten können. Was hätte ich tun sollen?« fragte sie unschuldig. »Mich zu Cecily auf den Friedhof legen?«

Cranston brüllte vor Lachen, und Athelstan lächelte.

»Gibt es schon Antwort auf den Brief?« fragte sie hoffnungsvoll.

Cranston bedeckte ihre zierliche Hand mit seiner mächtigen Pranke. »Keine Angst«, vertraute er ihr sanft rülpsend an, »ich habe den schnellsten Kurier beauftragt. Er soll von Dover geradewegs nach Boulogne reiten und hat den Befehl, auf Antwort zu warten.«

Benedicta faßte einen seiner Finger und drückte ihn fest. »Sir John, Ihr seid ein Gentleman.«

Cranston packte seinen Humpen und schaute tief hinein, um seine Verlegenheit zu verbergen.

»Und die Sache in Blackfriars?« fragte sie.

»Mord, Mylady«, antwortete Cranston düster. »Blutiger Mord! Lautloser Tod! Aber ich habe ein paar Theorien, wie mein Schreiber Euch nachher berichten wird.« Er warf Benedicta einen mißtrauischen Blick zu; sie saß da und nagte an der Unterlippe, während Athelstan plötzlich großes Interesse an seinem Weinbecher zeigte.

»Ich möchte dich noch sprechen, Benedicta«, sagte Athelstan sanft, »bevor ich nach Blackfriars zurückkehre. Der Sarg soll in die Kirche zurückgebracht werden und dort bleiben. Heute ist Donnerstag. Am nächsten Dienstag werde ich wieder da sein, damit ich noch vor Fronleichnam die Beichte hören kann. Sag Watkin, ich wünsche, daß dann alles in Ordnung ist.«

»Und was noch?«

Athelstan lehnte sich an die Wand. »Ich habe nachgedacht über das, was der Pater Prior sagte, bevor ich Blackfriars verließ. Er sprach von dem ersten Wunder. Weißt du, ich denke, es wird Zeit, daß wir Raymond D'Arques einmal einen Besuch abstatten. Kommt.« Er stand auf, Cranston packte seinen Humpen und leerte ihn bis auf den letzten Tropfen. Athelstan deutete mit dem Kopf zur Tür. »Vielleicht lichtet sich der Nebel in mehr als einem Sinne.«

D'Arques' Haus war ein zweistöckiges Gebäude an einer Straßenecke, ein Fachwerkhaus mit rotem Ziegeldach, kleinen Fenstern in beiden Geschossen und einem schmalen Durchgang an der Seite. Athelstan ging den Gang hinunter und spähte über die Pforte am

Ende. Er sah in einen großen Hof, der leer war bis auf ein paar Bettler, die dort kauerten. Verwundert kehrte er zur Vorderseite des Hauses zurück und klopfte an die Tür. Cranston und Benedicta standen hinter ihm. D'Arques' freundliche Frau öffnete und begrüßte sie lächelnd.

»Pater Athelstan!« Sie warf einen raschen Blick auf Cranston und Benedicta.

»Zwei Freunde«, erklärte Athelstan. »Sir John Cranston, der Coroner der Stadt London, und Benedicta, ein Mitglied meines Pfarrgemeinderates.«

Die Frau wandte sich um und trat zurück in den Schatten des Hauses.

»Kommt herein«, sagte sie leise. »Mein Mann ist bei der Arbeit. Ihr wollt ihn wegen des Wunders zu St. Erconwald sprechen?«

»Ja«, antwortete der Ordensbruder. »Die Kunde davon hat sich in ganz Southwark verbreitet und sogar die andere Seite des Flusses erreicht.«

D'Arques saß in der kühlen, mit Stein ausgelegten Küche; die auf dem Tisch verstreuten Münzen, die Pergamentstreifen, Tintenhorn und Federkiel sowie der kleine schwarzperlige Abakus ließen erkennen, daß er gerade mit seiner Buchführung beschäftigt war. Als sie hereinkamen, schob er den Schemel zurück, stand auf und lud sie ein, sich an den Tisch zu setzen.

»Bruder Athelstan, seid mir willkommen.«

Alle wurden einander vorgestellt; er gab Cranston die Hand und nickte Benedicta höflich zu. Athelstan nahm Platz und sah sich um. Die Küche war sauber und aufgeräumt. Von einem großen Kessel auf dem kleinen Holzfeuer stieg köstlicher Duft auf. D'Arques sah Athelstans Blick.

»Rindfleischeintopf«, sagte er. »Aber es sind ja nicht

die Kochkünste meiner Frau, die Euch interessieren.« Er schob den weiten Ärmel seines Mantels zurück und entblößte einen gesunden Arm. »Ihr seht, Pater, die Infektion ist nicht zurückgekehrt.«

Cranston und Benedicta betrachteten die gesunde Haut und suchten nach irgendwelchen Spuren, fanden aber keine. D'Arques' Frau setzte sich ans andere Ende des Tisches und beobachtete sie aufmerksam.

»Master D'Arques.« Athelstan rutschte unbehaglich hin und her; er fühlte sich jetzt wie ein Eindringling in diesem glücklichen Haus. »Habt Ihr schon immer in Southwark gelebt?«

»Ich bin in Southwark geboren und aufgewachsen.«

»Und Ihr wart Tischler?«

»Ich habe verschiedene Berufe ausgeübt, Pater. Warum fragt Ihr?«

»Wart Ihr früher schon einmal verheiratet?«

D'Arques warf den Kopf in den Nacken und lachte. Dann zwinkerte er seiner Frau zu. »Gebranntes Kind scheut das Feuer, Pater! Nein, Mary Twyford« – und er nickte seiner Frau zu – »ist meine erste und einzige Gattin. Meine erste und einzige Liebe«, fügte er leise hinzu.

Die Frau senkte verlegen den Blick.

»Twyford?« wiederholte Cranston. »Ihr seid mit dieser Familie verwandt?«

»Oh ja, Sir John. Mit den berühmten Twyfords, den Kaufmannsfürsten«, sagte sie. »Aus dieser Familie stamme ich. Meinem Vater hat es sehr widerstrebt, daß ich außerhalb des Familienzirkels und der großen Kaufmannsgilden heiraten wollte, die die Twyfords beherrschen.«

Athelstan hatte das Gefühl, jetzt so weit gegangen zu sein, wie er nur wagen könne. Er wollte das Gespräch in eine profanere Richtung lenken, als es plötzlich klopfte.

»Entschuldigt«, murmelte D'Arques. »Wir haben uns um andere Dinge zu kümmern.«

Seine Frau erhob sich. Sie holte ein großes Tablett von einem Nebentisch, kniete sich vor den Herd und löffelte den Eintopf in kleine, irdene Schüsseln.

»Wollt Ihr auch etwas essen?« fragte sie über die Schulter. »Oder etwas trinken?«

»Nein, danke«, sagte Athelstan mit raschem Blick auf Cranston. »Ihr habt Kinder, Master D'Arques?«

Wieder lachte der Mann. Er stand auf und öffnete die Tür. Athelstan erblickte die Bettler, die er draußen gesehen hatte. Erwartungsvoll spähten sie jetzt in die Küche.

»Geht und setzt euch«, sagte D'Arques leise zu ihnen. »Setzt euch an die Wand, und meine Frau bringt euch das Essen hinaus.«

Die Bettler gehorchten still, und Mistress D'Arques schob die Schüsseln so zurecht, daß ein großer Teller mit geschnittenem Brot dazwischenpaßte. Sie lächelte ihren Gästen zu und verschwand dann nach draußen, wo sie von Dankes- und Beifallsrufen begrüßt wurde.

»Ihr speist die Armen?« fragte Benedicta, und ihre Augen glänzten vor Bewunderung.

»St. Swithin ist unsere Pfarrgemeinde, Mistress Benedicta. Jeder von uns hat seine Pflichten. Täglich zur Mittagszeit speisen wir die Armen unseres Pfarrbezirks. Das ist das mindeste, was wir tun können.«

Athelstan nickte. Er stand auf und ging zur Tür. Bei einem raschen Blick in die Runde entdeckte er einen kleinen, wunderschön geschnitzten Schrank.

»Habt Ihr den gemacht, Master D'Arques?«

»Natürlich; er trägt ja mein Zeichen.« D'Arques trat

zu Athelstan und deutete auf ein kleines Emblem dicht über einem der Scharniere, ein verschnörkeltes Kreuz mit zwei fein geschnitzten Kronen rechts und links.

»Pater«, fragte er leise, »warum seid Ihr hier?«

Athelstan lächelte. »Wunder sind etwas Seltenes. Ich bin hergekommen, um mich davon zu überzeugen, daß es in Eurem Fall von dauerhafter Wirkung war.« Athelstan winkte seinen Begleitern zu. »Sir John, Benedicta, wir haben jetzt genug von Master D'Arques' Zeit verschwendet. Sir, meine Empfehlungen an Eure Frau Gemahlin.«

Der Tischler führte sie hinaus; Cranston wartete wenigstens, bis sie um die Ecke gebogen waren, ehe er seinen Gefühlen Luft machte.

»Athelstan, was in Gottes Namen hatten wir da zu suchen?«

»Nur eine wilde Vermutung, Sir John. D'Arques hat das große Mysterium in St. Erconwald ausgelöst. Ich dachte mir, es könnte immerhin sein – ein unwürdiger Verdacht –, daß Master Watkin ihn dazu angestiftet hatte.«

»Das glaubt Ihr?« fragte Benedicta.

»Bei Watkin und seinem Verbündeten und früheren Feind Pike halte ich alles für möglich«, sagte Athelstan knapp. »Aber kommt – noch einen letzten Besuch.«

Sie besuchten den Arzt Culpepper in seinem muffigen, schäbigen Haus in der Pig Pen Lane, aber der alte Doktor war keine große Hilfe.

»Master D'Arques«, bestätigte er, »ist ein würdiges Mitglied der Gemeinde, ein ehrlicher Handwerker, der eine scheußliche Infektion an seinem Arm hatte. Nein«, sagte er, als er sie zur Tür führte, »man wird nicht erleben, daß Master D'Arques und seinesgleichen sich an den zweifelhaften Geschichten beteiligen, die

Watkin, der Mistsammler, und Pike, der Grabenbauer, betreiben.«

Langsam gingen die drei zurück nach St. Erconwald. Athelstan verabschiedete sich von Benedicta, faßte den widerstrebenden Sir John am Arm und marschierte schnell auf die London Bridge zu.

»Das Heim ist da, wo das Herz ist«, witzelte er und bemühte sich, seine eigene Enttäuschung über die fruchtlosen Besuche zu verbergen. »Und jetzt wird es Zeit, Lady Maude entgegenzutreten.«

Als sie Sir Johns Haus abseits der Cheapside erreichten, waren die beiden erschöpft. Der Tag war heiß geworden, und in den staubigen Straßen drängten sich die Händler. Im Gedränge der Cheapside hatten sie sich ihren Weg fast mit Gewalt bahnen müssen, so zahlreich waren die Händler, Lehrjungen, wichtigtuerischen Marktbüttel, um Almosen winselnden Bettler und eine Kette von Übeltätern, die zu einem Käfig bei der Großen Wasserleitung geführt wurden. Eine Schauspielertruppe, die am großen Marktkreuz eine behelfsmäßige Bühne errichtet hatte und ein Mirakelspiel über den Sturz der Jezebel aufführte, machte die Sache nicht besser. Leider kamen Cranston und Athelstan erst zum Höhepunkt des Stücks, als die grell geschminkte Hurenkönigin vom Propheten Elias dazu verdammt wurde, lebendig von den Hunden gefressen zu werden. Die Menge war ganz gefesselt von dem Drama; die Leute riefen »Oh!« und »Ah!« und beschlossen, dem Propheten zu »helfen«, indem sie allen Abfall, den sie zu fassen bekamen, auf die Bühne warfen. Cranston mußte einen Taschendieb, den er in der Menge entdeckt hatte, mit einem krachenden Hieb auf das Ohr zu Boden schlagen. »Hau bloß ab, du kleiner Halunke!« donnerte der Coroner.

Leider hallte seine Posaunenstimme bis zur Bühne, und der Mann, der den Propheten spielte, glaubte, Sir John spreche mit ihm. Wäre Athelstan nicht eingeschritten, hätte es ein noch größeres Drama gegeben, denn Cranston richtete sich zu voller Höhe auf und fing an, Beschimpfungen gegen die Bühne zu schleudern; er schmähte die Schauspieler als Dämonen aus der Hölle und behauptete, sie hätten gar keine Lizenz für ihren Auftritt. Andere mischten sich ein, und Athelstan war erleichtert, als es ihm gelungen war, Sir John durch die Menge zu bugsieren, vorbei an seiner Lieblingstränke, der Schenke »Zum Heiligen Lamm Gottes«, und zur Haustür des Coroners.

»Sir John«, keuchte Athelstan, »mit Euch durch London zu wandern ist ein Erlebnis, das man nie vergißt – und gewiß nicht wiederholen möchte.«

Cranston funkelte wütend in die Menge.

»In meiner Abhandlung über die Regierung dieser Stadt«, deklamierte er, »verlange ich, daß Schauspieler nur an dafür vorgesehenen Orten auftreten dürfen und eine Lizenz beantragen müssen. Überdies ...«

Athelstan hatte genug gehört. Er drehte sich um und klopfte heftig an die Tür.

»Wie du willst«, knurrte Cranston. »Wenn ich mehr Zeit und Geduld hätte, würde ich diese Mistkerle schon auf ihre Plätze verweisen.«

Eine dünne, verkniffen blickende Magd öffnete ihnen die Tür. Sir John drängte sich boshaft grinsend an ihr vorbei.

»Sir John!« rief sie erschrocken. »Wir hatten Euch nicht erwartet!«

»Ich komme wie ein Dieb in der Nacht!« dröhnte Cranston. »Und jetzt sag Lady Maude, ihr Herr und Meister ist wieder da.«

»Lady Maude ist auf dem Fleischmarkt im Metzgerviertel, Herr. Sie kommt bald wieder.«

»Und meine beiden kleinen Prinzen?«

»Die sind oben im Söller, Sir John, mit ihrer Amme.«

Schwerfällig stapfte Cranston die Treppe hinauf, und Athelstan folgte flink, als Sir John ihm gebieterisch winkte. Im Söller, einem angenehmen, sonnenhellen Raum mit Wandbehängen und Teppichen, saß die Amme auf einer gepolsterten Fensterbank und schaukelte sanft die große Holzwiege neben sich. Als Cranston hereinkam, stand sie auf und machte einen Knicks.

»Laß uns allein«, sagte der Coroner munter.

»Lady Maude hat aber gesagt«, widersprach das hübsche Ding flehentlich, »ich soll die Kerlchen nicht allein lassen.«

Cranston zog die Brauen zusammen. »Ich bin der Vater dieser Kerlchen!« verkündete er. »Ich kann gut auf sie aufpassen.«

Als die Amme hinausging, warf sie ängstliche Blicke über die Schulter.

»Schau!« flüsterte er. Er beugte sich über die große Wiege und zog die reinwollene Decke zurück, unter der die beiden Kerlchen, wie er sie nannte, fest schliefen. Sir John schob den Kopf noch tiefer unter den linnenen Baldachin und hauchte Weindunst auf seine geliebten Söhne. »Prächtige Jungs!« knurrte er. »Prächtige Jungs!«

Athelstan spähte am struppigen Grauschädel des Coroners vorbei und hatte wieder einmal Mühe, ein ernstes Gesicht zu wahren. Die beiden »prächtigen Jungs«, die »Kerlchen« und »Prinzen« waren in der Tat kräftige Kinder. Mit ihren dicken, kahlen Köpfen, den

Grübchen in den Wangen und den roten Gesichtern hatten sie so viel Ähnlichkeit mit Sir John, daß Athelstan, hätte er sie in der Cheapside gefunden, sogleich gewußt hätte, zu welcher Familie sie gehörten. Cranston schob ihn beiseite.

»Prächtige, zufriedene Burschen«, murmelte er. »Sogar wenn sie schlafen, lächeln sie. Sieh nur.« Er beugte sich vor, um den einen – Athelstan vermutete, daß es sich um Francis handelte – am Mundwinkel zu streicheln, war aber zu wacklig auf den Beinen, und die Berührung fiel so unsanft aus, daß der kleine Bursche erwachte. Zwei glänzend blaue Augen schauten zu ihnen auf. »Pst, mein Junge!« flüsterte Cranston. »Wieder einschlafen, los, los!«

Er richtete sich auf, taumelte und gab der Wiege einen kraftvollen Stoß. Nun wachte das andere Kind auch auf, und die beiden Brüder schauten Sir John an.

»Siehst du, sie lachen«, sagte Cranston. »Sie sind so froh, ihren Vater zu sehen.«

Fast wie auf ein Zeichen hin, zogen die Jungen die Unterlippen herab, rissen die Augen auf und machten ihrer Wut über das jähe, unvermittelte Wecken aus voller Lunge Luft. Der Coroner schob die Wolldecke wieder zurecht und versetzte die Wiege in heftige Schaukelbewegungen. Athelstan konnte nicht anders, er mußte lachen, denn je heftiger der Coroner schaukelte, desto schlimmer wurde der Lärm. Wütend funkelte Cranston ihn an.

»Wirst du wohl verdammt aufhören zu lachen, dummer Mönch? Segne sie lieber, oder singe eine Hymne!«

»Sir John! Was macht Ihr da?«

Cranston wandte sich um wie ein dickbäuchiges Schiff, das sich im Wind drehte. Lady Maude stand in der Tür zum Söller. Sie war kaum mehr als fünf Fuß groß, hatte mausbraunes Haar und war zierlich von Gesicht und Gestalt, aber Athelstan spürte, daß sie wütend war. Und diese Wut war um so furchtbarer, als ein falsches, zuckersüßes Lächeln auf Lady Maudes sonst so heiterem, hübschem Gesicht lag.

»Sir John, was tut Ihr da?« fragte sie noch einmal und kam langsam herein. »Ihr kommt in dieses Haus gepoltert wie ein großer Eber, widerruft meine Anordnungen und versetzt die Kinder in Angst und Schrecken! Genügt es nicht, daß Ihr eine Wette eingegangen seid, die« – Lady Maude deutete dramatisch in die Höhe – »das Dach über unseren Köpfen aufs Spiel setzt?«

Sie wandte sich um und rief die Amme. Wenig später ging die Magd, auf jedem Arm ein zappelndes und immer noch wütendes, rotgesichtiges Baby, die Treppe hinunter, und das Geheul der beiden Kleinen verhallte in der Ferne. Cranston verdrehte die Augen zum Himmel und schlich sich zu seinem Lieblingssessel am Kamin. Er sah eine leere Schüssel, die dort in einer Ecke stand.

»War Leif, dieser faule Scheißer, wieder hier?«

»Ja, er hat ein wenig im Garten gearbeitet, weil Ihr, Sir John, ja anderswo beschäftigt wart! In der Gosse, nach Eurer Ausdrucksweise zu urteilen.«

Cranston rutschte noch tiefer in seinen Sessel, und seine Unterlippe senkte sich, so daß Athelstan sich eher an die beiden Säuglinge erinnert fühlte als an den Coroner des Königs für das Nordufer der Themse. Lady Maude kam herbei, baute sich kerzengerade vor ihm auf und verschränkte die Arme.

»Sir John, Ihr habt ein großes Maul und einen großen Bauch – und das einzige, was Euch rettet, ist Euer großes Herz. Manchmal seid Ihr der Schlaueste von allen, und dann wieder« – Lady Maude seufzte – »hat

Leif, der Bettler, mehr Verstand. Wie konntet Ihr eine solche Wette eingehen? Eintausend Kronen!«

»Athelstan wird mir helfen«, antwortete Cranston kläglich.

Lady Maude warf dem Ordensbruder einen vernichtenden Blick zu, und dieser beschloß, sich zurückzuziehen und das Unwetter drüben auf der Fensterbank abzuwarten.

Ratlos saß er da, während Lady Maude ihrem Mann eine Standpauke hielt, einen kurzen, scharfzüngigen Vortrag über die Tugend des gesunden Menschenverstandes und die Vorzüge des Mundhaltens. Cranston, der sich vor niemandem unter der Sonne fürchtete, saß nur da, zog den Kopf ein und hatte die Augen halb geschlossen. Endlich hörte Lady Maude auf; sie holte tief Luft, tätschelte ihrem Mann die Schulter, beugte sich über ihn und küßte ihn sanft auf die Wange.

»So, Sir John, ich habe gesagt, was ich zu sagen hatte.« Sie verschränkte die Hände und schaute Athelstan an. »Willkommen, Bruder. Täglich danke ich Gott dafür, daß Sir John Euch hat. Ich bin sicher« – Athelstan lächelte matt, als er den stählernen Unterton der Drohung in ihrer Stimme hörte – »ja, ich bin zuversichtlich, daß Ihr meinem Mann in dieser Notlage helfen werdet. Und jetzt, Sir John, einen Becher Rotwein und einen Teller Süßigkeiten. Und Ihr, Bruder? Gut. Es gibt ja nichts Besseres als Honig, um den Geschmack von Essig zu vertreiben. Stimmt's, Sir John?«

Cranston hatte den Kopf gesenkt; er nickte heftig, und als Lady Maude davonschwebte, tat er einen langen Seufzer und sackte in seinem Sessel zusammen wie eine Schweinsblase, in die man hineingestochen hat.

»Glaub mir, Bruder«, wisperte er heiser, »nichts, und ich wiederhole: gar nichts auf der Welt ist furchterregender als Lady Maude in voller Rüstung. Da lege ich mich lieber jederzeit mit einer Meute von Rüpeln an!«

Lady Maude kehrte mit einem Tablett mit Wein und Zuckerwerk zurück und bediente Sir John so demütig und pflichtbewußt wie ein Knappe. Der Coroner sah, woher der Wind jetzt wehte; er richtete sich auf und faßte Zuversicht. In barschem Ton erkundigte er sich, was in seiner Abwesenheit so alles vorgefallen sei, und nickte ungeduldig, während Lady Maude über die Nachbarn schwatzte, die Brotpreise und die Zahl der Geschäftsstreitigkeiten in der Stadt.

»Oh, Sir John!« Lady Maude hob plötzlich die Hand zum Mund. »Das hatte ich ganz vergessen. Da sind Briefe für Euch gekommen.« Sie ging zu einer Truhe und nahm zwei dünne Pergamentrollen heraus. Sir John öffnete sie, überflog rasch den Inhalt und schnalzte mit der Zunge.

»Wir haben Glück, Bruder«, verkündete er. »Zum ersten: Meine Schreiber haben herausgefunden, daß deine Kirche erst hundertdreißig Jahre alt ist. Vorher stand dort ein Wohnhaus. Zweitens – was noch wichtiger ist –, meine Spitzel haben Master William Fitzwolfe ausfindig gemacht, den ehemaligen Pfarrer der Kirche von St. Erconwald. Man findet ihn im Gasthaus ›Zum samtenen Wappenrock‹ in einer Gasse bei Whitefriars.«

Athelstan sprang auf und griff aufgeregt nach dem Pergament.

»Und warum können Eure Leute ihn nicht einfach verhaften?«

»Im Gesetz«, verkündete Cranston wichtigtuerisch, »gibt es für alle Vergehen eine Verjährungsfrist. Und bedenke, aus deiner Kirche zu flüchten ist ja kein Verbrechen.«

»Ist es doch, wenn man den größten Teil des Kirchenbesitzes mitnimmt.«

»Lieber Bruder, du kennst das Gesetz. Wir können nichts beweisen.«

»Was kann ich also tun?«

Cranston stand auf und löste seinen Gürtel. »Bring mir mein Schwertgehenk, Lady Maude, und einen meiner kräftigen Knüttel für Athelstan. Wir werden Master Fitzwolfe einen Schrecken einjagen.«

Kurze Zeit später rauschte Cranston großartig zur Haustür hinaus, nachdem er seine Frau zärtlich umarmt und ihr zugeraunt hatte, daß alles gut ausgehen werde. Er küßte auch seine beiden »Kerlchen« auf die Stirn, was die zwei mit neuerlichen Wutanfällen erwiderten.

»Ich wünschte, er würde einmal daran denken, daß er einen Bart trägt«, sagte Lady Maude im Flüsterton zu Athelstan. »Und der ist so stachelig wie eine Ligusterhecke.«

ACHT

Cranston und Athelstan drängten sich durch das dichte Treiben der Cheapside und in die schmutzigen Elendsquartiere um das Karmeliterkloster Whitefriars. Bettler heulten nach Barmherzigkeit. Fliegen schwärmten über den zahllosen Kothaufen, die die Gossen verstopften und sich bisweilen hüfthoch vor den verdreckten, faulig stinkenden Behausungen türmten. Zwei Jungen hatten einen kleinen Hund gefangen und versuchten, ihm einen Stock in den After zu spießen; Cranston versetzte ihnen einen raschen Tritt, und sie stoben davon. Höker und Hausierer mit Bauchläden voller Firlefanz oder kleinen Karren mit von Fliegen umschwärmten Eßwaren standen an den Ecken, riefen ihre Waren aus und hielten dabei wachsam Ausschau nach den Bütteln, die in dieser Gegend patrouillierten. Ein paar Marktaufseher hatten zwei Männer gefaßt: Der eine hatte nicht die erforderliche Gebühr und Steuer für den Handel in der Stadt bezahlt, und den anderen versuchten sie zu zwingen, »Käse und Brot« zu sagen, denn sie hatten ihn im Verdacht, ein Flame zu sein, der gar nicht das Recht hatte, Waren in die Stadt zu bringen.

»Wenn er es falsch ausspricht«, knurrte Cranston aus dem Mundwinkel, während er vorbeistolzierte, »dann werden sie ihm die Handfläche mit einem glühenden Eisen verbrennen.«

In den Türen der engen Gäßchen huschten dunkle Gestalten ein und aus. Die Luft war zum Schneiden vom schwarzen Qualm der Leimsieder, die hinter ihren schmutzigen kleinen Häusern in großen Eisenfässern Knochen und Abfälle aus dem Fleischerviertel verkochten. Cranston schien den Weg genau zu kennen. Athelstan hielt seinen Knüppel fest umklammert; er hielt sich ein kleines Stück hinter ihm und achtete darauf, daß ihnen niemand folgte. Kinder kreischten und zankten. Hunde balgten sich über Abfallbergen. Athelstan war sicher, daß er in einem dieser Haufen eine menschliche Hand gesehen hatte, die gespreizten Finger faulig verwest.

»Gott beschütze uns«, murmelt er.

»Wahrlich, die Pforte der Hölle«, versetzte Cranston. »Sprich deine Gebete, Bruder, und halte die Augen offen. Sollte irgend jemand auf dich zutaumeln, Betrunkener, Frau oder Kind, zieh ihm kräftig eins mit deinem Knüppel über.«

Sie gingen eine Gasse hinunter. Eine Schar Bettler löste sich aus dem Schatten und versperrte ihnen den Weg. Cranston zog Schwert und Dolch.

»Verpißt euch!« schrie er.

Die Gestalten verschwanden wieder im Dunkel. An der Ecke stand eine Frau mit drei Kindern, deren Körper nur halb von schmutzigen Lumpen bedeckt waren und schreckliche Geschwüre und Blutergüsse aufwiesen. Athelstans Hand ging sofort zu seinem Geldbeutel, als die Frau, in deren knochigem Gesicht nur ein gesundes Auge glitzerte, eine klauenartige Hand ausstreckte. Aber Cranston schlug die Hand herunter und schob Athelstan weiter.

»Behalte dein Geld, Bruder! Siehst du nicht, daß sie eine Simulantin ist?«

»Was ist sie?«

»Eine berufsmäßige Bettlerin.«

Athelstan sah sich rasch um. »Aber die Kinder, Sir John! Diese schrecklichen Blutergüsse!«

Der Coroner lachte leise. »Es ist ein Wunder, Bruder,

was die Leute mit einer Mischung aus Salz, Pottasche und Schweineblut so alles anstellen können.«

»Aber es sah so echt aus.«

»Bruder, sieh dir ihre Körper an. Rundlich, wohlgenährt – das sind keine hungernden Kinder. Die essen wahrscheinlich besser als ich.«

»Das wäre dann allerdings ein Wunder«, brummte Athelstan und schüttelte den Kopf über die schiere Arglist dieser Bettler, während er Sir John durch die nächste Gasse folgte. »Sind wir bald da?«

Cranston blieb stehen und deutete auf ein schmutziges Schild, das träge an dem Ale-Stab baumelte, der dort unter dem vorspringenden Dach eines hohen, dreistöckigen Gasthauses hervorragte. Mit einem Fußtritt öffnete er die Tür, und sie traten in eine muffige Dunkelheit, in der nur wenige Öllampen flackerten. Die wenigen Fenster ware hoch oben in der Wand und fest verschlossen. Das Gemurmel erstarb. Ein Prickeln der Angst überlief Athelstan, als er die groben Gesichter, niederträchtigen Augen und verkniffenen Züge der Männer sah, die hier hockten; zwei schliefen, die übrigen steckten in kleinen Gruppen die Köpfe zusammen und tranken oder würfelten.

»Die Küche der Hölle!« knurrte Cranston.

Er zog Schwert und Dolch, als ein Mann von dem Tisch neben der Tür aufstand. Athelstan sah eine Messerklinge in seiner Hand blitzen.

»Holla, ihr Böckchen!« verkündete Cranston großartig. »Ein paar von euch kennen mich vielleicht nicht; ich bin aber sicher, daß ich früher oder später eure Bekanntschaft machen werde. Ich bin Sir John Cranston, Coroner der Stadt London und Beamter der Königlichen Justiz. Dies ist mein Schreiber und Secretarius, Bruder Athelstan, ehemals aus Blackfriars.«

Seine fette Hand schoß vor und deutete auf den rattengesichtigen Mann mit dem Dolch. »Und du, mein Bürschchen, wirst dich hinsetzen und still sein.«

Der Kerl tat langsam, wie ihm befohlen war.

»Verdammt, was wollt Ihr, Cranston?« schrie einer.

Cranston hielt sein Schwert hoch. »Ich schwöre, ich will euch nichts Böses; allerdings könnte ich mit ein paar Wachtmeistern zurückkommen und nachsehen, was dieser hübsche Laden so enthält.«

Der schmierige Schankwirt wischte sich die Hände an einem schmutzigen Lappen ab und kam mit unterwürfigen Verbeugungen näher.

»Sir John, Ihr seid mir höchst willkommen.«

Cranston packte ihn bei der Schulter. »Nein, das bin ich nicht, du fetter Dreckskerl! Ich will mit jemand hier sprechen, nur sprechen, und ich weiß, daß er da ist, also lüg mich nicht an. Der Mann nennt sich Master William Fitzwolfe und war früher Pfarrer von St. Erconwald.«

Totenstille war die Antwort.

»Na schön, wenn ihr es so haben wollt ...« Cranston wandte sich zur Tür.

Athelstan hörte Geflüster, dann trat ein Mann aus der Dunkelheit.

»Ich bin Fitzwolfe, Sir John. Ich habe nichts verbrochen.«

Cranston winkte ihn zu sich. »Oh doch, das hast du, mein Junge, aber darauf wollen wir jetzt nicht weiter eingehen. Wir brauchen nichts als ein paar Minuten von deiner Zeit.«

Der Kerl trat ins Licht, und Athelstan betrachtete ihn angewidert. Auf den ersten Blick sah der Mann respektabel aus. Er hatte dunkles, schulterlanges Haar und war glattrasiert, Hände und Gesicht waren zart und weiß. Aber er trug ein hämisches Grinsen auf den gekräuselten Lippen, und seine Augen waren kalt, tot und berechnend. Er war von Kopf bis Fuß in schwarzes Leder gekleidet. Athelstan sah den Dolch, der oben in seinem Stiefel steckte, und das große Stichmesser an seinem Gürtel. Es war lange her, daß Athelstan jemandem begegnet war, der ihm dieses Gefühl bedrohlicher Bösartigkeit vermittelt hatte. Fitzwolfe warf ihm einen Blick zu, und seine Lippen teilten sich zu etwas, das er wohl für ein Lächeln hielt.

»Ihr müßt Athelstan sein, der neue Pfarrer von St. Erconwald. Wie geht es meinen geliebten Pfarrkindern? Sechs Jahre sind eine lange Zeit. Versucht Watkin, der Mistsammler, Euch auch vorzuschreiben, was Ihr tun sollte, wie er es bei mir gemacht hat?« Er schob die Daumen hinter seinen Schwertgurt. »Und Cecily, die Kurtisane? Ein hübscher Hintern, aber sie machte solchen Lärm bei der Liebe.«

»Athelstan trat vor. »Ihr seid ein Dieb, Fitzwolfe.«

Der ehemalige Priester spreizte die Hände. »Wo sind Eure Beweise? Ich habe St. Erconwald verlassen. Die Pfarrgemeinde hat die Kirche ausgeplündert.«

Athelstan holte tief Luft, um die Wut zu bändigen, die in ihm brodelte.

»Kommt!« befahl Cranston unvermittelt. »Wirt, hast du ein Hinterzimmer? Eine Speisekammer, eine Küche? Ich werde mich dort mit unserem Freund unterhalten.«

Der Wirt führte sie in eine schmutzige Kammer mit qualmendem Feuer; schmutzige Speisetabletts und Teller türmten sich auf einem fettbeschmierten Tisch, an dem zwei Küchenjungen versuchten abzuwaschen, indem sie Töpfe und Pfannen in einen Bottich mit schaumbedecktem Wasser tauchten.

Cranston schnippte mit den Fingern. »Alle raus – auch du, Wirt.« Er schob den Wirt und seine Diener zur Tür hinaus, schloß sie und lehnte sich dagegen. Mit einer Kopfbewegung deutete er quer durch die Küche. »Mach die Tür da auf, Athelstan – für den Fall, daß wir schnell verschwinden müssen. Und bleib davor stehen, falls Master Fitzwolfe etwa auf den gleichen Gedanken kommen sollte.«

Der ehemalige Priester aber ließ sich elegant auf einem Schemel nieder, schlug die Beine zierlich wie eine Frau übereinander und umschlang ein Knie mit beiden Händen.

Der Mistkerl macht sich über mich lustig, dachte Athelstan.

»Ich bin aus freien Stücken hier, Sir John, und wenn ich gehen möchte, kann ich es tun. Es gibt keinen Haftbefehl gegen mich.« Fitzwolfe kicherte. »Nun, zumindest keinen, der noch gilt. Ich habe St. Erconwald vor sechs Jahren verlassen.«

Cranston grinste, zog erneut sein Schwert und schlug Fitzwolfe mit der flachen Klinge auf die Schulter; der Bursche fuhr zusammen und verlor ein wenig von seiner stolzen Haltung.

»Ich werde dich umbringen, Fitzwolfe.«

Der ehemalige Priester wollte aufspringen, aber Cranston drückte ihn mit seinem Schwert herunter.

»Denn, weißt du, ich bin ein Beamter der Justiz und kam her, um dir ein paar Fragen zu stellen. Da zogst du einen Dolch aus dem Stiefel, und ich mußte dich töten. Und wer, sag mir, wird um dich trauern? Andererseits« – Cranston steckte sein Schwert wieder ein – »kannst du mir natürlich ein paar Fragen beantworten. Also, was ist dir lieber?«

»Was für Fragen?«

»Als du Pfarrer von St. Erconwald warst, hast du da den Chor mit Steinplatten auslegen lassen?«

»Ach, kommt schon, Sir John!« höhnte Fitzwolfe. »Ich hatte Besseres zu tun, als mich um diesen gottverlassenen Bau zu kümmern!«

»Das ist also gemacht worden, bevor du kamst?«

»Ja. Eine von Pater Theobalds glänzenden Ideen. Keine besonders gute Arbeit, was?« Fitzwolfe warf Athelstan einen spöttischen Blick zu. »Ich bin dauernd über die verdammten Dinger gestolpert. Wohlgemerkt, nach einem Schlauch Wein war das nicht mehr schwierig.«

Athelstan starrte ihn an. Dieser Mann, dachte er, fürchtete weder Gott noch die Menschen. Und jetzt verstand er sein eigenes Unbehagen. Er war sicher, daß Fitzwolfe ein Zauberer war, einer jener Herren der Kreuzwege und Meister der Galgen, die sich der Schwarzen Magie verschrieben hatten – kein seltener Vorgang bei amtsenthobenen Priestern, die sich die ihnen verliehene spirituelle Macht zunutze machten. Fitzwolfe bemerkte seinen Blick und nickte kaum merklich, als könne er Athelstans Gedanken lesen. Träge erhob er sich.

»Noch irgendwelche Fragen?«

»Ja«, sagte Athelstan, verschränkte die Arme und lehnte sich an die Wand. »Das Silber aus St. Erconwald ist inzwischen sicher längst eingeschmolzen und verkauft, aber Ihr habt auch das Archivbuch mit den Konten der Kirche mitgenommen. Und das, Fitzwolfe, habt Ihr entweder verbrannt oder Ihr besitzt es noch, vermute ich.«

»Ich habe es zerrissen.«

»Und wo sind die Seiten?«

»Einen Teil des Pergaments habe ich verbraucht.«

Fitzwolfe zuckte die Achseln. »Niemand sonst hätte etwas damit anfangen können. Es war angefüllt mit Pater Theobalds sinnlosem Gekritzel. Wieso – wie kommt Ihr darauf, daß ich es noch habe?«

»Weil Ihr es sicher als eine Art Witz betrachtet, ein Buch der Kirche für Eure eigenen schmutzigen Zwecke zu mißbrauchen.«

Fitzwolfe deutete zur Decke. »Ihr könnt Euch ansehen, was noch da ist. Es ist in meiner Dachkammer, hier oben im Haus.«

Cranston verbeugte sich spöttisch. »Worauf warten wir noch?«

Fitzwolfe schüttelte den Kopf. »Ihr nicht. Ich erlaube nicht, daß ein Justizbeamter seine Nase in Dinge steckt, die ihn nichts angehen.«

»Und ebensowenig«, erwiderte Cranston, »erlaube ich, daß du die Treppe hinaufsteigst, über das Dach verschwindest und dich diesseits von Weihnachten nicht mehr sehen läßt.«

Fitzwolfe deutete mit dem Daumen über die Schulter. »Der Pfaffe kann mitkommen. Ihr bleibt draußen.«

Er führte sie zurück in den Schankraum. Cranston und Athelstan ignorierten die leisen Schmähungen und Flüche, als sie ihm durch eine Seitentür in einen feuchten Korridor folgten, in dem es nach Hundepisse stank. Allerlei Unrat lag auf dem Boden. Sie stiegen die wacklige, glitschige Treppe hinauf, die zum oberen Teil des Hauses führte.

»Eine Herberge«, wisperte Cranston.

Sie kamen an Holztüren und manchem Treppenabsatz vorbei.

»Schlupflöcher«, fuhr der Coroner fort. »Geheime Fluchtgänge, Rattentunnel, durch die das menschliche Ungeziefer hindurchwieseln kann. Wenn es nach mir ginge, würden solche Häuser bis auf die Grundmauern niedergebrannt.«

»Geht es aber nicht«, höhnte Fitzwolfe vor ihnen. »Oder, Sir John?«

Endlich waren sie oben angekommen. Fitzwolfe holte einen Schlüssel hervor, schob ihn in eine schwere, eisenbeschlagene Tür, schloß auf und stieß sie halb auf.

»Ihr bleibt hier, Sir John! Pfaffe!« Fitzwolfe grinste verschlagen und winkte Athelstan weiter.

Der Ordensbruder trat ein und rümpfte die Nase ob des süßlichen, ekligen Geruchs. Mühsam blinzelnd, versuchte er, seine Augen an die Dunkelheit zu gewöhnen. Fitzwolfe huschte wie ein Schatten in der Kammer umher. Zunder wurde in Brand gesetzt, und wenig später brannten die hohen, weißen Kerzen in Messinghaltern, geschützt von metallenen Schirmen. Athelstan schaute sich um. Ein kalter Schauer lief prickelnd über seinen Nacken, und irgend etwas Unerklärliches raubte ihm die Luft zum Atmen.

»Und ob ich auch wandle im Tal der Schatten des Todes«, flüsterte er, »ich fürchte doch nichts Böses.«

Die Kammer war sauber, aber Wände, Boden und Decke waren in glänzendem Schwarz angestrichen, das im Kerzenlicht schimmerte. In einer Ecke, unter einem kleinen Fenster, stand ein Bett, daneben ein Tisch, der auch als Altar dienen mochte, und darüber ein umgekehrtes Kreuz, an dem der Gekreuzigte kopflos nach unten hing. Athelstan schauderte es. Waren das Blutflecken auf dem Tisch? Und wonach roch es hier so sonderbar? Nach starken Kräutern oder Teer, gemischt mit etwas anderem? Fitzwolfe stand da und beobachtete ihn wie eine Katze. Athelstan schüttelte sich wild, um einen klaren Kopf zu bekommen. Der Expriester schien sich verändert zu haben; sein Gesicht wirkte länger, seine Haut gelber, und die dunklen Augen glitzerten von unheiliger Bosheit.

»Die Buchseiten!« fauchte Athelstan. »Ihr habt mir die Buchseiten versprochen.«

Fitzwolfe zuckte die Achseln und ging zum Fußende des Bettes, wo er eine Truhe aufschloß und darin wühlte. Athelstan schaute nach links. Da lag ein in Leder gebundenes Buch, das mit einer Kette an einem Pult befestigt war. Nach einem kurzen Blick schaute er angeekelt weg, denn es war ein Zauberbuch mit Bannsprüchen und schwarzer Magie. An der Wand hinter dem Lesepult hingen Bilder, wie er sie von den Seiten eines *Stundenbuches* oder der *Heiligenlegenden* kannte, zart konturiert und farbenprächtig ausgemalt. Das eine zeigte eine Gruppe von Menschen, die einem Prediger zuhörte; aber die Gestalt, die da die Gewänder eines Priesters trug, hatte einen sabbernden Ziegenkopf, und ein mächtiger erigierter Penis ragte aus den Falten seines Gewandes. Auf einem anderen Bild fraß ein Schwein mit Bischofsstab und Mitra kleine Menschenleiber, und auf dem dritten war ein Kirchenschiff zu sehen. Die Säulen erinnerten Athelstan an St. Erconwald, aber der Maler hatte sich sorgfältig der Perspektive bedient, so daß der Betrachter in eine tiefe Grube zu schauen schien. Am anderen Ende, wo der Lettner hätte stehen müssen, leuchtete ein in Silber gemaltes Gesicht mit den rotglühenden Augen und goldenen Lippen eines Dämons. Athelstan wandte den Blick ab. Er hatte das Gefühl, die Luft in der Kammer sei dick, bedrückend, erstickend. Wenn er in die Ecken schaute, war er sicher, daß dort einige Schatten dunkler waren als andere, als lauere dort irgend jemand oder etwas.

»Los, Fitzwolfe!« bellte Athelstan. »Die Seiten!«

»Hier, Bruder.« Fitzwolfe kam langsam zurück; er

hielt einen Stoß zerfledderter gelber Blätter in der Hand, lose zusammengehalten von einem roh vernähten Faden. »Was ist los, Athelstan? Gefällt Euch meine Kammer nicht? Mein Unheiligtum der Unheiligtümer?«

Fitzwolfe reichte ihm das Pergament, und eine eiskalte Hand streifte die des Ordensbruders. »Ihr seid doch Priester, Athelstan. Was fürchtet Ihr denn hier?«

Athelstan schrak zusammen, als in einer Ecke ein schlurfendes Geräusch zu hören war. »Was war das?«

»Schaut doch nach, Athelstan«, sagte Fitzwolfe leise. »Schaut selbst nach. Schaut in die Ecke – und was seht Ihr da?«

Der Ordensbruder tat, wie geheißen, und er machte sich auf etwas wahrhaft Bedrohliches, wirklich Entsetzliches gefaßt. War es eine Gestalt? dachte er. Ein Schatten? Er sah eine elfenbeinhelle, runde Schulter, eine makellos geformte Brust, Haar wie aus gesponnenem Gold, dann hörte er ein leises Lachen. Er packte das Pergament.

»Das gehört mir!« stammelte er. »Es gehört mir.«

Fast rannte er zur Tür und riß heftig an der Klinke, aber sie war verschlossen. Hinter sich hörte er, wie Fitzwolfe und noch etwas anderes schlurfend näherkamen. Er tastete nach dem Schloß, fand den Schlüssel, schloß die Tür auf und sprang hinaus in den Korridor. Im selben Augenblick flog die Tür mit einem Knall wieder hinter ihm zu. Er war sicher, daß er nicht nur Fitzwolfe hatte kichern hören, sondern noch etwas anderes.

»Was ist denn, Athelstan?« Cranston packte seinen Gefährten und sah erschrocken in das marmorbleiche und schweißnasse Gesicht des Priesters. Er schüttelte ihn. »Bruder, was ist?«

Athelstan riß sich aus seinen Gedanken und nahm den Knüppel, den er an die Wand gelehnt hatte.

»Kommt, Sir John! Dies ist kein Ort für uns. Überhaupt kein Ort für ein Geschöpf Gottes.«

Cranston machte einen Schritt auf Fitzwolfes Kammertür zu.

»Nein, Sir John! Das meine ich ernst. Geht nicht hinein!«

Er polterte die Stiege hinunter, Cranston folgte ihm schwerfällig. Ohne auf den Coroner zu warten, lief Athelstan hinaus in die Gasse. Ächzend und keuchend holte ihn Cranston ein und stellte zahllose Fragen, ohne daß Athelstan reagierte. Der Priester eilte davon, so schnell er konnte; er war entschlossen, möglichst rasch möglichst viel Abstand zwischen sich und die Schenke zu bringen, und er konzentrierte seine ganze Energie und Intelligenz darauf, den Weg wiederzufinden, den Sir John genommen hatte. Endlich hatten sie Whitefriars hinter sich gelassen und waren in eine kleine Straße gelangt, die zur Fleet hinaufführte. Athelstan blieb stehen und lehnte sich an eine Mauer. Er war erschöpft und müde und fühlte sich gebeutelt an Körper, Geist und Seele. Der Coroner musterte ihn.

»Für dich gibt's nur eins, mein Junge«, sagte er dann. »Sir John Cranstons übliches Heilmittel für die Beschwerden des Geistes und des Körpers.«

Und er schob den Ordensbruder in die dunkle, gastliche Wärme einer Schenke an der Ecke. Mit seiner kraftvollen Stimme und seiner Autorität als Justizbeamter des Königs hatte er bald für sie beide ein Plätzchen bei den übereinandergestapelten Weinfässern gefunden, und unverzüglich wurden zwei große Becher Rotwein und eine Schüssel mit würzigem Entenfleisch gebracht. Cranston meinte, das Fleisch könnten sie sich teilen, aber Athelstan schüttelte nur den Kopf; gierig trank er von seinem Wein und genoß die süße Wärme.

Bald hatte er den Becher leergetrunken, und Cranston bestellte einen neuen. Behutsam nahm er ihm die Pergamentblätter ab, die Athelstan noch immer fest umklammert hielt. Der Coroner betrachtete sie aufmerksam und brüllte dann nach einer Kerze, damit er sie eingehender studieren konnte.

»Beim Hinterteil einer Fee, Athelstan, was ist denn so furchterregend daran? Schmierige gelbe Seiten aus einer Kirchenakte.«

»Das war es nicht, Sir John.« Athelstan lehnte sich blinzelnd zurück; er hatte seinen Wein zu schnell getrunken, und jetzt war ihm ein bißchen schwindlig.

»Hat Fitzwolfe dich bedroht?«

»In gewisser Weise ja.«

Und Athelstan schilderte kurz, was er in der Kammer gesehen und gefühlt hatte. Als er fertig war, tat Cranston einen mächtigen Rülpser und schmatzte.

»Komische Leute, diese Priester«, stellte der Coroner fest und warf Athelstan einen Seitenblick zu. »Sie erfahren Geheimnisse. Sie verdrehen das Gute, um selbst Macht zu erlangen. Nicht alle, aber einige. Manche werden habgierig und häufen Reichtümer auf, manchen gefällt es, zwischen die Bettlaken anderer Männer zu schlüpfen. Und eine kleine Zahl von ihnen strebt nach etwas Größerem: nach magischer Macht.«

»Sir John«, unterbrach Athelstan, »ich weiß, was ich in dieser Kammer gesehen und gefühlt habe.«

»Vielleicht. Aber ich bin schon den besten Zauberern begegnet, Athelstan. Ich weiß, was sie zuwegebringen können, mit Kräutern und Kerzen aus seltsamen Substanzen. Wie der Psalmist schon sagt: ›Es gibt nichts Neues unter der Sonne.‹« Er tätschelte Athelstan die Hand. »Sicher, Fitzwolfe könnte ein Satansanbeter sein, aber ich habe den Verdacht, er ist bloß ein Gaukler.«

Athelstan seufzte und rieb sich das Gesicht mit beiden Händen.

»Nichts ist besser als der alte Cranston«, murmelte er, »wenn man mit beiden Beinen wieder fest auf den Boden kommen will.« Er schob den Weinbecher von sich. »Den müßt Ihr austrinken. Wir müssen noch nach Blackfriars, und ich möchte nicht, daß der Großinquisitor mich für einen Trunkenbold hält.«

»Bei den Eiern des Teufels, wen interessiert das? Mich hält er ja schon für einen«, erwiderte Cranston.

Athelstan griff nach den Pergamentblättern; er studierte sie und versuchte, die enge, gedrängte Handschrift und die in einem solchen Buch üblichen Abkürzungen zu entziffern. Aufmerksam achtete er auf das Datum, das auf jeder Seite über der linken Spalte stand. Es mochten an die fünfzig, sechzig Seiten sein, mit feinem Hanfgarn zusammengebunden, und sie reichten von 1353 bis 1368, dem Jahr, in dem der alte Priester Theobald gestorben war.

»Gern würde ich das jetzt alles studieren«, sagte er leise, schaute aber auf die Stundenkerze, die auf einem Bord über den Weinfässern brannte. »Sir John, wir sollten nach Blackfriars zurückgehen. Ich habe dem Pater Prior gesagt, ich möchte ihn und die anderen noch sprechen, und es ist jetzt schon zu spät. Wir sollten zurückkehren, zumindest um unsere untertänigsten Entschuldigungen vorzubringen.«

Cranston verdrehte den Hals und spähte aus dem Fenster.

»Scheiße!« brummte er. »Die Sonne geht gleich unter. Hör nur, Bruder.«

Athelstan spitzte die Ohren und hörte die große Glocke von St. Mary Le Bow; ihr Schlag war das Zeichen dafür, daß des Tages Arbeit zu Ende war. Er war müde und erschöpft, und der Wein in seinem leeren Magen begann allmählich zu gerinnen. Er wartete, bis Cranston seinen Becher leergetrunken hatte, dann faltete er seine Papiere zusammen, griff nach seinem Knüttel und ging.

Aber Athelstan hätte sich nicht den Kopf darüber zu zerbrechen brauchen, daß er zu spät zu seiner Verabredung in Blackfriars kam. Die Nachricht vom Tode Bruder Rogers hatte sich in der geschlossenen Klostergesellschaft verbreitet und dem Prior Ratlosigkeit und endlose Fragen eingebracht. Als Athelstan zu ihm kam, wirkte Pater Anselm sichtlich erschöpft.

»Ja, ja«, sagte er, »wir haben auf dich gewartet, Bruder. Aber ich wußte, daß etwas anderes dich aufgehalten haben mußte. Ist dir noch etwas eingefallen?« fragte er hoffnungsvoll.

»Pater Prior, dieses Problem ist so undurchsichtig wie ein trüber Tümpel. Habt Ihr herausgefunden, wann Bruder Roger zuletzt gesehen wurde?«

Anselm setzte sich müde und winkte Athelstan und Cranston, ebenfalls Platz zu nehmen. »Das war gleich nach der Vesper, draußen vor der Kirche.« Er rieb sich die Stirn. »Ihr habt ihn dann als nächste gesehen, als er im Obstgarten an diesem Baum hing.« Er hob die Hand. »Und, bevor du fragst, niemand will ihn dazwischen gesehen oder gesprochen haben. Es ist, als sei er unsichtbar gewesen.«

»Und ihr habt die Zellen der Brüder Alcuin und Callixtus durchsuchen lassen?«

»Und nichts gefunden«, vollendete der Prior und wühlte auf seinem Pult herum. »Nur zwei Pergamente. Eines in Alcuins Zelle, eines bei Callixtus. Auf beiden stand derselbe Name.«

Der Prior reichte die Blätter herüber. Athelstan betrachtete sie neugierig. In unterschiedlichen Handschriften stand auf beiden mehrmals ein Name: Hildegarde.

»Wer ist das?« fragte Athelstan.

Anselm verzog das Gesicht. »Weiß der Himmel! Das war das einzig Ungewöhnliche, was ich finden konnte. Das einzige, was den Tod des einen Bruders mit dem Verschwinden des anderen verbindet.«

Cranston, der halb dösend neben Athelstan saß, schoß hoch.

»Immer eine Frau«, stellte er fest und schmatzte. »Wo es Ärger gibt, steckt immer eine Frau dahinter.«

»Sir John, Ihr wollt doch nicht sagen ...« Anselm schaute den Coroner erbost an. »Bruder Callixtus und Bruder Alcuin waren gute Männer, getreue Priester und schwer arbeitende Mitglieder unseres Ordens. Niemals gab es auch nur Andeutungen eines Skandals oder die leiseste Andeutung von Tratsch im Zusammenhang mit ihnen! Sie waren alte Mitglieder des Ordens und gebildete Theologen.« Er blickte zu Boden. »Sie hatten einen besseren Tod verdient.«

Cranston entschuldigte sich wortgewaltig, sein Secretarius starrte derweil die beiden Pergamente an.

»Du siehst müde aus, Athelstan«, bemerkte Anselm, den Cranstons wiederholte Entschuldigungen nach einer Weile verlegen machten. »Laß es gut sein. Bruder Norbert wird euch etwas aus dem Refektorium bringen. Ich schlage vor, ihr geht früh zu Bett und schlaft.«

Athelstan war einverstanden. »Aber morgen, Pater Prior, nach dem Frühgebet, muß ich Euch und die anderen Mitglieder des Generalkapitels sprechen.« Er klopfte auf die Pergamente in seiner Hand, und eine unbestimmte Idee nahm in seinem Kopf Gestalt an, eine lose Gedankenkette, der er folgen würde, wenn er frischer wäre. »Erzählt vorläufig niemandem davon, Pater. Schweigt darüber.«

Athelstan und Cranston kehrten in das Gästehaus zurück, wo sie sich wuschen und eine Weile in der Küche saßen. Cranston machte sich schmatzend über einen Krug Met her, und sein Gefährte starrte in das flackernde Feuer, das Bruder Norbert für sie angezündet hatte. Der junge Laienbruder brachte ihnen auch das Essen aus dem Refektorium: gutes, in Pfeffertunke gekochtes Kalbfleisch unter einer dünnen, goldgelben Teigkruste und eine Schüssel leicht gedünstetes Gemüse aus dem Klostergarten. Cranston langte genüßlich zu; Athelstan war müde und hatte immer noch Magenbeschwerden nach dem Wein, deshalb aß er weniger. Erst als er fast fertig war, bemerkte er die kleine, mit grüner Seide säuberlich zugebundene Schriftrolle, die auf einem Schemel in der Ecke der Küche lag. Er ging hin und holte sie.

»Was ist das?« fragte Cranston zwischen zwei Bissen Kalbfleisch.

»Eine Abschrift von Bruder Henry von Winchesters Abhandlung *Cur Deus homo* – ›Warum Gott ein Mensch wurde‹.«

»Das zu lesen, überlasse ich dir«, meinte Cranston. »Wenn Gott wollte, daß wir Seine Wege erkunden, dann würde Er nicht den größten Teil Seiner Zeit darauf verwenden, möglichst viel Abstand zwischen sich und uns aufrechtzuerhalten.«

Athelstan lächelte, setzte sich und begann, trotz seiner Müdigkeit, die Abhandlung zu lesen. Er las noch immer, als Cranston, der sein eigenes und den Rest von Athelstans Essen verspeist hatte, in die Speisekammer stapfte, um neue Erfrischungen zu besorgen.

Die Abhandlung war auf sauber zusammengenähten

Pergamentbögen geschrieben. Angesichts der akkuraten Handschrift, der frischen Tinte und der klaren Argumentation schüttelte Athelstan staunend den Kopf. Bruder Henrys Abhandlung war ein Juwel theologischer Analyse; mit großer Sorgfalt widerlegte er das akzeptierte Dogma der Kirche. Er vertrat die Überzeugung, die Fleischwerdung Christi rühre aus dem Verlangen Gottes, die göttliche Schönheit mit dem Menschen zu teilen, und folgte nicht der üblichen, ermüdenden Argumentation, derzufolge es um »Erlösung von der Erbsünde« oder »Buße für die Sünden des Menschen« gehe. In Bruder Henrys Abhandlung wurde Gott als liebevoller Vater dargestellt und Christus als körperlicher Ausdruck dieser Liebe; hier war Gott kein zorniger Richter, der Christi Tod murrend als Sühne für die Sünden des Menschen ansah.

Cranston kam zurück, brummelte etwas und tappte die Treppe zur Schlafkammer hinauf. Athelstan las weiter und freute sich an der präzisen Terminologie und der Klarheit des Gedankens. Als er fertig war, klopfte er mit dem Finger auf das Pergament. »Brillant!« sagte er leise. »Die Inquisitoren verschwenden ihre Zeit. Bruder Henry ist ein origineller Denker, aber ein Ketzer ist er nicht.«

Er legte die Schrift aus der Hand und reckte sich; dann folgte er Sir John hinauf ins Schlafgemach. Der Coroner schlief bereits tief. Athelstan kniete vor seinem Bett nieder und versuchte, seine Gedanken von den verschiedenen Szenen, Botschaften, Fragmenten und Ereignissen des Tages zu befreien. Er wollte beten, wußte aber auch, daß dies ein wichtiger Tag gewesen war. Er hatte bedeutsame Dinge gesehen und gehört, aber noch konnte er sie nicht deuten. Er schloß die Augen und merkte, wie er davontrieb. Eine Stunde später wachte er auf und fand sich zusammengesunken vor dem Bett. Müde kletterte er hinein und versank wieder in traumlosem Schlaf.

NEUN

Athelstan erwachte früh am nächsten Morgen. Cranston schnarchte noch im Tiefschlaf. Athelstan lag eine Weile ruhig da; er fühlte sich warm und ausgeruht. Als er das erste Läuten hörte, stand er auf, nahm ein Handtuch vom hölzernen Lavarium und ging hinaus, durch den Nebel hinüber zum Badehaus des Klosters. Dort wusch und schrubbte er sich ab; dann warf er seine Kutte über und ging in die Küche des Gästehauses, wo er das Feuer anzündete und ein wenig Wasser zum Rasieren heiß machte. Auf Zehenspitzen kehrte er nach oben zurück, holte frische Wäsche und eine saubere Kutte aus seiner Satteltasche und frühstückte dann die Reste des Abendessens.

Eine Zeitlang kniete er, sprach seine Gebete, und seine Gedanken waren klar und diszipliniert; dann ging er hinüber in die Klosterkirche, um in einer der Seitenkapellen die Messe zu lesen. Als er die Gewänder abgelegt und Norbert gedankt hatte, der als sein Sakristan gedient hatte, ging Athelstan in den Chor hinter dem Hochaltar, wo es immer noch süß nach Kerzenwachs und Weihrauch duftete. Wie erwartet, fand er einen Sarg, der auf den dicken Holzpfeilern auf dem roten Teppich ruhte; in den Deckel waren die Worte *Bruder Roger obiit 1379* geschnitzt. Athelstan strich über das glatte Kiefernholz. Später würde eine feierliche Requiemmesse gesungen werden, und Bruder Rogers Leichnam würde neben den anderen Toten der Klostergemeinschaft im großen Gewölbe unter dem Chor zur letzten Ruhe gebettet werden.

Athelstan stand noch da, als andere Mönche hereinkamen, auf dem Betstuhl niederknieten und still ihres Ordensbruders gedachten. Athelstan wartete, bis sie alle dem Ruf zum Stundengebet gefolgt und gegangen waren, ehe er selbst niederkniete, weniger um zu beten, als vielmehr um sich vor der Ordensgemeinschaft zu verbergen, die sich auf ihren Bänken im Chor versammelte und die Psalmen sang. Athelstan schaute sich in der Apsis um, deren hohe Wand die Rückseite des Altars kreisförmig umgab, und betrachtete die Statuen der Apostel in ihren Nischen. Seltsam, überlegte er; Alcuin hatte in diesem Chor gebetet, bevor er verschwunden war, und auch sein eigener Chor in St. Erconwald barg ein Geheimnis. Wieder schaute er die Apostelfiguren an. Konzentriere dich, ermahnte er sich, und vergiß jetzt einmal St. Erconwald! Alcuin hatte hier gebetet, und dann war er verschwunden. Bruder Roger hatte gesagt: »Es hätten zwölf sein müssen.« Was hatte er damit gemeint? Der Ordensbruder betrachtete den großen Holzsarg und schaute dann wieder zur Wand der Apsis. Er hatte eine Idee.

»Unsinn!« flüsterte er und hielt die Finger an die Lippen. »Oh, mein Gott, natürlich! Natürlich!« Er verschränkte die Arme, um seine Erregung im Zaum zu halten, und wartete geduldig, bis die Andacht zu Ende war. Als die Mönche hintereinander hinausgingen, um im Refektorium zu frühstücken, eilte Athelstan hinüber zum Gästehaus.

»Sir John!« rief er, zur Tür hereinstürzend. »Cranston, Ihr habt jetzt lange genug geschlafen.«

Er hörte ein lautes Krachen. Der Coroner kam die Treppe heruntergepoltert wie ein großes Faß.

»Bei den Zitzen des Satans!« donnerte er. »Darf ein armer Justizbeamter nicht mehr schlafen?« Er rieb sich das schlaftrunkene Gesicht und spähte Athelstan an. »Du hast etwas herausgefunden, nicht wahr, du verfluchter Mönch?«

»Ja, Sir John.«

Cranston schnürte sich die Beine seiner Reithose zu und kam in die Küche getappt. Athelstan begriff plötzlich, daß er Sir John zum ersten Mal ohne Stiefel sah; in seinem flatternden Hemd, der ausgebeulten Reithose und den bestrumpften Füßen sah der Coroner mehr denn je aus wie einer seiner kleinen Söhne.

»Was grinst du da, Mönch?«

»Sir John. Setzt Euch.«

»Ich habe Hunger!«

»Sagt Eurem Bauch, er soll warten.«

»Dann wenigstens ein bißchen Met?«

»Nicht auf leeren Magen, Sir John. Was würde Lady Maude dazu sagen?«

»Scheiß drauf!«

»Soll ich ihr das ausrichten?«

Cranston kaute auf seinem Daumennagel.

»Ein bißchen Ale mit Wasser; dann höre ich dir zu.«

Athelstan brachte ihm das Gewünschte und erzählte ihm dann, zu welchen Schlüssen er im Chor hinter dem Altar gelangt war. Der Coroner hörte zu und klopfte ihm dann liebevoll auf die Schulter.

»Genau das dachte ich auch«, behauptete er. »Ich hatte mich gefragt, ob ich in dieser Richtung weiterforschen sollte, aber es kam mir so bizarr vor. Na, jetzt aber hopplahopp zum Pater Prior. Wir brauchen seine Erlaubnis.«

»Noch nicht, Sir John. Erst nach der None.«

Cranston stand auf. »Wenn das so ist, will ich meine Waschungen vornehmen und frühstücken. Bist du dabei?«

»Nein, Sir John. Ihr könnt der Küche sagen, Ihr wollt für uns beide essen.«

Cranston stieg lärmend die Treppe hinauf, um sich zu waschen und anzukleiden; unterdessen begann Athelstan, das Pergament zu studieren, das Fitzwolfe ihm am Tag zuvor gegeben hatte. Die Eintragungen waren ziemlich traurig und bemitleidenswert und erinnerten ihn an seine eigenen Bemühungen; allerdings hatte Pater Theobald anscheinend wenig Sinn für das Organisatorische gehabt. Er war ein müder, kranker Mann gewesen, dessen Hauptinteresse seinen Begräbnispflichten gegolten hatte, dem Bau des Totenhauses auf dem Kirchhof und den behelfsmäßigen Reparaturen am Kirchendach. Schließlich aber kam Athelstan zu einigen anderen Eintragungen: Offenbar war Pater Theobald im Chor gestürzt, und dann fanden sich Notizen über den Einkauf von Steinplatten bei A.Q.D. Athelstan warf einen Blick auf das Datum: September 1363. Es folgte eine Serie von anderen Zahlungen: »Für das Verlegen von Bodenplatten im Chor, 6 Pfund Sterling an A.Q.D.« Athelstan fuhr mit dem Finger an dieser und anderen Eintragungen entlang.

»Ja, ja«, flüsterte er. »Aber wer ist A.Q.D.?«

Wieder kam ihm ein Gedanke, und er prüfte die Eintragungen bis Januar 1364. Er suchte nach Zahlungen für Messen, die Pater Theobald für Verstorbene gelesen hatte. Aber unter den Namen fand sich keine junge Frau, die krank geworden, zu Tode gekommen oder auf mysteriöse Weise verschwunden war.

Er schob das Manuskript von sich und nickte geistesabwesend, als Cranston ihm zubrüllte, daß er zum Essen hinübergehe. Er wartete, bis die Tür hinter dem Coroner ins Schloß gefallen war; dann stand er auf, ging nach oben und legte sich hin. Cranston würde eine

Weile wegbleiben, und Athelstan wollte die Ereignisse des vergangenen Tages in Ruhe überdenken. Etwas von dem, was er gesehen oder gehört hatte, hatte in seinem Gedächtnis eine Saite zum Klingen gebracht – aber was? Er kehrte zurück zu dem Zeitpunkt, da sie Rogers Leichnam im Obstgarten gefunden hatten, und bedachte dann die Ereignisse des restlichen Tages. Endlich hatte er es gefunden und lächelte überrascht. Natürlich! Er ging wieder nach unten und schaute in Pater Theobalds Journal nach. Dann sprang er auf und klatschte in die Hände wie ein Kind. »Natürlich!« murmelte er. »Natürlich! Nimm das weg, und alles andere stürzt ein!«

Athelstan war so froh, daß er Mühe hatte, seine Erregung zu beherrschen. Er beschloß, einen langen Spaziergang auf dem Klostergelände zu machen, und erschreckte die Laienbrüder, die ihren Alltagspflichten nachgingen, mit seinem flotten Schritt und seinem fröhlichen Gruß. Er ging auch zum Stall hinunter und war erfreut, Philomel zu sehen, der hier die Erträge des Klosters verzehrte. Der Roßknecht, ein grobknochiger Laienbruder, versicherte ihm, daß sein altes Schlachtroß und Cranstons Pferd gut versorgt seien.

Als Athelstan zum Gästehaus zurückkam, wartete Sir John schon auf ihn. »Du siehst ja sehr zufrieden aus, Bruder.«

»Wir machen Fortschritte, Sir John. Wir machen Fortschritte. Ich komme mir vor wie ein König, der eine Festung belagert. Die Mauern beginnen zu bröckeln, und bald werden wir hineinstürmen können.«

»Was ist mit meinem Geheimnis?« murrte Cranston.

Athelstans Blick wanderte zu Papier und Federkiel. »Noch nicht, Sir John. Alles zu seiner Zeit.«

Der Ordensbruder setzte sich hin und begann, in geheimnisvollen Abkürzungen seine Gedanken aufzulisten und zu ordnen. Cranston schenkte sich wieder einen Humpen Met ein und leerte das Fäßchen vollends; dann ließ er sich auf einen Schemel fallen und hing seinen düsteren Gedanken nach.

Die Konfrontation mit Fitzwolfe und der lange Marsch durch die Stadt hatten ihm geholfen, Lady Maudes Wut zu vergessen, aber jetzt kehrte die Erinnerung an ihre Worte mit voller Wucht zurück. Er wußte, daß die Szene des vergangenen Tages nichts im Vergleich mit dem Zorn war, den Lady Maude über ihn hereinbrechen lassen würde, wenn er diese Angelegenheit nicht erfolgreich regelte. Der Coroner war kurz nach Athelstan aufgewacht und hatte fast den ganzen Morgen, sogar den allerheiligsten und privatesten Akt des Frühstücks, damit zugebracht, sich über das Rätsel der scharlachroten Kammer den Kopf zu zerbrechen. Aber er war kein Stück weitergekommen und überlegte jetzt schon, wie er die Wette erfüllen könnte. Eintausend Kronen kann ich nicht aufbringen, dachte er bedrückt. Athelstan ist so arm wie eine Kirchenmaus. Bei Lady Maudes Verwandtschaft zu betteln wäre eine große Demütigung. Sollte er also John von Gaunts Hilfe annehmen, oder sollte er sich als Lump abstempeln lassen, der seine Schulden nicht bezahlte? Cranston knirschte mit den Zähnen. »Bei den Zitzen der Hölle!« knurrte er und funkelte Athelstan an, der gedankenverloren dasaß. Dann knallte er seinen Humpen auf den Tisch, ging hinaus und lauschte dem Läuten der Klosterglocken.

»Ich sollte nicht hier sein«, murmelte er. »Ich sollte zu Hause in meiner Kammer sitzen und mich um meine eigenen Probleme kümmern.«

Plötzlich stand Athelstan neben ihm und hakte sich bei ihm unter.

»Na, na, Sir John. Eins nach dem anderen. Wir haben immer noch eine Woche Zeit, ehe wir wieder in den Savoy-Palast müssen.«

Cranston merkte, wie er sich entspannte. »Wir?« wiederholte er hoffnungsvoll.

»Natürlich, Sir John. Wenn Ihr scheitert, muß ich doch da sein. Aber« – er ließ Cranstons Arm los und drückte dessen rundlichen Ellbogen – »mit Gottes Hilfe wird alles gutgehen. Und jetzt kommt; der Prior erwartet uns.«

In Pater Anselms Zimmer fanden sie das Generalkapitel vor, ganz wie am ersten Tag, als Athelstan sie kennengelernt hatte. Bruder Peter und Bruder Niall sahen jetzt besorgt und verschlossen aus. Bruder Henry wirkte gefaßt, und der Großinquisitor und Bruder Eugenius saßen da wie Jagdhunde und funkelten Athelstan und Sir John an.

»Wieder ein Toter«, begann Eugenius. »Und was für Fortschritte habt Ihr gemacht, Athelstan?«

Prior Anselm klopfte auf den Tisch. »Laßt unseren Bruder sprechen, Eugenius, und mäßigt Euch. Beginnen wir mit einem Gebet.« Der Prior bekreuzigte sich und zwang die anderen, es ihm nachzutun, als er ein kurzes Gebet um Rat und Führung an den Heiligen Geist richtete. »So«, fuhr er dann kühl fort. »Athelstan, du hattest um diese Sitzung gebeten.«

»Pater Prior, ich danke Euch wie auch allen anderen Anwesenden, daß Ihr gekommen seid. Zunächst, Bruder Henry: Ich habe deine Abhandlung gelesen. Ich fand sie glänzend und auch einleuchtend, und es fällt schwer, darin Ketzerei zu entdecken. Zweitens: Callixtus ist in der Bibliothek nicht gestürzt. Er wurde gestoßen, und jemand hat ihm mit einem Kerzenleuchter den Schädel eingeschlagen.« Athelstan hob die Hand, um die erregten Fragen zurückzuweisen. »Ich habe den Kerzenleuchter gefunden, und Mylord Coroner hat ihn begutachtet und als Beweismittel akzeptiert. Drittens«, fuhr er fort und ignorierte das herablassende Lächeln der beiden Inquisitoren, »Bruder Roger ist tot, aber er hat keinen Selbstmord begangen. Er wurde stranguliert, und dann ließ man es so aussehen, als habe er sich erhängt. Viertens: Sein Tod und die übrigen Todesfälle stehen in einem Zusammenhang mit den Angelegenheiten dieses Kapitels, auch wenn ich noch nicht weiß, wie und warum. Nun könnte ich jeden hier, auch den Pater Prior, auffordern, Rechenschaft abzulegen über alles, was er an den Tagen gemacht hat, als Bruno, Roger und Callixtus starben; aber Blackfriars ist ein großes Kloster mit weitläufigen Liegenschaften. Man würde eine Ewigkeit brauchen, um die Fakten zu untermauern, falls das überhaupt möglich ist.«

»Du erwähnst Alcuin nicht?« Bruder Niall ergriff das Wort, und sein schroffer Tonfall verriet seinen singenden gälischen Akzent.

»Ja«, fügte Eugenius an. »Woher sollen wir wissen, daß nicht Alcuin der Mörder ist? Vielleicht lauert er immer noch irgendwo in Blackfriars. Du sagst schließlich selbst, Athelstan, daß dies ein weitläufiges Kloster ist; hier gibt es Nischen und Winkel, die selten oder nie jemand betritt.«

»Unsinn!« schnappte Anselm.

»Nein, Pater Prior, Eugenius hat ja recht«, sagte Athelstan. »Bruder Alcuin ist noch hier; ich fürchte allerdings, er ist tot.«

»Wo denn?« riefen alle im Chor.

»Pater Prior, wann wird die Requiemmesse für Roger gesungen?«

»Heute mittag. Wir können nicht bis morgen warten. Die Kirche ist da sehr streng. Sonntags dürfen keine Totenmessen gesungen werden.«

»Dann bestehe ich darauf, Pater Prior, daß die Beerdigung am Montag stattfindet.«

»Wieso?«

»Weil ich möchte, daß das Grabgewölbe unter dem Chor geöffnet und Brunos Sarg herausgehoben wird. Wenn er geöffnet ist, werden wir Bruder Alcuin finden.«

»Sakrileg!« rief der Großinquisitor. »Grabschändung! Athelstan, du wandelst auf sehr dünnem Eis.«

»Ein Sakrileg, guter Inquisitor, ist eine Frage des Willens – wie jede Sünde. Ich will aber Bruder Bruno nichts Böses antun – Gott schenke ihm die ewige Ruhe.« Athelstan appellierte an den Prior. »Ihr habt mich hergerufen, damit ich die Wahrheit herausfinde und ein schreckliches Geheimnis aufkläre. Bruder Brunos Sarg muß geöffnet werden.«

»Wir erheben Einspruch!« riefen die beiden Inquisitoren.

Der Prior klopfte wieder auf den Tisch. »Ich wüßte nicht, was gegen Athelstans Wunsch einzuwenden wäre. Die Sache muß geklärt werden. Wenn du unrecht hast, Bruder, dann ist ja nichts verloren. Aber wenn es stimmt, was du sagst, dann kommen wir hier vielleicht ein wenig weiter.« Pater Anselm griff nach einer kleinen Glocke und läutete.

Ein Diener kam herein, und Anselm flüsterte ihm Anordnungen zu. Der Mann starrte ihn erschrocken und überrascht an.

»Tu, was ich sage«, befahl der Prior. »Sag Bruder Norbert Bescheid, und hol dir noch zwei andere. Laß dir von ihnen Stillschweigen schwören, und dann führt ihr meine Anordnungen aus.«

Als der Diener gegangen war, schaute Anselm in die Runde.

»Gibt es noch etwas, Athelstan?«

»Ja, Pater, aber Sir John und ich müssen Euch unter vier Augen sprechen.«

»Warum?« fragte William de Conches. »Als Großinquisitor verlange ich, dabeizusein.«

»Darauf gebe ich einen Schweinearsch, Mann!« sagte Cranston. »Dies ist ein englisches Kloster; auch wenn es dem kanonischen Recht untersteht, gilt hier das Gesetz der Krone. Als oberster Justizbeamter des Königs in dieser Stadt verlange ich, den Pater Prior allein zu sprechen.«

»Einverstanden«, sagte Pater Anselm knapp. »Brüder, wir treffen uns im Chor.«

Athelstan wartete, bis die Tür sich hinter den anderen geschlossen hatte.

»Was gibt es, Bruder?« fragte der Prior.

»Pater Prior, der Name Hildegarde läßt mich nicht los. Wen gibt es in Blackfriars, der mit diesem Namen etwas anfangen könnte?«

»Das ist kein englischer Name«, fügte Cranston hinzu. »Ich sehe oft Listen mit Namen von Geschworenen und Steuerzahlern. Hildegarde ist deutsch.«

Der Prior rieb sich die Augen. »Wer, glaubst du, könnte sie sein, Athelstan?«

»Ich weiß es nicht. Vielleicht eine Äbtissin oder eine der Heiligen.«

»Ich weiß von keiner Verehrung für eine Frau mit diesem Namen. Aber wir haben einen alten Gelehrten hier, Bruder Paul. Erinnerst du dich an ihn, Athelstan?

Inzwischen ist er krank, halb erblindet und bettlägerig. Die meiste Zeit liegt er im Spital. Aber komm mit. Sein Verstand ist noch scharf, und vielleicht setzen wir seine Erinnerung in Gang.«

Der Prior führte sie durch den Kreuzgang und eine kleine Seitenpforte in einen Blumengarten, dann in das zweistöckige Spitalhaus. Es roch süß nach zermahlenen Kräutern, Seife und Stärke, aber Athelstan witterte auch den bitteren Duft gewisser Tränke. Der Krankenbruder führte sie die Treppe hinauf in einen langen Raum mit Betten zu beiden Seiten; jedes Bett war hinter einem Vorhang verborgen. Anselm flüsterte dem Krankenbruder ein paar Worte zu, und dieser deutete auf einen Alkoven am anderen Ende, der durch ein weißes, grüngesäumtes Tuch an einer glänzenden Messingstange vom Rest des Raumes abgeteilt war.

»Dort findet Ihr Bruder Paul. Er ist guter Dinge. Man hat ihm versprochen, daß er eine Weile im Garten sitzen darf.«

Gefolgt von Athelstan und Cranston, ging Anselm über den blankpolierten Fußboden. Der Prior zog das Tuch beiseite. Da lag ein alter Mann, den Kopf auf einem Polsterkissen. Das Haar rings um seine Tonsur war schneeweiß, das Gesicht schmal, und die einst leuchtenden Augen über den hohen Wangenknochen waren jetzt milchig weiß überzogen.

»Wer ist da?« Seine Stimme klang überraschend kraftvoll.

»Der Pater Prior. Ich habe zwei Freunde mitgebracht, Sir John Cranston und den jungen Athelstan.«

Cranston gab seinem Begleiter einen Rippenstoß. »Der junge Athelstan!« flüsterte er spöttisch.

»Cranston, ich kenne Euch.« Bruder Paul drehte den Kopf. »Ich habe oft in den Gefängnissen gearbeitet, in

Newgate, Fleet und Marshalsea, und verurteilten Verbrechern die Beichte abgenommen. Wißt Ihr, daß sie alle immer sagten, Ihr wärt ein Schweinehund?« Die Lippen des alten Ordensbruders teilten sich zu einem zahnlosen Lächeln. »Wohlgemerkt«, ergänzte er, »ein gerechter, ja, sogar ein mitfühlender Schweinehund.«

Cranston drängte an den anderen vorbei und hockte sich neben das Bett.

»Natürlich«, sagte er leise, »ich kenne Euch auch. Der Ordensbruder, der immer darauf bestand, daß Fälle noch einmal aufgerollt wurden. Ihr habt manch einen vor dem Henkersstrick bewahrt.«

Der alte Ordensbruder lachte gackernd, streckte die Hand aus und ließ sie Sir John auf die Schulter fallen.

»Schlank und rank wie früher, Sir John.« Pater Paul nahm die Hand wieder weg. »Athelstan, wo bist du, du junger Taugenichts?«

Athelstan umfaßte die fleckige, von Adern überzogene Hand des Alten, und die Tränen traten ihm in die Augen, denn er erinnerte sich an Pater Paul; er war alt gewesen, als Athelstan sein Noviziat begonnen hatte, aber tatkräftig und flink, mit scharfem Verstand und spitzer Zunge. Er hatte die Novizen in Philosophie, Theologie und den Fächern des Quadriviums unterrichtet.

»Wir studieren immer noch die Sterne, was, Bruder?«

Athelstan streichelte die Hand des alten Mannes.

»Ich werde mich immer daran erinnern, wir Ihr die Psalmen zitiert habt, Pater Paul: ›Wer kann erkennen die Wege des Herrn? Wie der Himmel und seine Lichter hoch über der Erde sind, so sind Seine Wege hoch über uns.‹«

»Du hast falsch zitiert!« blaffte der alte Ordensmann. »Du warst immer ein Träumer. Aber gut – was wollt ihr von mir, einem kranken, alten Mann?«

»Sagt Euch der Name Hildegarde etwas?«

Bruder Paul wieherte vor Lachen. »Seid ihr hier, um die Sünden meiner Jugend auszugraben?« schnaubte er. »Meine Augen sind dahin, Bruder Athelstan, aber mein Gedächtnis ist immer noch gut. Hildegarde ist ein Frauenname. Ich entsinne mich deiner, mit deinen dunklen Augen und deinem weichen Herzen. Erinnerst du dich noch, was ich dir über die Liebe gesagt habe? Wie furchtbar es für einen Priester sein kann, wenn er einer Frau begegnet, die er wirklich liebt?« Der alte Bruder wandte sich ab, und seine Knochenfinger tasteten nach seinen Wangen. »Ich kannte einst eine Frau namens Hildegarde. Sie hatte das Gesicht eines Engels, aber ihr Herz war böse wie die Sünde.« Er lachte. »Aber das ist bestimmt nicht die Hildegarde, die ihr sucht. Die ihr meint, ist eine deutsche Frau, eine Äbtissin, die vor hundertzwanzig oder hundertfünfzig Jahren gelebt hat.« Er schwieg und starrte blicklos zur Decke.

»Was kannst du uns sonst noch erzählen?« drängte der Prior.

Der Alte schüttelte müde den Kopf. »Ich gar nichts, Pater Prior, aber die Bibliothek kann es sicher. Ja, ja, schaut in der Bibliothek nach.« Seine Hand sank herunter. »Im Laufe der Jahre«, wisperte er, »habe ich den Namen kennengelernt, aber ich kann euch nicht sagen, warum.«

Athelstan nahm seine Hand und drückte sie sanft. »Ich danke Euch, Pater Paul.«

Der alte Ordensbruder zog Athelstan am Handgelenk zu sich heran. »Möge der Herr dich behüten. Möge Er dir sein Antlitz zeigen und lächeln. Möge Er dich segnen und dich alle Tage deines Lebens bewahren.«

Er ließ los, und leise verließen sie das Spital. Athelstan erkannte schuldbewußt, wieviel er dem Leben in Blackfriars verdankte und wieviel er davon vergessen hatte.

Draußen im Blumengarten blieb Cranston bewundernd vor einem Rosenbusch in voller Blüte stehen. Athelstan nahm den Arm seines Oberen und flüsterte eindringlich: »Pater, wir haben jetzt eine Reihe von Verbindungen; Callixtus und Alcuin sind durch den Namen Hildegarde miteinander verknüpft. Callixtus wurde in der Bibliothek getötet, aber nicht durch einen Unfall, sondern durch einen Schlag mit einem Kerzenleuchter. Um es gleich zu sagen: Ich glaube, daß Callixtus nach einem Buch oder einem Traktat im Zusammenhang mit dieser Hildegarde gesucht hat.« Athelstan schwieg einen Augenblick. »Pater, ich glaube, der Name Hildegarde liegt all den Mordtaten, die hier begangen wurden, zugrunde.«

Pater Prior holte tief Luft und schaute in den blauen Himmel hinauf. »Ich sehe diese Verbindungen wohl, Bruder Athelstan, aber was im Namen unseres gütigen Herrn hat Hildegarde mit der Sitzung des Generalkapitels zu tun?« Hilflos hob er die Hände. »Du hast unsere Bibliothek gesehen, Bruder. Regal um Regal voller Bücher, manche drei-, vierhundert Seiten dick. Ein Leben lang könnte man da suchen. Und woher sollen wir wissen, daß der Mörder nicht schon gefunden hat, was Callixtus suchte?«

»Das hat er vielleicht, aber laßt uns zuversichtlich sein. Wenn er es nicht gefunden hat, dann verstellen wir ihm jetzt den Weg. Jede weitere Suche in der Bibliothek würde unsere Aufmerksamkeit erregen.«

Cranston trat zu ihnen, eine frische, taufeuchte Rose in der Hand. »Ich habe gehört, was Ihr gesagt habt,

Pater Prior, aber laßt einmal den alten Sir John das Messer der Logik ansetzen. Callixtus stand oben auf der Leiter, nicht wahr?« Rasselnd holte er Luft. »Er suchte also nach einem Buch auf dem obersten Regal. Wir wissen ungefähr, wo die Leiter stand.« Cranston schob den mächtigen Bauch vor. »*Ergo*«, fuhr er fort, Athelstan imitierend, »liegt die Schlußfolgerung auf der Hand. Callixtus kann durchaus in einem der Bücher etwas über die berühmte Hildegarde entdeckt haben. Nun können wir nicht unsere Zeit in der Bibliothek verbringen, denn dann würde unser Wild uns wittern. Aber dieser prachtvolle Laienbruder, der mich mit Met versorgt ... wie heißt er gleich?«

»Norbert.«

»Ja. Den nehmen wir.«

Der Prior war einverstanden, und sie kehrten zum Hauptgebäude des Klosters zurück; Anselm schickte einen Bediensteten zu Norbert und bat ihn, in die Bibliothek zu kommen. Sie fanden das Scriptorium und die Bibliothek fast verlassen; die wenigen Mönche, die hier still ihrer Arbeit nachgingen, verschwanden auf Ersuchen des Priors. Bruder Norbert kam nach kurzer Zeit atemlos zu ihnen. Athelstan faßte den jungen Laienbruder beim Arm und führte ihn zu der Stelle, wo Callixtus gelegen hatte; dann schaute er zu den Regalen hinauf, die vor ihnen aufragten.

»Norbert, wenn wir unsere Arbeit in der Kirche beendet haben, möchte ich, daß du alle Bücher aus den oberen drei Borden herunterholst.« Er deutete hinauf. »Aber nur die. Sie müssen – einzeln, falls nötig – ins Gästehaus hinübergeschafft werden, ohne daß dich dabei jemand sieht. Hast du verstanden?«

Der junge Laienbruder nickte, und Athelstan rieb sich die Hände.

»Gut.« Er sah seine Gefährten an. »Ich bin sicher, daß Bruder Norbert den Mund halten kann. Und jetzt kommt; die anderen in der Kirche müssen vor Ungeduld schon fast vergehen.«

Athelstan hatte recht. Die übrigen Angehörigen des Generalkapitels saßen leise murrend auf den Sitzbänken des Chores, und ein schwitzender, rotgesichtiger Laienbruder war hinter dem Altar damit beschäftigt, die Steinplatten über dem Grabgewölbe herauszuhebeln. Norbert half ihm dabei. Der Prior plauderte ein Weilchen, bis ein schweißüberströmter Laienbruder rief: »Pater Prior, wir sind soweit!«

Athelstan, Cranston und die anderen gingen um den Hochaltar herum. Rogers Sarg war beiseite geschoben worden, ebenso das Eichenholzgestell, der rote Teppich war aufgerollt, und die Steinplatten lagen aufgestapelt, das Grabgewölbe war offen. Bruder Norbert und seine Gefährten trugen zwei Leitern herbei und kletterten vorsichtig in das Gewölbe. Der Prior reichte ihnen eine brennende Kerze hinunter. Cranston spähte in die Tiefe, und es schauderte ihn. Er erkannte Särge und begriff, daß dieses Gewölbe ein riesiges Mausoleum war. Seile schlängelten sich in die Tiefe.

»Wir haben Brunos Sarg gefunden!« Norberts Stimme klang hohl und geisterhaft wie aus einem tiefen Abgrund.

Sie hörten ein Gleiten, leises Krachen und unterdrückte Flüche. Norbert und ein Laienbruder kamen zurück; sie warfen die Seile hoch, bevor sie selbst in den Chor hinaufkletterten.

»Bruder Brunos Sarg steht jetzt unmittelbar unter uns«, keuchte Norbert. »Aber wir brauchen Hilfe. Er ist sehr schwer.«

Auf Befehl des Priors packten alle, auch Cranston

und Athelstan, die Seile und begannen zu ziehen. Das Ganze erwies sich als mühselig, denn der Kiefernholzsarg war schwer wie Blei.

»Freilich«, ächzte der Prior, »einen Sarg hinunterzulassen ist leicht.« Er lächelte schmal. »Aber wer hätte gedacht, daß wir einmal einen wieder hochziehen müssen?«

Alle zogen an den Seilen, aber der Sarg war doch zu schwer, und der Prior räumte widerstrebend ein, daß weitere Hilfe gebraucht wurde. Sie ließen die Seile fallen und machten eine kurze Pause, Norbert wurde fortgeschickt, weitere Hilfe holen.

»Macht nichts.« Der Prior zuckte die Achseln. »Die anderen werden es sowieso bald erfahren.«

Norbert kehrte zurück, und der Prior schärfte den neuen Helfern ein, unbedingt Stillschweigen zu bewahren. Diesmal stiegen andere die Leiter hinunter in das Gewölbe, und endlich hatte man den mächtigen Kiefernholzsarg herausgehoben und im Chor abgestellt. Der Prior dankte allen und entließ die Laienbrüder mit Ausnahme von Norbert. Athelstan taten Arme und Schultern weh; Cranstons Gesicht war rot wie eine Pflaume, und der Schweiß rann ihm am Hals herunter.

»Ich könnte einen Becher Weißen vertilgen!« maulte er. »Bei den Zähnen der Hölle, Athelstan! Bruder Bruno schien mit größerem Widerwillen aus seinem Grab herauszukommen als hineinzugehen.«

»Dafür gibt es einen Grund, Sir John.«

Athelstan wartete nicht auf den Prior; er borgte sich Cranstons langen Dolch, ging zu dem Sarg hinüber und begann, den Deckel aufzustemmen. Fauliger Verwesungsgeruch durchwehte den Chor, und die anderen begannen zu murren, als sie sahen, was er da tat. Der Prior öffnete den Mund und wollte Einwände erheben, aber Athelstan arbeitete trotzig weiter, unterstützt von Cranston, der mit dem Mantel Mund und Nase vor dem Fäulnisgestank schützte. Das Mißfallensgemurmel schwoll an, bis Cranston den Mantel herunterzog und die Umstehenden erbost anherrschte: »Wenn ihr den Geruch nicht aushaltet, zündet ein wenig Weihrauch an, verdammt!«

Der Prior war einverstanden. Rauchfaß, Holzkohle und Weihrauchkörner wurden herbeigeholt. Die Kohle wurde angezündet und mit den Weihrauchkörnern bestreut.

Endlich war der Sargdeckel offen. Athelstan schob ihn zur Seite und wandte sich würgend ab, denn grauenhafter Gestank drang durch den weihrauchvernebelten Chor wie Schlamm durch klares Wasser.

»Oh mein Gott«, murmelte Cranston.

Athelstan hielt sich die Nase zu und spähte in den Sarg.

»Ich habe schon manchen schrecklichen Anblick gesehen«, erklärte Cranston. »Aber in Gottes Namen ...«

Bruder Brunos verwesender Leichnam ruhte unter einem dünnen Gazeschleier, und darauf lag, mit dem Gesicht nach unten, der von Gas aufgeblähte, rasch faulende Leib Bruder Alcuins. Trotz Gestank und den sichtbaren Merkmalen der Verwesung, streckte Athelstan die Hand aus und berührte sanft den Hinterkopf des Ermordeten.

»Oh, der gütige Jesus, der Sohn Mariens, erbarme sich deiner, und Gott vergebe dir alle deine Sünden.«

Athelstan schaute auf den Mann hinunter, den er einmal gekannt, mit dem er gebetet, gegessen und getrunken hatte und der jetzt brutal ermordet vor ihm lag, in einen Sarg gestopft wie ein dreckiger Lappen. Behutsam drehte er den Leichnam halb um und versuchte, nicht in die starren Augen und das blauschwarze Gesicht oder auf die hervorquellende, geschwollene Zunge zu schauen. Er zog die Kutte des toten Bruders am Hals herunter und sah das dünne, purpurviolette Mal der Garotte.

»Um Gottes willen, Pater Prior!« rief Cranston.

Anselm stand wie angewurzelt da; er war weiß im Gesicht, und seine Augen waren starr vor Entsetzen. Die anderen konnten nicht hinschauen; sie hatten sich hinter den Altar zurückgezogen, und nur Bruder Norbert war dageblieben.

»Du scheinst mir ein robuster Kerl zu sein«, stellte Cranston fest. »Lauf rasch und hole ein Leichentuch und einen Sarg. Na los, Mann!«

Norbert hastete davon, und Cranston straffte sich. Er nahm Athelstan beim Arm. »Komm, Bruder«, sagte er sanft. »Komm weg hier. Der Pater Prior braucht deine Hilfe.«

Athelstan riß sich von dem entstellten Leichnam los und ging zu Anselm hinüber.

»Pater Prior«, flüsterte er und nahm Anselms Hand. Sie war eiskalt. »Pater, kommt mit uns.« Er packte den Mann bei der Schulter und schüttelte ihn heftig. »Hier können wir nichts mehr tun.«

ZEHN

Der Prior ließ sich fortführen wie ein verängstigtes Kind. Beim Chorgestühl angekommen, schaute er die anderen mit seltsamer Miene an, denn erst jetzt ging ihm das ganze Grauen dessen auf, was er gesehen hatte. Er preßte die Hand vor den Mund und ging schnellen Schritts durch das Kirchenschiff und zum Hauptportal hinaus, um sich draußen zu übergeben.

Athelstan blieb stehen und beobachtete die übrigen; Henry von Winchester saß da und hatte den Kopf in beide Hände vergraben. Niall und Peter steckten die Köpfe zusammen und tuschelten mit bleichen Gesichtern, und die beiden Inquisitoren saßen wie Strohpuppen da und starrten mit leerem Blick in den Altarraum. Athelstan zwang sich zur Entspannung; er atmete tief und versuchte, seinen Magen zu beruhigen und das Bedürfnis zu unterdrücken, ob dieser Blasphemie zu heulen und zu schreien.

Norbert und ein paar andere kamen mit einem Leintuch und einem neuen Sarg. Athelstan dankte Gott für Cranstons Autorität als Coroner. Bruder Norbert hüllte Alcuins Leiche in Leder, schnitt ein wenig von dem Seil ab und band das Leder fest zu, ehe er den Toten in den neuen Sarg legte. Dann schaufelte er noch mehr Weihrauchkörner auf die glühende Holzkohle, bis es aussah, als wüte ein Feuer hinter dem Altar, und duftende Wolken sich erhoben, um den durchdringenden Verwesungsgestank zu überdecken.

Athelstan schaute durch das Kirchenschiff zum Hauptportal, wo der Prior vornübergebeugt stand und um Fassung rang. Cranston und Norbert zogen sich zurück; Athelstan hörte, wie sie zur Sakristeitür hinausgingen. Dann kam der Coroner zurück, und Norbert folgte ihm mit einem Tablett, auf dem ein großer Krug Wein und acht Becher standen.

»Hol den Prior«, flüsterte Cranston. »Bring ihn wieder her.«

Athelstan gehorchte. Der Pater Prior wirkte etwas gefaßter; seine Hände waren warm, und sein Gesicht hatte wieder ein wenig Farbe, aber seine Augen tränten immer noch vom heftigen Würgen.

»Oh, Athelstan«, flüsterte er, als sie langsam wieder zum Altarraum hinaufgingen. »Möge Gott mir vergeben! So tief versenkt habe ich mich in die Führung eines großen Klosters, daß ich das Böse im Menschen in seiner ganzen Grauenhaftigkeit vergessen habe, und die schrecklichen Folgen der Sünde. Wer konnte so etwas tun? Einen armen Priester wie Alcuin hier vor Gottes Auge ermorden! Am Altare Christi! Und dann seinen Leichnam und den des armen Bruno schänden! Wer? Wer kann so böse sein?«

Athelstan führte ihn behutsam zu einem der Chorstühle, Cranston ließ den Wein in die Becher gluckern und hielt ihnen je einen entgegen. Norbert und sich selbst bediente er zuletzt.

»Du bist ein guter Mann«, dröhnte Cranston und schlug dem Laienbruder auf die Schulter. »Ich habe oft gedacht, Athelstan könnte in St. Erconwald ein bißchen Hilfe gebrauchen, genau wie ich in den Geschäften der Stadt. Du bist genau der Kerl, den ich dafür aussuchen würde.« Er strahlte in die Runde. »Kommt, ihr alle. Du auch, Athelstan. Setz dich. ›Trinke ein wenig Wein um deines Magens willen‹, wie der Heilige Paulus sagt.« Er leerte seinen Becher in einem Zug und füllte ihn zwinkernd noch einmal bis zum Rand.

»Wir sollten hier im Hause Gottes keinen Wein trinken«, befand William de Conches, der sich allmählich von seinem Schrecken erholte.

»Jesus wird nichts dagegen haben!« schnappte Cranston. »Also, Bruder Athelstan, deine Annahme hat sich als richtig erwiesen.«

»Halt!« unterbrach der Prior. »Bruder Norbert, geh zu Subprior John und sag ihm, daß ich die Kirche versiegelt haben will. Niemand darf hinein. Hier wird keine Messe gelesen und keine Andacht gehalten, bis wir unsere zwei Brüder geziemend bestattet haben. Los! Trink deinen Wein aus und lauf!«

Der Laienbruder gehorchte. Anselm lehnte sich in seinem Chorstuhl zurück.

»Weiter, Athelstan«, sagte er leise.

Cranston ging zu Athelstan und flüsterte ihm etwas ins Ohr. Dieser lächelte und nickte, dann stellte er sich vor dem Chorgestühl auf wie ein Prediger, der zu seiner Gemeinde sprechen will.

»Bruder Alcuin mußte sterben«, begann er, »weil er etwas über das Generalkapitel wußte.«

»Was denn?« fragte Bruder Henry flehentlich, und seine großen, dunklen Augen blickten bang. Der junge Theologe beugte sich vor. »Was wußte Alcuin, das seinen schrecklichen Tod zur Folge hatte und alle diese grauenvollen Ereignisse? Was ist so gefährlich an dem, was ich geschrieben habe?« Er funkelte die Inquisitoren an.

»Deine Schriften enthalten Ketzerei«, erklärte William de Conches über die Schulter.

»Nein.« Athelstan hob die Hand. »Lassen wir das einstweilen. Bruder Henry, ich kann deine Fragen nicht beantworten. Ich kann nur vermuten, daß Bruder Bruno an Alcuins Statt sterben mußte. Das wußte der

Sakristan; er bekam es mit der Angst zu tun und kam hierher, um zu beten.«

»Das hat er oft getan«, murmelte der Prior. »Er sagte, das sei einer der Vorteile, wenn man Sakristan sei: Man könne ohne Unterbrechung beten und arbeiten.«

»Genau«, bestätigte Athelstan. »Am Tag seines Todes kam Alcuin in die Kirche und verschloß wie immer die Türen. Er begab sich hinter den Hochaltar und kniete auf dem Betstuhl nieder, um zu beten, auch für den Seelenfrieden des armen Bruno. Was Alcuin aber nicht wußte, war, daß sich noch jemand in der Kirche aufhielt.«

»Wo?« fragte Bruder Henry.

»Eine gute Frage!« rief Eugenius. »Und hat Alcuin sich von seinem Mörder überfallen lassen, ohne Widerstand zu leisten?«

»Nein. Deshalb habe ich gesagt, er kniete auf dem Betstuhl. Der einzige Ort, wo ein Mörder sich verbergen konnte, war die Apsis; dort konnte er in einer der Nischen stehen. Dort stehen zwar Statuen, doch wie oft würde jemand wie Alcuin sie genauer betrachten? Sie sind lebensgroß, sie gehören zur Kirche. Aber an diesem Tag stand auch der Mörder dort, in einem dunklen Mantel, stumm und reglos wie eine der Statuen.« Athelstan schwieg, und alle reckten die Hälse, um über den Altar hinweg zu den Nischen zu spähen, von denen er redete.

»Tief genug sind sie auf alle Fälle«, bemerkte Bruder Niall. »Ja, du hast recht, Athelstan. Wenn ein Mann in dunklem Gewand in diesem trüben Licht dort stände, könnte er eine ganze Weile unbemerkt bleiben.«

»Der Mörder glitt heraus«, fuhr Athelstan fort, »und ermordete Alcuin. Wie lange könnte das gedauert haben, Sir John?«

Sir John verzog das Gesicht. »Nicht mehr als ein paar Augenblicke. Das Schreckliche am Dolch ist nicht nur der Schreck, den er hervorruft, sondern auch die Schnelligkeit, mit der er tötet.«

Athelstan beobachtete die Gesichter der Anwesenden, um zu sehen, wie sie auf Cranstons Lüge reagierten, aber er bemerkte nichts Auffälliges.

»Der Rest war einfach«, fuhr er fort. »Der Mörder mußte Alcuins Leiche beseitigen. Heute morgen, als ich vor dem Sarg des armen Roger betete, fiel mir auf, wie tief er war. Der Mörder muß das gleiche bemerkt haben. Vielleicht hatte er zunächst einfach vorgehabt, den Toten in das Grabgewölbe zu werfen, aber es war ja leicht, statt dessen die Verschlüsse an Bruder Brunos Sarg zu öffnen. Darin war Platz genug, um Alcuin hineinzuzwängen und den Deckel wieder zu verschließen.«

»Aber der Sarg wurde dadurch schwerer«, wandte William de Conches ein.

»Sicher, aber würde man das bemerken?« erwiderte Athelstan. »Oh, wir haben es bemerkt, als wir den Sarg heute morgen herausheben wollten; aber bedenkt, der Sarg wird nach der Totenmesse und dem letzten Segen in das Gewölbe hinabgelassen. Wie lange dauert das, Pater Prior?«

»Nur ein paar Minuten.«

»Den Laienbrüdern würde das Gewicht sicher auffallen, aber da es beim Hinunterlassen des Sarges keine besondere Anstrengung bedeutet, würden sie es für Einbildung halten und nicht weiter beachten.« Athelstan verstummte und schaute wieder über den Altar hinweg. »Jetzt war der Mörder in der Kirche eingeschlossen. Ich vermute, wenn wir den Leichnam des armen Alcuin noch einmal untersuchen, werden wir feststellen, daß seine Schlüssel fort sind. Der Mörder dürfte sie genommen und später weggeworfen haben. Aber Rogers Auftauchen störte ihn, und er kehrte in seine Nische zurück. Roger kam durch die Sakristei in den Chor. Gott segne ihn – er war einfältig, aber ich habe bemerkt, daß solche Leute ihre Umgebung aufmerksam beobachten. Sie neigen dazu, Dinge anzustarren, als sähen sie sie zum ersten Mal. Roger erwartete, seinen Vorgesetzten zu finden; er fand ihn nicht, und seine Ratlosigkeit nahm zu. Er schaute sich um. Etwas setzte sein Gedächtnis in Gang. Vielleicht war er immer stolz darauf gewesen, daß er die Statuen zählen konnte.«

»Natürlich!« rief Bruder Peter. »Statt zwölf Aposteln zählte er dreizehn!«

»Ich würde vermuten, daß ihm das erst später klar wurde. In jenem Augenblick dürfte er nur eilig durch die Kirche gelaufen sein, durch den Chor und ins Kirchenschiff, um Bruder Alcuin zu suchen. Als er schließlich zurückkam, war der Mörder durch die Sakristei entkommen.«

Alle starrten Athelstan an.

»Mein Schreiber«, verkündete Cranston großartig und schenkte sich noch einen Becher Wein ein, »hat meine Schlußfolgerungen auf bewundernswerte Weise vorgetragen.«

Athelstan senkte den Kopf. Als er wieder aufblickte, nickten Bruder Peter und Bruder Niall zustimmend. Henry von Winchester lächelte bewundernd. Eugenius machte ein zweifelndes Gesicht, aber Athelstan entdeckte einen Schimmer der Bewunderung in den Augen des William de Conches.

»Und was jetzt?« fragte Bruder Henry.

»Ich weiß es nicht«, antwortete Athelstan. »Cranston

und ich stehen am Ende einer Gasse vor einer Ziegelmauer.« Er warf dem Prior einen raschen Blick zu. »Pater, mehr können wir nicht tun. Morgen ist Sonntag. Wir können noch ein Weilchen bleiben, aber Montag muß ich nach St. Erconwald zurück.« Er schaute Cranston durchdringend an. »Nicht wahr, Sir John?«

Der Coroner zog die Stirn kraus und blinzelte. Er wollte protestieren, als Athelstan sich unvermittelt vom Prior verabschiedete, eine Kniebeuge zum Hochaltar machte und schnellen Schritts die Kirche verließ. Ächzend und keuchend lief ihm Cranston nach. Der Ordensbruder sprach kein Wort, bis sie wohlbehalten im Gästehaus angelangt waren.

»Du willst einfach verschwinden?« rief der Coroner.

»Selbstverständlich nicht, Sir John. Aber der Mörder war mit uns in der Kirche. Wir müssen so tun, als wüßten wir nicht weiter. Wenn wir uns anmerken lassen, daß wir auch nur das Geringste von Hildegarde oder von dem, was Bruder Paul uns erzählt hat, wissen, dann wird noch jemand sterben, und ich könnte mir denken, daß ich dieser Jemand sein werde. Kommt, Sir John – noch einen Becher Wein?«

Cranston brauchte keine zweite Einladung; wie ein Pfeil schoß er in die Speisekammer. An seinen entzückten Ausrufen erkannte Athelstan, daß Norbert neue Metvorräte herübergeschafft hatte. Er überließ Cranston seinen Freuden, ging eilig die Treppe hinauf und lächelte, als er sah, daß die dicken Lederbände sich bereits auf seinem und Cranstons Bett türmten.

»Sir John!« rief er. »Wir werden den Rest des heutigen und den ganzen morgigen Tag mit dem Studium der Theologie verbringen.«

Cranston kam mit einem randvollen Humpen die

Treppe heraufgepoltert und starrte mit großen Augen auf das, was Norbert da gebracht hatte.

»Das sollen wir alles lesen?«

»Aye, Sir John, das und noch mehr.«

Cranston fluchte leise. »Athelstan«, flüsterte er dann, »herzallerliebster Bruder, heute in einer Woche muß ich wieder in den Savoy-Palast.«

Athelstan wandte dem Coroner den Rücken zu, damit dieser seine Bestürzung nicht sehen konnte. Bis jetzt hatte er keine Lösung für dieses Problem gefunden; aber wenn Cranston das ahnte, würde ihn nichts mehr daran hindern, sich in einem Meer der Verzweiflung zu ertränken, von einem Meer von Rotwein ganz zu schweigen.

»Mut, Sir John!« rief er über die Schulter. »Ich habe schon eine Idee«, log er dann. »Aber vorläufig wollen wir uns auf das andere Problem konzentrieren.«

»Warum?« fauchte Cranston.

Athelstan drehte sich um, ging zu ihm und hockte sich vor ihm nieder. »Sir John, wir haben es hier mit einem Mörder zu tun. Wir wissen, wie er gemordet hat, aber wir wissen immer noch nicht, warum. Ist Euch klar, daß wir keine einzige Spur haben, nicht den Fetzen eines Beweises gegen irgend jemanden? Auf diese oder jene Weise enthalten die Bücher hier die Antwort, und ich gedenke, sie zu finden!« Athelstan packte Cranstons Handgelenk. »Und ich danke Euch, Sir John, für das, was Ihr in der Kirche getan habt: daß Ihr für den Leichnam des armen Alcuin gesorgt habt. Und Eure Entscheidung, die Art und Weise des Mordes nicht bekanntzugeben, könnte den Mörder später einmal in die Falle tappen lassen. Glaubt mir, Sir John, wir müssen ihm eine Falle stellen.«

Cranston nickte betrübt. Norbert brachte noch mehr

Bücher und auch Erfrischungen, um Cranstons wunderbaren Appetit zu stillen. Die meiste Zeit über blieben er und Athelstan im Gästehaus; nur hin und wieder machten sie einen kurzen Spaziergang oder besuchten die Kirche. Der Prior kam vorbei, um sich zu vergewissern, daß Athelstan zurückkommen würde. Dann ging er, die geziemende Beerdigung seiner beiden Ordensbrüder in die Wege zu leiten.

Athelstan und Cranston blätterten eines der ledergebundenen Bücher nach dem anderen durch.

»Sucht nach dem Namen Hildegarde«, ermahnte Athelstan den Coroner. »Wenn Ihr irgend etwas findet, was mit diesem Namen zu tun hat, sagt mir gleich Bescheid.«

Sie verbrachten fast den ganzen Samstag und den größeren Teil des Sonntagvormittags damit, Seite für Seite gründlich zu durchforschen. Athelstan machte es sogar Spaß. Es war, als sei er wieder ein Student, der mit alten Freunden zusammentraf: mit dem Heiligen Thomas von Aquin, mit den Sentenzen des Peter Lombard, mit den brillanten, wenn auch sarkastischen Analysen des Peter Abelard. Die Bücher enthielten Abschriften ihrer Werke, sorgsam verfaßt von Generationen von Dominikanern in Blackfriars. Manchmal hatten die Kopisten eigene Kommentare an den Rand geschrieben, hin und wieder auch persönliche Bemerkungen hinzugefügt – etwa: »Mich friert«, »Die Augen tun mir weh«, »Das finde ich langweilig« und »Oh, wann kommt endlich der Sommer?« Manche Schreiber hatten sogar die Gesichter von Fabelwesen hineingemalt, um ihre Brüder zu veralbern. Der Prior, der hier vor etwas über hundert Jahren regiert hatte, mußte ein rechter Tyrann gewesen sein, denn ein Kopist hatte einen plumpen Galgen gezeichnet, an dem sein Oberer baumelte.

Cranston wurde die Sache bald langweilig; immer wieder ging er nach unten, um sich in der Küche zu erfrischen, oder er schlief ein und störte Athelstan mit seinem Geschnarche. Schließlich, kurz vor Sonntag mittag, verkündete er, nun habe er genug.

»Ich gehe lieber nach Hause, Athelstan«, verkündete er traurig. »Ich vermisse Lady Maude und die beiden Kerlchen. Hier bin ich mehr Hindernis als Hilfe. Du gehst morgen nach Southwark zurück?«

»Sobald es hell wird, Sir John.«

»Dann treffen wir uns an der London Bridge, wenn die Glocken von St. Mary Le Bow zum Tagesanbruch läuten.«

Bewaffnet mit seinem wunderbaren Weinschlauch, stapfte Sir John davon, und Athelstan kehrte zu seinen Forschungen zurück. Unterbrochen vom Läuten der Glocken und dem leisen Gesumm des Klosteralltags, verging der Tag. Der Prior kam herüber und erklärte, daß Roger und Alcuin am Morgen nach dem Hochamt bestattet werden würden, nachdem nun der Chor gereinigt und neu eingesegnet worden war. Er stand in der Küche, rang die Hände und trat von einem Bein aufs andere, und seine Blicke flehten Athelstan an, diesen gräßlichen Ereignissen ein Ende zu machen. Athelstan beruhigte ihn, und der Prior ging. Norbert brachte etwas zu essen. Athelstan bat um neue Kerzen und arbeitete bis lange nach Sonnenuntergang. Gegen Mitternacht hämmerte Bruder Norbert an die Tür und rief seinen Namen.

»Athelstan! Athelstan! Rasch!«

Der Ordensbruder öffnete die Fensterläden und schaute hinunter. »Was gibt's?« rief er.

Norbert hielt eine Laterne hoch. »Eine dringende Nachricht von Sir John. Sie wurde an der Pforte abgegeben. Bruder, Ihr müßt sofort herunterkommen!«

Athelstan griff nach seinem Mantel, schlüpfte in die Sandalen und lief hinunter.

»Wo ist der Bote?«

»Oh, das war ein Junge. Er sagte nur, in St. Erconwald sei etwas Furchtbares passiert, und Ihr solltet sofort kommen!«

»Sattle mir Philomel. Ist der Junge noch da?«

»Er sagte, er wolle vor der Schenke ›Zum blauen Mantel‹ an der Ecke der Carter Lane auf Euch warten.«

Athelstan ging zum Tor. Er war müde, und die Augen taten ihm weh. Was mochte passiert sein? Stand die Kirche in Flammen? Oder lag eines seiner Pfarrkinder im Sterben? Philomel wurde gebracht; schnaubend protestierte er gegen diese unerwünschte Störung seiner Nachtruhe. Ein schlaftrunkener Pförtner öffnete das Tor. Athelstan führte sein Pferd hinaus, stieg auf und ritt die dunkle Straße hinauf zur Schenke.

Neben ihm erhob sich das dunkle Massiv von Blackfriars. In den Häusern auf der anderen Seite brannte kein Licht außer den Laternenhörnern, die an Haken über jeder Tür hingen. Zwei Nachtwächter gingen vorbei mit Stangen auf den Schultern. Sie sahen Athelstans schwarzweiße Gewänder, gingen weiter und kicherten über die seltsamen Gewohnheiten gewisser Priester.

Athelstan hatte Mühe, die Augen offenzuhalten. Bis zur Schenke war es nicht mehr weit. Dann blieb er stehen. Trotz der warmen Nachtluft war ihm kalt, und er verfluchte sich für seine Dummheit. Wieso hatte der Bote nicht im Pförtnerhaus gewartet? Wieso ließ man ihn lange nach dem Abendläuten zu einer Schenke kommen? Der Bruder spähte in die Dunkelheit und war plötzlich hellwach. Er spürte, daß etwas nicht stimmte. Was konnte so dringend sein, daß man ihn mitten in der Nacht herausrief? Er beugte sich vor und spitzte die Ohren. In der Ferne hörte er Hufgetrappel, das schrille Schreien einiger Katzen und das Quieken und Rascheln von Ratten, die in den großen Kotbergen in der Gosse stöberten.

»Hallo?« rief er. »Wer ist da?«

Inzwischen hatten sich seine Augen an die Dunkelheit gewöhnt, und er versuchte, auszumachen, ob da an der Ecke der Carter Lane jemand in den Schatten stand. Er spähte zum Himmel hinauf und dachte beiläufig, daß es eine schöne Nacht wäre, um die Sterne zu studieren. Leiser Wind kam auf und wehte den Gestank der Fleischerläden in den Shambles rings um Newgate heran. Sollte er weiterreiten? Doch dann hörte er es: das Scharren von Leder auf dem schmutzigen Kopfsteinpflaster, und ein leises, kratzendes Zischen.

»Wer ist ...?« Er brach ab, als er das Geräusch erkannte. Er hatte es schon öfter gehört: immer, wenn Cranston den Dolch aus der Lederscheide zog. Eine zweite Aufforderung brauchte Athelstan nicht. Er riß Philomel herum und trat ihm mit aller Kraft die Fersen in die Flanken. In der Regel pflegte das alte Streitroß dann widerstrebend in Trab zu verfallen. Athelstan, nicht eben ein erstklassiger Reiter, trieb ihn an und peitschte ihm mit den Zügel den Widerrist. Hinter sich hörte er Schritte. War es einer, oder waren es zwei?

»*Au secours! Aidez-moi!*« schrie Athelstan – der übliche Hilferuf für einen, der auf der Straße überfallen wurde. So galoppierte er, auf Philomel einschlagend und um Hilfe brüllend, zurück zum Haupttor von Blackfriars. Die Schritte stoppten. Er hörte einen gedämpften Ruf, ein Klicken, und er duckte sich – aber der Armbrustbolzen schwirrte hoch über seinen Kopf. Lichter flammten auf in den Fenstern, und gottlob hatte der Pförtner das Tor bereits geöffnet. Athelstan sprang aus dem Sattel und zerrte das alte Schlachtroß hinein.

»Das Tor verriegeln!« schrie er.

Der Pförtner schlug es zu. Athelstan ließ Philomels Zügel fahren, und während das alte Roß pfeilschnell in den nahen Garten galoppierte, um dort die Blumen zu fressen, stand Athelstan vornübergebeugt da und verschränkte die Arme vor dem Leib, um seine Panik zu bändigen.

»Ist etwas nicht in Ordnung, Bruder?«

Athelstan schaute in das schmale Gesicht des Pförtners und richtete sich müde auf. »Doch, doch, laß nur.«

Er führte widerwillig Philomel zurück in den Stall, nahm ihm den Sattel ab und machte es ihm für die Nacht bequem. Dann kehrte er zum Gästehaus zurück. Er war wachsam wie in einem Alptraum, denn ihm war klar, daß der Überfall von jemandem hier in Blackfriars geplant worden sein mußte. Sorgfältig sah er sich im Gästehaus um und untersuchte selbst den Weinkrug in der Küche; er verriegelte die Tür, schloß die Fensterläden und ging nach oben, um dort eine unbehagliche Nacht zu verbringen.

Früh am nächsten Morgen stand er auf und verließ Blackfriars. Der Überfall vom vergangenen Abend hatte eine beständige, alles durchdringende Angst in ihm geweckt. Mit ihren Ermittlungen waren sie jemandem nahe gekommen, der mächtig und bösartig genug war, Gauner oder Wegelagerer anzuheuern, die ihnen ans Leben gehen würden, ohne mit der Wimper zu zucken, und das für sehr viel weniger Geld als dreißig Silberlinge.

Als er in die Thames Street einbog und durch Vintry und Ropery zur Bridge Street ritt, war die Sonne noch nicht aufgegangen. Er hielt mit dem immer noch widerspenstigen Philomel Abstand von den Häusern und hatte ein wachsames Auge auf dunkle Türen und Hauseingänge, vor allem in den verkommenen Quartieren am Ufer der Themse. Weinhändler und Schuhmacher schliefen noch fest, und auf den Straßen waren nur vollbeladene Karren unterwegs, die mit ihren Feldfrüchten auf dem Weg zu den Märkten waren. Ein gähnender Büttel, der sich halb schlafend auf seinen Amtsstab stützte, wünschte ihm einen guten Morgen. Ein paar Huren, die ihre roten Haare unter Kapuzenmänteln verborgen hatten, huschten zurück zu ihren Behausungen in der Cock Lane in Smithfield. Ein Schwein war von einem Karren überfahren worden; es quiekte in Todesqualen, bis jemand mit einem Messer aus einer Tür gelaufen kam, dem Tier die Kehle durchschnitt und den blutsprudelnden Kadaver in sein Haus schleifte, nicht ohne Athelstan pfiffig zuzuzwinkern.

»Die werden gut essen«, brummte Athelstan.

Philomel schnaubte und warf den Kopf zurück, als er das Blut witterte.

Am Aufgang zur Brücke stand noch die Stadtwache. Cranston war nirgends zu entdecken; also kehrte Athelstan um und ritt zu einem Gasthaus namens »Pountney Inn« auf halbem Wege zwischen Ropery und Candlewick Street, einer der wenigen Schenken, die geöffnet sein durften, bevor die Glocken von St. Mary Le Bow den Tagesbeginn einläuteten. Er bestellte sich verdünntes Bier und eine Fleischpastete und bekam heftigen Streit mit dem Wirt, als er die Pastete aufschnitt und zwei tote Wespen darin fand. Athelstan war immer noch müde und aufgebracht von dem Überfall am Abend zuvor und gab schließlich angewidert auf. Er verließ die Schenke, holte Philomel und kehrte zurück zur Bridge Street, wo er stehenblieb und den Verkehr beobachtete, der inzwischen über die Brücke zog. Es war ein klarer Morgen ohne Nebel. Möwen und andere Vögel, die über den Schlickbänken jagten, stiegen empor, kreisten und stießen herab, und die Luft war erfüllt von ihrem Gekreisch.

»Bist du ein Landstreicher?«

Athelstan schrak zusammen, als sich eine schwere Hand auf seine Schulter legte. Er drehte sich um und sah Cranstons schnurrbärtiges Gesicht wenige Handbreit vor sich. Athelstan drückte die Hand auf sein Herz.

»Sir John, warum könnt Ihr Euch nicht aufführen wie andere Leute und einfach guten Morgen sagen?«

Der Coroner grinste, aber dann wurden seine Augen schmal. »Du siehst ängstlich aus, bleich. Was ist passiert?«

Athelstan erzählte es ihm, während sie ihre Pferde über die Brücke führten; er vermied wie immer jeden Blick in den tiefen Abgrund zur Rechten und zur Linken. Als Cranston gutmütig die Stadtwache beschimpfte, mußte er warten, aber sonst hörte der Coroner ihm geduldig zu. Schließlich blieb Sir John stehen, rieb sich das Kinn und starrte mit leerem Blick auf den Eingang zur Kapelle von St. Thomas von Canterbury, die mitten auf der Brücke stand. Hinter ihnen knallte ein Fuhrmann mit der Peitsche.

»Na los doch, Fettkloß! Weiter, weiter!«

»Verpiß dich!« schrie Cranston.

Dennoch trieb er sein Pferd an und ließ sich den Überfall noch einmal schildern.

»Und in den verdammten Büchern hast du nichts gefunden?«

»Kein Fitzelchen.«

Cranston rückte den Dolch zurecht. »Aber irgend jemand in diesem verfluchten Kloster weiß, was du suchst.«

»Ja, Sir John, zu diesem Schluß bin ich auch gekommen. Ich bin der Überzeugung, daß alle Mörder arrogant sind. Wie ihr Urvater Kain glauben sie, sich vor Gott und aller Welt verbergen zu können. Aber unsere Demonstration dessen, was dem armen Alcuin widerfahren ist, hat den Meuchelmörder zum Handeln getrieben; denn wenn wir ein Problem lösen können, ist es vielleicht nur eine Frage der Zeit, wann wir auch das andere lösen.«

»Womit wir wieder bei der scharlachroten Kammer wären«, stellte Cranston fest.

»Geduld, Sir John, Geduld. Wie geht es Lady Maude und den beiden Kerlchen?«

Cranston wandte sich um und spuckte aus, als sie die Brücke verließen.

»Diese Burschen haben einen wunderbaren Appetit und eine mächtige Lunge. Das müssen sie von ihrer Mutter geerbt haben.«

Athelstan verzog das Gesicht, um sein Grinsen zu verbergen.

»Die werden so groß«, seufzte Cranston.

»Und Lady Maude?«

Cranston zog die Brauen hoch. »Wie eine Löwin, Bruder. Wie eine Löwin. Sie sitzt da wie eine dieser großen Katzen in des Königs Tower, ein Lächeln auf dem Gesicht, der Blick stets wachsam.« Er blies die Wangen auf. »Wenn ich mich aus diesem Schlamassel nicht herauswinden kann, wird sie sich auf mich stürzen.« Er warf seinem Begleiter, der an der Unterlippe nagte, einen wütenden Blick zu.

Lady Maude war so klein, daß Athelstan außerstande

war, sie sich als große Katze vorzustellen, die dem mächtigen Coroner nachpirschte.

Sie erreichten die schmutzigen Gassen von Southwark; Cranston bejammerte noch immer sein drohendes Schicksal. Athelstan schlang sich Philomels Zügel um das Handgelenk und hörte nur mit halbem Ohr zu, während er sich umsah. Anfangs hatte er Southwark gehaßt, aber inzwischen spürte er, daß dieses Viertel trotz seiner offenen Abwasserkanäle und schäbigen, einstöckigen Hütten von Lebendigkeit strotzte. Die kleinen Verkaufsstände waren bereits offen, und in einer nahen Bierschenke sang jemand eine Hymne an die Jungfrau Maria. Ein Gemeindebüttel versuchte, eine junge Hure zu packen, die ihr Gewerbe auf den Stufen der Priorei von St. Mary Overy ausgeübt hatte, aber das Mädchen hob die Röcke, wackelte mit dem schmutzigen Hintern und huschte dann, kreischend vor Lachen, davon.

Die beiden bogen in die Gasse ein, die nach St. Erconwald führte. Mit einem Seufzer der Erleichterung sah Athelstan, daß die Kirche und der Platz davor leer waren. Keine Neugierigen waren zu sehen. Selbst der Wachtmeister, den Sir John hergeschickt hatte, hatte offenbar etwas Interessanteres gefunden und das Weite gesucht. Sie brachten ihre Pferde in den Stall und gingen ins Haus. Athelstan lächelte.

»Meine Pfarrkinder haben offensichtlich von meinem Jähzorn gehört«, meinte er.

Bewundernd schaute er sich in Küche und Speisekammer um, wo alles geputzt, gefegt und blankgewienert war – sogar der Herd, neben dem jetzt ein Stapel Holz darauf wartete, verfeuert zu werden. Auf dem Küchentisch stand ein verschlossener Weinkrug, und der Wasserbottich war geleert, ausgeschrubbt und wieder gefüllt worden. Cranston leckte sich die Lippen, als er den Wein sah. Athelstan winkte ihn herüber.

»Seid mein Gast, Sir John. Aber für mich bitte mehr Wasser als Wein.«

Geschäftig verschwand Sir John in der Speisekammer. »Die Halunken haben auch hier gute Arbeit geleistet. Alles hübsch aufgeräumt.« Er schenkte Athelstan und dann sich selbst ein. »Wirst du das Geheimnis deines Gerippes aufklären?«

»Natürlich, Sir John. Ihr wißt, daß ich deswegen nach Southwark zurückgekommen bin.«

Cranston zog eine Grimasse. »Was hast du denn vor?«

»Das weiß ich noch nicht. Wir werden abwarten.«

»Es war Mord«, stellte Cranston fest.

»Nein, Sir John; das glauben wir nur.«

Der Coroner legte die Hand auf seine Mappe und erhob sich.

»Was ist?« fragte Athelstan scharf.

Cranston zog eine kleine Pergamentrolle hervor. »Der Kurier ist gestern abend aus Boulogne zurückgekommen.« Er tippte auf das Pergament. »Der Bursche ist schnell gereist, denn ich habe ihn gut bezahlt.« Cranston tat einen tiefen Seufzer; er war außerstande, Athelstan ins aufmerksame Gesicht zu sehen. »Schlechte Nachrichten«, murmelte er. »Die Franzosen haben Benedictas Mann nicht.«

Athelstan wandte sich ab und starrte die Wand an. Gütiger Gott, dachte er, und was fühle ich dabei? Was will ich eigentlich wirklich?

»Oh, verflucht!« schrie Cranston.

Athelstan drehte sich um und sah Bonaventura, der wie ein Schatten zur Tür hereinkam, vor Freude schnurrte und bettelnd zu Cranston aufschaute. Sir John wich zurück.

»Hau ab, du verfluchter Kater!«

Erfreut über die Ablenkung, hob Athelstan den kampferprobten Kater auf und streichelte ihn vorsichtig, während Bonaventura, dessen Fell glatt und sauber war, weiter beschwörend den Coroner anschaute.

»Du bist gut gefüttert worden«, sagte Athelstan leise. »Ich kenne deine Sorte – Simulanten und berufsmäßige Bettler. Ab mit dir!« Er setzte den Kater vor die Tür und schloß sie fest.

»Na, was hast du vor?« bellte Cranston.

»Ich werde mich in der Kirche umsehen und die Messe lesen. Sir John, Ihr könnt mir als Meßdiener zur Hand gehen. Ihr habt zwar schon gefrühstückt, aber ich erteile Euch Absolution.«

Sie gingen zur Kirche hinüber, und Athelstan stieß Freudenrufe aus, als er ins kühle Dunkel trat, denn auch hier war alles gefegt und geputzt worden, nachdem die Arbeiter abgezogen waren.

Frische Binsen lagen auf dem Boden des Mittelschiffs, der Lettner war wieder aufgerichtet, und was Athelstan vor allem erfreute, war der renovierte Chor. Die neuen Steinplatten leuchteten weiß, und Athelstan sah mit Anerkennung, wie präzise und sorgfältig die Steinhauer gearbeitet hatten. Auch der Altar war gereinigt worden, und irgend jemand, vermutlich Huddle, hatte den Lettner gründlich aufpoliert. Sogar im dämmrigen Morgenlicht glänzte das schwere, dunkle Holz.

»Sehr gut«, murmelte Athelstan.

»Es ist noch da!« rief Cranston aus dem Seitenschiff, und Athelstan hörte, wie der Deckel des Gemeindesarges geöffnet wurde.

»Aber die diebischen Halunken haben ihre Spuren hinterlassen. Vier Fingerknochen fehlen, und drei von den Zehen! Irgendein Drecksack verdient Geld mit dem Verkauf von Reliquien.«

Athelstan zog es vor, den Sarg zu ignorieren. Wer auch immer dieses Skelett zu Lebzeiten gewesen sein mochte, er wußte, daß sie einem Mord zum Opfer gefallen und in den letzten zehn bis fünfzehn Jahren umgebracht worden war. Während Cranston in der Kirche umhertrampelte, ging Athelstan in die Sakristei und legte Meßgewand und Stola in Gold an, denn nach der kirchlichen Liturgie feierte man immer noch Ostern und das Wunder des Pfingstfestes. Er füllte die Kännchen mit Wein und Wasser und mußte unwillkürlich lächeln, als er sah, daß seine Gemeindemitglieder, vermutlich angeführt von Watkin und Benedicta, alles vom Staub befreit hatten. Er deckte ein Tuch auf den Altar, holte das dicke, zerlesene Meßbuch heraus, und nachdem Cranston fromm neben ihm niedergekniet war, machte er das Kreuzzeichen und begann mit der Messe. Selbstverständlich tauchte Bonaventura wieder auf, aber er benahm sich anständig und saß neben dem mißtrauischen Coroner wie der heiligste Kater der ganzen Christenheit.

Ein guter Katerlik eben, dachte Athelstan, aber er verzog keine Miene, sondern fuhr mit der Messe fort und reichte Sir John die Heilige Kommunion in beiderlei Gestalt. Der Coroner leerte den Kelch in einem Zug.

Nachher legte Athelstan in der Sakristei die Gewänder ab. Cranston lehnte in der Tür und sah ihm zu.

»Keiner aus deiner Pfarrgemeinde ist erschienen«, bemerkte er.

»Weil sie nicht wissen, daß ich zurück bin, Sir John.«

Athelstan hatte die Worte kaum gesprochen, als Crim hereingestürmt kam.

»Pater, ich habe gesehen, daß die Kirchtür offen war.« Enttäuscht verzog er das schmutzige Gesicht. »Ich hätte doch Meßdiener sein können!«

Cranston funkelte ihn stirnrunzelnd an, aber Crim glotzte frech zurück und streckte ihm die Zunge heraus.

»Hör mal, Crim, möchtest du einen Botengang für mich übernehmen?« fragte Athelstan schnell. »Sir John, den Brief ... Ihr wißt doch, den aus Boulogne.«

Cranston reichte ihn herüber, und Athelstan las ihn rasch. Die Dominikaner in Boulogne sandten ihm brüderliche Grüße. Sie arbeiteten als Seelsorger in dem Gefangenenlager außerhalb der Stadt und hatten dort gründliche Nachforschungen angestellt, allerdings keine Spur von einem Gefangenen gefunden, der mit Namen oder dem Äußeren nach dem entsprach, den Athelstan suchte. Er rollte den Brief zusammen, nahm einen Penny aus der Tasche und hockte sich vor Crim nieder.

»Bring das der Lady Benedicta«, sagte er. »Auf keinen Fall darfst du es verlieren.« Er umfaßte die knochige Schulter des Jungen. »Hast du verstanden?«

»Ja, Pater.«

»Ab mit dir!«

Crim verschwand so schnell, wie er gekommen war.

»Hättest du das tun sollen?« fragte Cranston. »Warum sagst du's ihr nicht selbst? Hast du Angst, Mönchlein?«

»Nein, Sir John. Aber es gibt Dinge, an die man besser nicht rührt. Ich denke, Benedicta wird allein trauern wollen. Aber kommt, wir haben anderes zu tun.«

»Wo denn?«

Athelstan bedeutete ihm, er solle sich neben ihm auf die Altarstufe setzen.

»Ich habe Euch zu danken, Mylord Coroner.«

»Wofür?«

»Dafür, daß Ihr mir den Unterschied zwischen einem echten Bettler und einem Simulanten erklärt habt.«

Cranston ließ seinen Wanst auf die Stufe sinken. »Wovon um alles in der Welt redest du, Mönch?«

»Hört zu, Sir John. Ich werde Euch erzählen, was geschehen wird.«

ELF

Athelstan verschloß die Kirchentüren; Cranston stapfte breitbeinig hinter ihm her, und auch Bonaventura folgte ihnen ein kleines Stück, als sie durch die Gassen von Southwark zum Haus des Tischlers Raymond D'Arques marschierten. Seine Frau öffnete mit verschlafenem Gesicht, als Athelstan ungeduldig an die Tür klopfte, und führte sie in die Küche. Dann ging sie zum Fuße der Treppe und rief nach ihrem Mann. D'Arques kam in einen Hausmantel gehüllt herunter; sein unrasiertes Gesicht war in Sorgenfalten gelegt.

»Sir John, Bruder Athelstan, guten Morgen.«

»Guten Morgen, Master D'Arques«, antwortete Cranston.

»Geht es um die Angelegenheit in Eurer Kirche?« fragte der Mann müde. »Aber bitte« – er wies auf die Schemel rund um den Tisch – »setzt Euch doch.« Er wandte sich an seine Frau. »Margaret – Ale für unsere Gäste.«

Schweigend saßen sie da, bis die Humpen und ein Korb mit Brot auf dem Tisch standen. Allem Anschein zum Trotz spürte Athelstan, daß das Ehepaar zutiefst aufgeregt war.

»Genug ist genug«, begann er leise. »Ich bin nicht hergekommen, um mit Euch zu spielen, Master D'Arques. Ihr wißt, daß das Skelett, das unter dem Altar in meiner Kirche gefunden wurde, keinem Märtyrer gehört. Warum? Weil Ihr es dort hingelegt habt. Vor etwa fünfzehn Jahren wollte Pater Theobald den Chor mit Platten auslegen lassen. Nun war er ein armer Priester, und die Einkünfte von St. Erconwald sind karg. Statt also jemanden von der Zunft zu beauftragen, sicherte er sich die Dienste eines jungen Tischlers, der bereit war, auch ein wenig Steinmetzarbeit zu übernehmen. Dieser Tischler wart Ihr.«

Athelstan schwieg, und Raymond legte die Hände vors Gesicht; seine Frau war blaß geworden und preßte die geballte Faust vor den Mund.

»Ich weiß das«, fuhr Athelstan fort, »weil ich das Kirchenbuch gesehen habe: Zahlungen an einen Zimmermann namens Raymond D'Arques – und für die Steinarbeiten an einen Steinmetz, der die Initialen A.Q.D. verwandte, ein Kunstgriff, mit dem er sich vor den aufmerksamen Augen der Zunft verbarg.« Athelstan nahm einen Schluck aus seinem Humpen. »Während der Arbeit im Chor tötetet Ihr – aus noch unbekannten Gründen – eine junge Frau durch Ersticken oder Erwürgen, und dann verscharrtet Ihr sie in einer Grube unter dem Altar. Danach habt Ihr nie mehr als Steinmetz gearbeitet und wart sicher, daß man Euch dieses Verbrechen nicht zur Last legen würde. Ihr wart fortan nur noch Tischler und achtetet sorgfältig darauf, nie wieder Euer altes Zeichen zu benutzen, A.Q.D., die umgestellten Anfangsbuchstaben Eures Nachnamens. Habe ich recht, Master D'Arques?«

Der Mann schaute auf, und Athelstan empfand großes Mitleid beim Anblick seiner starren Augen.

»Ihr dachtet, das Verbrechen würde unentdeckt bleiben oder – sollte man das Skelett doch einmal finden – nicht Euch zur Last gelegt werden. Aber dann hörtet Ihr, daß ein neuer Pfarrer in St. Erconwald war, ein Dominikaner, der auch als Schreiber des Coroners arbeitete und entschlossen war, die Kirche zu renovieren. Ihr behieltet St. Erconwald im Auge, und als ich begann, den Chor erneuern zu lassen, da habt Ihr

Euren Plan geschmiedet: Ihr habt ein Wunder eingefädelt.«

»Wie denn?« rief die Frau.

Athelstan sah das schlechte Gewissen in ihren Augen.

»Ach, kommt!« schnaubte Cranston. »Die Neuigkeit, daß man ein Skelett gefunden hatte, und die Gerüchte, die es zu Überresten eines Heiligen erklärten, die spielten Euch doch nur in die Hände. Ja, gerade auf eine solche Möglichkeit hattet Ihr Euch vorbereitet. Schließlich hattet Ihr jahrelang Zeit, Eure Pläne zu schmieden. Jeder berufsmäßige Bettler kann seinen Körper mit den furchtbarsten Wunden und Geschwüren schmücken und damit noch den geschicktesten Arzt oder Apotheker zum Narren halten, vom alten Master Culpepper mal gar nicht zu reden: Da kommt ein guter, aufrechter Bürger mit einem entzündeten Arm zu ihm; also verbindet er ihn. Ihr wartet ein Weilchen, wascht Euch den Arm, geht hinunter nach St. Erconwald, und simsalabim!, ein Wunder ist geschehen.«

»Andere wurden auch geheilt!« fauchte die Frau.

»Ja, darüber habe ich nachgedacht«, sagte Athelstan. »Aber das war alles nichts Ernstes. Der menschliche Geist ist geheimnisvoll in seinem Wirken. Gewisse Beschwerden sind in der Tat verflogen – Koliken, leichte Entzündungen –, was natürlich gefördert wurde durch die unerhörten Behauptungen professioneller Wundersucher, die aus der Hysterie des Volkes nur zu gern ihren Profit schlagen. Ich sage Euch, Mistress D'Arques, wenn ich den Schemel nähme, auf dem ich hier sitze, und behauptete, er sei vom Heiligen Joseph gebaut worden, dann würdet Ihr bald die unglaublichsten Geschichten über die Wunder hören, die er bewirken kann.« Er schüttelte den Kopf. »Meine Pfarrkinder haben sich sehnlich gewünscht, daß dieses

Skelett einem Märtyrer oder einem großen Heiligen gehören möge. Die Fälscher sahen darin eine Geldquelle. Die Kranken sind stets auf der Suche nach Heilung, und die menschliche Seele ist unersättlich in ihrer Gier nach Wundern und Mirakeln.« Athelstan nahm noch einen Schluck Ale und schob es dann von sich. »Als ich bedachte, was geschehen war, die Akten durchforschte, den Zustand des Skeletts gesehen und das Gutachten Lord Cranstons über die Todesursache gehört hatte, da wußte ich, daß ich es mit einem Mordopfer zu tun hatte. Euer Gatte hat die Platten im Chor verlegt, und es ist kein Zufall, daß die Wundergeschichte bei ihm ihren Anfang nahm.«

D'Arques hob den Kopf und umklammerte die Hand seiner Frau. »Ihr habt recht, Pater. Vor ungefähr fünfzehn Jahren war ich ein junger Tischler in der Pfarrei St. Erconwald. Ich liebte den alten Pater Theobald, und als er im Chor gestürzt war, erbot ich mich, dort ein wenig zu arbeiten. Ich kaufte die Steinplatten, schnitt in einem Anfall von Stolz das Zeichen ›A.Q.D.‹ hinein und sagte Pater Theobald, ich könnte sie ihm verlegen, ohne daß er viel Geld an die Zunft bezahlen müßte.« D'Arques fuhr sich mit der Zunge über die Lippen. »Ich hatte ganz vergessen, wißt Ihr, daß ich ›A.Q.D.‹ in die Steine gemeißelt hatte.« Er starrte auf den Tisch. »Zur selben Zeit«, fuhr er dann fort, »begegnete ich Margo Twyford und verliebte mich in sie; sie war die Tochter einer der mächtigen Kaufmannsfamilien auf der anderen Seite des Flusses. Aber ich war jung, und das Blut in meinen Adern war heiß. Es gab eine Prostituierte; sie hieß Aemelia. Sie muß achtzehn, neunzehn Sommer alt gewesen sein. Ich bezahlte sie oft für ihre Dienste. Sie erfuhr von meinem Liebeswerben und fing an, mich aufzuziehen. Dann verlangte sie Geld für ihr

Schweigen, und ich zahlte. Sie verlangte mehr. Ich weigerte mich, und da überquerte sie den Fluß, ging zu Margo und erzählte ihr alles.«

»Ich habe sie hinausgeworfen!« zischte D'Arques' Frau mit wutblitzenden Augen. »Ich sagte ihr, lieber sähe ich sie lebendig in der Hölle schmoren, als daß ich Raymond aufgäbe.« Ihre Finger schlossen sich um die Hand ihres Mannes.

»Ich dachte, damit sei die Sache erledigt«, fuhr er fort. »Aber eines Abends, am Ende eines schönen Sommertages, kam sie in den Chor, wo ich arbeitete, und verlangte noch mehr Silber. Ich schlug es ihr ab. Sie erzählte, daß sie bei Margo war, und morgen werde sie wieder über den Fluß gehen und den Vater meiner Verlobten aufsuchen. Sie werde es allen erzählen. Ich flehte sie an, das nicht zu tun, aber sie lachte nur und verspottete mich.« D'Arques schloß die Augen. »Ich kann diesen Anblick nicht vergessen: Aemelia, wie sie auf und ab geht, die Hüften schwenkt, die Arme verschränkt, das geschminkte Gesicht haßverzerrt. Pater, ich fiel auf die Knie, ich bettelte, aber sie lachte mich aus. Dann tat sie einen Schritt rückwärts, stolperte und fiel. Im nächsten Augenblick hatte ich mich auf sie gestürzt. Ich hatte meinen Mantel in der Hand und drückte ihn auf ihr Gesicht. Sie wehrte sich, aber ich war jung und stark. Ich hielt sie fest. Sie bäumte sich noch einmal schrecklich auf und lag dann still.« D'Arques trank in tiefen Zügen aus seinem Humpen. »Erst dachte ich, sie sei ohnmächtig, aber sie lag da mit weißem Gesicht und starrem Blick. Pater, was konnte ich machen? Ich konnte nicht mit einer Toten auf dem Arm durch Southwark spazieren. Und warum sollte ich für einen Mord hängen, den ich nicht hatte begehen wollen? Bei meiner Arbeit im Chor der Kirche hatte ich eine

Grube unter dem Altar entdeckt, wo die Fundamente eines älteren Gebäudes lagen. Ich zog Aemelia aus und bettete sie mit einem Holzkreuz in den Händen zur Ruhe.« D'Arques rieb sich das Gesicht. »Das übrige könnt Ihr Euch denken. Die Steinplatten im Chor verlegte ich eigenhändig.« Er lächelte Athelstan matt an. »Die Platten lagen nicht gut; es fehlte mir an Geschick, und ich war zu sehr darauf erpicht, die Sache schnell zu Ende zu bringen.« Er drückte die Hand seiner Frau. »Margo habe ich alles gestanden. Aemelia wurde von niemandem vermißt. Die Zeit verging. Pater Theobald starb, und dieser Dreckskerl Fitzwolfe wurde Gemeindepfarrer. Ich konnte den ruchlosen Kerl nicht ausstehen, und so ging ich fortan in eine andere Kirche, nach St. Swithin.«

»Mein Mann wollte sie nicht umbringen«, fügte seine Frau hinzu. »Er hat versucht, dafür mit Schnitzwerk in St. Swithin zu bezahlen; er zahlt den Kirchenzins großzügig, hilft den Armen und ist nach Glastonbury und nach Walsingham gewallfahrt.« Mit Tränen in den Augen schaute sie Athelstan an. »Was kann er noch tun? Warum soll er sich wegen Mordes an dieser hinterhältigen, schrecklichen Dirne vor Gericht stellen lassen?« Sie lachte. »Eine Märtyrerin! Eine Heilige! Bruder Athelstan, mein Mann hat Unrecht getan, als er die Hure erstickte, und auch, als er mit den Hoffnungen Eurer leichtgläubigen Pfarrgemeinde spielte. Aber als er von Eurer Arbeit im Altarraum erfuhr, geriet er in Panik.«

Athelstan wandte sich um und sah Cranston an.

»Sir John, ich glaube, daß Master D'Arques und seine Frau die Wahrheit sagen. Was sollen wir tun?«

Der Coroner, der das Geständnis aufmerksam angehört hatte, lächelte. »Ich bin Coroner der Stadt London«, verkündete er. »Mein Urteil ist immer richtig und gut. Ihr, Raymond D'Arques, seid schuldig des ungesetzlichen Mordes an der Frau namens Aemelia. Dies ist Eure Strafe: Erstens werdet Ihr vor die Richter des Königlichen Oberhofgerichts treten und den Mord beschwören.« Die scharfen Augen des Coroners richteten sich jetzt auf das bange weiße Gesicht der Mistress D'Arques. »Ihr wart nach der Tat seine Komplizin. Auch Ihr müßt Euch läutern. Wenn die Läuterung geschehen ist, gelobe ich, daß ein Pardon mit königlichem Siegel ergehen wird.«

Der Tischler und seine Frau entspannten sich und lächelten.

»Zweitens«, fuhr Cranston fort, »seid Ihr schuldig der Schändung einer Kirche und der ungesetzlichen Bestattung der verstorbenen Aemelia. Ihr werdet für ein ordnungsgemäßes christliches Begräbnis ihrer sterblichen Überreste aufkommen, einschließlich Sarg, Grabgebühr und Gottesdienst. Und Ihr werdet einem Priester Geld geben, daß er Messen für ihre arme Seele liest. Außerdem habt Ihr sowohl Pater Athelstan als auch der Pfarrgemeinde von St. Erconwald Ungelegenheiten und Unannehmlichkeiten bereitet. Ihr, Raymond D'Arques, seid Tischler. Mein letzter Urteilsspruch ist folgender: Ihr werdet eine Statue schnitzen, einen Yard hoch, aus feinstem Holz. Sie soll St. Erconwald darstellen. Ihr werdet für ihre Aufstellung auf einem Sockel im neuen Chor bezahlen. Bruder Athelstan, bist du einverstanden?«

Der Ordensbruder erhob sich. »Gerechtigkeit ist geübt worden«, sagte er leise. Er schaute D'Arques und seine Frau an und sah die Dankbarkeit in ihren Augen. »Fahrt fort in Euren guten Werken«, sagte er. »Liebet einander. Ein letztes noch: Sucht Euch einen guten

Priester, jemanden außerhalb von Southwark. Beichtet ihm, was Ihr getan habt und wie Ihr dafür büßt, und er wird Euch die Absolution erteilen.« Er klopfte Sir John auf die Schulter. »Mylord Coroner, unsere Arbeit hier ist getan.«

Sie verließen das Haus und gingen durch die jetzt lärmerfüllten Gassen von Southwark zurück.

»Ein gutes Urteil, Sir John.«

»Sie haben genug bezahlt«, antwortete der Coroner und sah sich um. »Bruder, wohin jetzt?«

»Zu Benedicta. Sie wird die Botschaft inzwischen erhalten haben, die ich ihr von Crim habe bringen lassen.« Er zuckte die Achseln. »Das ist das mindeste, was ich tun kann.«

Sie fanden Benedicta blaß und mit roten Augen zusammengesunken an ihrem Tisch. Der Brief, den Athelstan gesandt hatte, lag ausgebreitet vor ihr. Tapfer lächelnd begrüßte sie die beiden und zog ihren Morgenmantel fester um die Schultern. Trotz der Tränen war sie schön; ihr dichtes, schwarzes Haar fiel zerzaust und ungekämmt über ihre Schultern herab, denn Crim, gestand sie, hatte sie mit der Nachricht geweckt.

»Es tut mir leid«, entschuldigte Athelstan sich. »Ich wollte dich mit solchen unwillkommenen Nachrichten nicht wecken, aber ich dachte mir, je eher, desto besser.«

»Nein, nein«, sagte Benedicta, »ich bin ja ganz zufrieden.« Sie setzte sich und schlug die Hände vors Gesicht. »Das Warten war das Schlimmste.« Sie deutete auf die Schemel neben sich. »Um Gottes willen, Sir John, Pater, setzt Euch doch. Ihr steht ja da wie zwei Büttel, die mich verhaften wollen. Möchtet Ihr Wein?«

»Nein«, antwortete Athelstan hastig und sah sie aus schmalen Augen an. »Sir John und ich haben heute noch viel zu tun.« Er beugte sich vor und berührte ihre Hand. »Benedicta, es tut mir wirklich leid.«

Die Frau blinzelte und wandte den Blick ab.

»Es macht nichts, es macht nichts«, murmelte sie und lächelte Sir John unter Tränen an. »Mylord Coroner, ich danke Euch für Eure Hilfe. Was immer dieser strenge Priester sagt, ich denke, Ihr habt einen Becher vom feinsten Roten verdient.«

Cranston ließ sich nicht zweimal bitten, und sein Grinsen wurde breiter, als Benedicta aus der Speisekammer zurückkam; sie brachte einen großen Becher mit zwei Henkeln und einen Zinnteller voll Rindfleischstreifen, bedeckt von einer dicken braunen Tunke und mit kleinen Erbsen zierlich bestreut. Beides stellte sie vor Sir John auf den Tisch und küßte ihn dann leicht auf die Schläfe, wobei sie boshaft zu Athelstan hinüberlächelte.

»Bitte sehr, Mylord Coroner.«

Athelstan funkelte sie wütend an. Wenn es so weiterginge, würde Sir John am Ende des Tages nicht mehr zu gebrauchen sein. Benedicta machte tapfere Miene zum traurigen Spiel; sie warf den Kopf zurück und entschwebte nach oben. Athelstan mußte sitzen bleiben und zuschauen, wie Sir John mampfend wie Philomel sein Essen verschlang; Rindfleisch, Tunke und Wein verschwanden zwischen gemurmelten Entzückensrufen wie »Köstlich!«, »Fabelhafte Frau!« und »Großartiges Mädel!«

Als Cranston fertig war und sich rülpsend den Mund mit einem Leintuch betupfte, war Benedicta angekleidet und war mit einem kleinen Holzkasten heruntergekommen, der ihre Toiletten-Utensilien enthielt. Sie wusch und cremte sich das Gesicht, während Athelstan ihr vom Besuch im Hause D'Arques' erzählte. Sie hörte aufmerksam zu und nickte beifällig. Athelstan schaute fasziniert zu, wie sie ihre Lippen behutsam rot schminkte, die Wimpern dunkel tuschte und dann nach einem Puderquast aus Schwanendaunen griff und sich das Gesicht leicht damit betupfte. Dann warf sie Athelstan einen schelmischen Blick zu.

»Wenn ihr Männer nur wüßtet, wie eine Frau sich mühen und plagen muß, wenn sie sich für den Tag zurechtmacht.«

»In Eurem Fall, Mylady«, erwiderte Cranston galant, »ist es aber, als wollte man eine Rose bemalen oder eine Lilie vergolden.«

Benedicta beugte sich vor und machte in gespielter Unschuld große Augen. »Sir John«, flüsterte sie, »Ihr seid ein wahrer Höfling und ein Gentleman.«

Cranston plusterte sich auf wie ein Pfau. Er war in seinem Element. Er hatte gut gegessen, schweren Rotwein getrunken und bekam jetzt Komplimente von einer schönen Frau. Er trommelte mit den Fingern auf seinem breiten Wanst.

»Wäre ich unverheiratet und zehn Jahre jünger ...«

»Dann gäbe es noch viel mehr zu essen und zu trinken«, fiel Athelstan ihm schnippisch ins Wort. Aber zur Antwort erhielt er nur wieder ein boshaftes Lächeln von Benedicta und dem immer überschwenglicher werdenden Sir John.

Benedicta betupfte sich die Wangen ein letztes Mal mit dem Puderquast; Athelstan sah, wie der feine Staub aufstieg.

»Ach du lieber Gott!« flüsterte er plötzlich.

»Was ist los?«

»Nichts, Sir John. Benedicat, darf ich diesen Puderquast einmal ausborgen?«

Sie reichte ihn herüber, und während sie ihn neckte,

untersuchte Athelstan den Quast sorgfältig und drückte ihn zwischen den Fingern, bis seine Kutte von feinem Puder bedeckt war. Cranston beugte sich vor und rümpfte die Nase.

»Du mußt dich vorsehen, wenn du jetzt hinausgehst, Bruder. Du duftest wie ein weibisches Knäblein!«

Der Bruder entschuldigte sich und reichte Benedicta den Quast zurück; dann stand er auf und klopfte sich sorgfältig die Kutte ab.

»Sir John«, verkündete er dann, »wir müssen gehen. Benedicta, sprich mit niemandem über das, was ich dir erzählt habe, aber teile der Gemeinde mit, daß ich morgen die Messe lesen werde und alle dort sehen möchte. Ich habe etwas Wichtiges bekanntzugeben.«

»Wo willst du denn hin, Bruder?«

»Zurück zu meiner Kirche, Sir John.«

Cranston schüttelte den Kopf. »Oh nein, Mönch, wir haben noch Arbeit.«

»Sir John, ich muß zurück.«

Cranston stand auf und warf sich in Positur. »Glaubst du, die Stadt schläft, während wir zwischen deiner Kirche und Blackfriars hin und her rennen? Gestern nacht gab es einen Toten in der Nähe des Gasthauses ›Brokenseld‹ an der Ecke Milk Street. Der Leichnam liegt jetzt in St. Peter Chepe, und ein Urteil muß darüber gesprochen werden.«

Athelstan stöhnte.

»Na, komm, Bruder.« Cranston hakte sich bei ihm unter. »Wir holen die Pferde und reiten los.«

Er brüllte Benedicta liebevolle Abschiedsworte zu und schob seinen schmallippigen Schreiber zur Tür hinaus auf die Straßen von Southwark. Sie holten ihre Pferde bei St. Erconwald ab; Philomel wurde immer störrischer und bockiger, denn es war lange her, daß er weit laufen und soviel hatte arbeiten müssen. Sie ritten hinunter zur Brücke; Athelstan versuchte, sein Mißvergnügen zu verbergen, während Cranston seiner guten Laune mit großzügigen Schlucken aus seinem wunderbaren Weinschlauch grunzend und rülpsend Nahrung gab. Strahlend schaute er umher und beschimpfte die Straßenhändler, die ihre Stände inzwischen mit Firlefanz, Gürteln, Bechern, billigen Ringen, falschen Edelsteinen, Schnallen, Rosenkränzen und kleinen Halsabschneidermessern vollgepackt hatten. Auf anderen Ständen wurden Speisen angeboten, dicke, glänzende Scheiben Fleisch und Fisch – manche davon frisch aus dem Fluß, andere mindestens zwei Tage alt, so daß sie zum Himmel stanken.

Eine Schar Gassenjungen spielte mit einem Ball zwischen den Ständen. Ein Beutelschneider auf der Suche nach leichter Beute bemerkte Sir Johns Blick und floh wie eine Ratte in einen Hauseingang. Am Pranger kurz vor der Brücke standen zwei Wasserverkäufer und mußten sich leckende Eimer über die Köpfe halten, die jeder Vorübergehende füllen durfte – zumeist mit den schmutzigen Flüssigkeiten aus der Gosse oder den großen Pfützen von Pferdepisse. Athelstan sah ein paar von seinen Gemeindemitgliedern: Pike, den Grabenbauer, mit Queraxt und Hacke auf der Schulter, und Watkin auf seinem Mistwagen, unterwegs zum Flußufer, den Karren vollgeladen mit fauligem Abfall. Cecily, die Kurtisane, stand im Eingang einer Taverne und verschwand sofort, als sie Athelstan erblickte. Alle wirkten bedrückt und ziemlich ängstlich, und der Ordensbruder war froh, daß er die Sache mit dem geheimnisvollen Skelett morgen ein für allemal erledigen konnte.

Sie überquerten die Brücke in lärmendem Gedränge. Cranston bahnte ihnen mit seiner Autorität den Weg.

Es ging die Bridge Street hinauf, durch Gracechurch, vorbei an den prächtig bemalten Häusern der Bankiers in der Lombard Street und weiter in die Poultry. Hier war die Luft dick von Federn und dem Geruch von Geflügel, das ausgenommen wurde; das Fleisch wurde in Wasser getaucht, die Innereien verbrannt oder auf großen, offenen Feuern gebraten. Sogar Cranston hörte auf zu trinken und hielt sich die Nase zu. Sie kamen in die Mercery, wo Buden und Stände reicher ausgestattet und prächtiger waren; ihre Eigentümer trugen kostspielige Mäntel und Hemden, Strümpfe und Stiefel. Endlich erreichten sie Westchepe. Cranston warf sehnsüchtige Blicke auf die Schenke »Zum Heiligen Lamm Gottes«, aber Athelstan war entschlossen, seine Pflichten zu erfüllen und nach Southwark zurückzukehren; er wollte sich gründlich mit einer Idee beschäftigen, die ihm in Benedictas Haus gekommen war.

Sie banden ihre Pferde an die Stange vor St. Peter und betraten die muffig riechende, dunkle Kirche. Eine Gruppe von nervös aussehenden Männern, angeführt von einem Büttel, umstand einen Tisch am Eingang zum Mittelschiff; darauf lag ein Toter, bedeckt mit einem braunen, fleckigen Leintuch. Die Männer scharrten mit den Füßen und tuschelten unruhig miteinander, als Sir John großspurig hereinkam.

»Ihr kommt spät!« quäkte der rotgesichtige, fette Büttel.

»Halt die Klappe!« dröhnte Cranston. »Ich bin Richter des Königs, und meine Zeit gehört dem König. Also, was haben wir hier?«

Der eingeschüchterte Büttel schlug das Tuch zurück. Cranston verzog das Gesicht, und Athelstan rümpfte die Nase. Ein säuerlicher Geruch stieg von der Leiche des alten Mannes auf. In seinem Schädel klaffte eine schreckliche Wunde, und das grauweiße Haar war vom Blut dick und schwarz verkrustet.

»Er heißt John Bridport«, erklärte der Büttel. »Er kam an einem Haus zwischen der Honey Lane und der Milk Street vorbei.« Der Büttel deutete auf einen ängstlich blickenden Mann. »Der da ist William de Chabham. Er hat eine Werkstatt im Obergeschoß seines Hauses, aus der ein Holzbalken herausragte. Er ist Sattler von Beruf und benutzt besagten Balken, um sein Leder daran zu trocknen.« Der Büttel schaute Cranston nervös an. »Um es kurz zu machen, Sir John: Der Balken war zu schwer beladen, geriet ins Rutschen, fiel herab und zerschmetterte Bridport den Schädel.«

»Ein Unfall!« rief der bleiche Sattler flehentlich.

»Wo ist der Balken?« fragte Sir John.

Der Büttel deutete auf einen dicken, schweren Holzbalken unter dem Totentisch. Athelstan, der den Deckel des Taufbrunnens als Schreibtisch benutzte, notierte sorgfältig alle Einzelheiten auf einem Stück Pergament, das er Sir John später aushändigen würde.

»Bruder Athelstan!« Cranston schnippte mit den Fingern. »Würdest du bitte das Opfer und den Balken untersuchen?«

Athelstan fluchte leise, befahl jedoch, den Balken hervorzuziehen. Er untersuchte ihn und dann auch den Kopf des Toten gründlich.

»Und?« fragte Cranston.

»Nun, Mylord Coroner, wie es scheint, ist John Bridport tatsächlich auf die geschilderte Weise zu Tode gekommen.«

Sir John griff mit beiden Händen in seinen Mantel und richtete sich zu voller Größe auf.

»Sattler! Hattest du Befugnis oder Erlaubnis, diesen Balken aus dem Fenster ragen zu lassen?«

»Nein, Mylord Coroner.«
»Kanntest du das Opfer?«
»Nein, Mylord Coroner.«
»Büttel, ist William de Chabham ein Mann von gutem Ruf?«
»Ja, Sir John, und diese anderen hier sind erschienen, um für sein tadelloses Verhalten zu bürgen.«
Cranston kratzte sich am Kinn. »Dann spreche ich das folgende Urteil. Dies ist kein Mord und auch kein widerrechtlicher Totschlag, sondern ein unglückseliger Unfall. Du, Meister Sattler, wirst eine Buße von zehn Shilling an das Zivilgericht zahlen. Du wirst schwören, nie wieder einen solchen Balken zu benutzen, und jeden weiteren notwendigen Schadenersatz bezahlen.«
Der Sattler zog den Kopf ein, sah aber erleichtert aus.
»Und der Balken, Sir John?«
»Der muß fünf Shilling zahlen und wird dann vom öffentlichen Henker verbrannt.« Cranston warf einen Blick auf den Toten. »Hat Bridport Verwandte?«
»Nein, Sir John. Er lebte allein in einer Wohnung an der Ecke der Ivy Lane.«
»Dann ist seine Habe einzuziehen«, befand Cranston mit falschem Lächeln. »Bridport bekommt ein ehrenhaftes Begräbnis auf Kosten der Pfarrgemeinde. Hast du das, Bruder Athelstan?«
»Ja, Mylord Coroner.«
»Gut!« trompetete Cranston. »Dann ist diese Sache erledigt.«
In der Milk Street reichte Athelstan ihm das Protokoll der Untersuchung. Cranstons Einladung zu einem Bier im »Heiligen Lamm Gottes« lehnte er höflich ab und machte sich auf den Rückweg nach Southwark. An einem Verkaufsstand in der Three Needle Street erstand er eine Rolle eines schwammähnlichen Stoffes

und in Cornhill einen Tiegel Gesichtspuder; die alte Frau hinter dem Verkaufsstand grinste und zwinkerte ihm wissend zu.

»Jedem das Seine, was, Pater?«

Der Ordensbruder schluckte eine bissige Antwort herunter und führte den inzwischen schläfrigen Philomel durch Gracechurch zur Brücke. Daheim angekommen, verbrachte er den Rest des Tages damit, über das Rätsel der scharlachroten Kammer nachzusinnen, und benutzte die Sachen, die er gekauft hatte, um die Geschichte in allen Einzelheiten nachzustellen. Endlich, als das Tageslicht zu schwinden begann, ging er hinaus auf den Friedhof und schaute nach Westen, wo die Sonne wie ein roter Feuerball versank. Er verspürte die sanfte Glut der Zufriedenheit und pries die Schönheit der Dame Logik. Wieder und wieder war er das Rätsel durchgegangen. Es konnte nur eine Lösung geben; aber was würde geschehen, wenn er sich irrte?

»Pater! Pater!«

Athelstan schaute zur Friedhofspforte; Cecily, die Kurtisane, stand dort.

»Was gibt's, Cecily?«

»Pater, ich habe doch nur einen Becher Wein in der Schenke getrunken.«

»Das ist keine Sünde, Cecily.«

Sie kam auf ihn zu und versuchte, zerknirscht auszusehen, aber Athelstan mußte doch ein Lächeln verbergen, als er sah, wie sie ihren fransengezierten Rock schwenkte und sich vorbeugte, um den stattlichen Busen in ihrem engen Mieder besser zur Schau zu stellen.

»Pater, die anderen haben mich hergeschickt. Es tut uns ehrlich leid, was passiert ist, und wir kommen alle morgen früh zur Messe. Benedicta hat gesagt, Ihr hättet uns etwas Wichtiges mitzuteilen.«

Athelstan lächelte und berührte sanft ihren Arm.

»Du bist ein braves Mädchen, Cecily. Wir sehen uns morgen in der Messe.«

Cecily trippelte davon. Athelstan schaute zum Himmel. Sollte er die Sterne betrachten? Die Nacht würde wolkenlos sein. Vielleicht könnte er sehen, wie einer durch den Himmel schoß wie Luzifer bei seinem Sturz in die Hölle. »Andererseits«, dachte er, »werde ich vielleicht selbst stürzen.« Er war müde und schläfrig, und als ihm der Überfall der vergangenen Nacht einfiel, schaute er sich auf dem verlassenen Friedhof um. Er würde froh sein, wenn die Morgenmesse vorüber war und alles wieder seinen gewohnten Lauf nahm; aber bis dahin blieb er am besten in seinem Haus. Er ging hinein und verschloß die Türen und Fenster fest. »Die Nacht ist schön«, dachte er bei sich, »und Bonaventura ist entweder auf Freiersfüßen oder auf der Jagd.« Er sah, daß es in der Küche nichts zu essen gab, und so setzte er sich hin und überlegte, ob er wohl etwas Neues entdecken würde, wenn er nach Blackfriars zurückkehrte. Die Lider wurden ihm schwer. Er löschte die Kerze und ging hinauf in sein Bett.

Am nächsten Morgen erschienen alle zur Messe. Mugwort läutete die Glocke wie ein wahnsinniger Dämon. Ursula kam mit ihrer Sau im Schlepptau, gefolgt von Watkin, Pike und Huddle, und der letztere schaute sich beifällig im neuen Chor um. Benedicta war gefaßter als am Tag zuvor. Sie flüsterte Athelstan zu, er solle nicht allzu streng sein, und Pike erinnerte ihn daran, daß er heute die Beichte abnehmen wollte. Athelstan verbarg sein Unbehagen hinter einem strahlenden Lächeln.

Natürlich, das hatte er ganz vergessen! Das große Fest Fronleichnam stand kurz bevor, und alle seine Pfarrkinder wollten von ihren Sünden losgesprochen werden; also verkündete er nach der Messe, er werde heute den ganzen Tag im westlichen Kirchenschiff sein, um dort hinter dem Vorhang ihre Beichte zu hören.

Als alle Gemeindemitglieder versammelt waren, erklärte er ihnen in aller Ruhe, was es mit dem Skelett auf sich hatte.

»Dieses sind nicht die Gebeine eines Heiligen«, begann er. »Liebe Kinder, ihr müßt mir vertrauen. Sir John und ich haben die Wahrheit herausgefunden. Es sind die Überreste einer Frau, die vor vielen Jahren ermordet wurde.« Er zuckte die Achseln. »Das ist alles. Watkin, akzeptierst du, was ich sage?«

Der Mistsammler hockte inmitten seiner vielköpfigen Brut und nickte feierlich.

»Also gut«, fuhr Athelstan fort. »Dann wirst du ein wenig von dem Gewinn nehmen, den du zweifellos gemacht hast, und ein richtiges Leichentuch aus dickem Linnen kaufen. Pike, du wirst ein Grab ausheben, und heute abend werde ich die sterblichen Überreste dieser armen Frau segnen und sie der Erde übergeben. Damit ist die Angelegenheit beendet.«

»Was ist mit den Kosten für all das?« rief Pike.

»Keine Sorge«, sagte Athelstan. »Das Geld wird erstattet werden.«

»Und das Wunder?« rief Ursula. »Was war mit dem Wunder?«

»Das weiß Gott allein, Ursula, aber wenn es Wunder gegeben hat, ist dafür vielleicht der Heilige Erconwald verantwortlich.«

Beifälliges Gemurmel begrüßte diese Worte.

»Pater.« Watkin stand auf und trat verlegen von

einem Fuß auf den anderen. »Was hier geschehen ist, tut uns ehrlich leid, aber wir haben es nur gut gemeint.« Er zog eine große Lederbörse unter seinem schmierigen Wams hervor. »Dies ist der Ertrag.« Nervös wog er die Börse in der Hand. »Wir haben eine Idee gehabt, Pater. Na ja, der Chor ist jetzt fertig, und da dachten wir, man sollte Farbe kaufen, und Huddle sollte ein Bild malen, ein ganz großes Bild vom Besuch der Jungfrau Maria bei ihrer Base Elisabeth nach der Geburt Jesu.«

»Seid ihr alle damit einverstanden?« fragte Athelstan.

Ein Beifallschor erhob sich.

»Dann kann Huddle sofort anfangen. Crim, du mußt Sir John Cranston eine Nachricht überbringen.«

»Dem alten Fettarsch, meint Ihr?«

Watkins Frau gab dem Jungen einen Schlag an den Hinterkopf.

»Sir John Cranston«, wiederholte Athelstan. »Du wirst ihm sagen, daß er wieder nach Blackfriars gehen soll. Wir treffen uns morgen früh bei Tagesanbruch. So.« Er begann, vor ihnen die Gewänder abzulegen. »Watkin, du kaufst das Leichentuch. Pike, du fängst lieber sofort an, denn der Boden ist hart. Was die übrigen angeht – ich werde jetzt, wie Sir John immer sagt, eine Erfrischung zu mir nehmen, und dann höre ich die Beichte. Ach!« Er wandte sich noch einmal um. »Wundert euch nicht: Ein geheimnisvoller Spender möchte uns eine große Statue des Heiligen Erconwald für den neuen Chor schenken.«

ZWÖLF

Mit dieser Überraschung war die Versammlung aufgelöst, und die Gemeindemitglieder schlenderten hinaus. Athelstan verschloß den Eingang zum Chor, ließ die Kirche aber offen. Huddle stand bereits im Chor und betrachtete verträumt die kahle Wand.

»Überlege es dir sorgfältig«, rief Athelstan ihm zu.

»Keine Angst, Pater. Ich grüble seit Monaten darüber.«

Athelstan nickte und lief die Gasse hinunter zu einer Garküche; er wußte, daß er dort eine frische Pastete und einen Krug Ale bekommen würde. Als er zurückkam, hatte Watkin bereits das Seitenschiff ausgeräumt und mit einem dicken purpurroten Vorhang, der an einem langen Eschenholzstab befestigt war, eine Ecke abgetrennt. Außerdem hatte er den Chorstuhl mit dem gesteppten Sitz- und Lehnenpolster hinter den Vorhang geschleppt, so daß Athelstan dort sitzen konnte, während der einzige Betstuhl der Kirche auf der anderen Seite die Büßer erwartete. Eine Zeitlang kniete Athelstan auf den Stufen vor dem Altar und betete um die Gnade, ein guter Beichtvater zu sein. Vor den großen Festen der Kirchenliturgie pflegte er immer die Beichte zu hören: vor Weihnachten, Ostern und Pfingsten und vor Fronleichnam im Mittsommer. Diejenigen, die Absolution wünschten, knieten im Eingang der Kirche und warteten, bis sie an die Reihe kamen; darauf hatte Athelstan bestanden, damit niemand belauschen konnte, was der Beichtende drinnen zu sagen hatte.

Mugwort kam herein, und Athelstan versicherte, es sei alles bereit. Die Glocke läutete und lud alle, die von ihren Sünden freigesprochen werden wollten, ein herbeizukommen.

Den ganzen Vormittag und einen Teil des Nachmittags hörte Athelstan nun die Bekenntnisse seiner Pfarrkinder. Es war die übliche Litanei von Sünden, seinen eigenen gar nicht unähnlich, wie Athelstan im stillen erkannte: schmutzige Reden, obszöne Gedanken, Diebstahl auf dem Markt, Schlafen während der Messe, Trunkenheit. Hin und wieder hörte er etwas Neues: Einen Vater gelüstete es nach der Frau seines Sohnes, und jemand hatte im Geschäft eine falsche Waage benutzt. Er lehnte sich zurück und hörte alle an; hin und wieder stellte er sanft und leise eine Frage. Am Ende beugte er sich vor und ermahnte sie, barmherziger zu sein, gütiger und reiner in Herz und Sinn. Er gab ihnen eine kleine Buße auf, meist ein mildtätiges Werk oder ein paar Gebete, die sie in der Kirche sprechen sollten. Dann erteilte er die Absolution, und der Büßer zog sich zurück.

Erholung boten nur die Beichten der Kinder, die Athelstan immer am liebsten hatte, weil sie ihn zum Schmunzeln brachten – piepsende kleine Stimmen mit einer Liste von belanglosen Sünden. Eine der Töchter des Kesselflickers ließ ihn laut lachen: Die arme Kleine hatte einem von Pikes Söhnen erlaubt, sie zu küssen, und jetzt litt sie arge Gewissensqualen. So erpicht war sie darauf, ihren Fehltritt hervorzusprudeln, daß sie sich auf den Betstuhl stützte und nicht sagte: »Segne mich, Vater, denn ich habe gesündigt«, sondern statt dessen fieberhaft begann: »Küsse mich, Vater, denn ich habe gesündigt.«

Athelstan beruhigte sie und erklärte ihr, ein Kuß auf die Lippen, ganz gleich, wie lange er dauere, sei keine ernste Angelegenheit; glücklich zog das Mädchen davon. Er hörte neues Getrippel, und dann zirpte ein dünnes Stimmchen hinter dem Vorhang: »Segne mich, Vater, denn ich habe gesündigt.«

Athelstan bedeckte lächelnd das Gesicht mit den Händen, denn er erkannte die Stimme Crims, seines Altardieners.

»Pater«, fuhr Crim mit gedämpfter Stimme fort, »ich habe mich geweigert, meine Zwiebeln zu essen.«

Athelstan nickte ernst.

»Meine Mutter hatte sie extra gekocht.«

Athelstan holte tief Luft, um nicht laut zu lachen.

»Was gibt es sonst noch, mein Junge?«

Aber Crim war seltsam stumm geworden. »Pater«, stammelte er, »ich habe sechsmal Unzucht begangen.«

Athelstans Unterkiefer klappte herunter, und er merkte, wie seine Nackenhaare sich sträubten. In den bischöflichen Regeln für den Beichtvater war die Verderbtheit von Kindern nichts Unbekanntes und galt als höchst betrübliches Moralvergehen. Athelstan zog den Vorhang beiseite und schaute Crim in sein schmutziges, erschrockenes Gesicht.

»Crim«, flüsterte er. »Komm herüber.«

Der Junge kam zu ihm getappt.

»Crim, was redest du da? Weißt du, was Unzucht ist?«

Der Junge nickte.

»Und du hast sie sechsmal begangen?«

Wieder ein Kopfnicken.

»Was ist Unzucht, Crim?«

Athelstan schaute dem Jungen ernst in die bekümmerten Augen. War der Junge deshalb manchmal so still und zurückgezogen? Crim schloß die Augen.

»Unzucht«, piepste er, »ist ein schmutziger Akt!«

Athelstan ließ die Hand des Jungen los und lehnte

sich zurück. »Erzähle mir genau, was passiert ist, mein Junge.«

»Nun, Pater, Ihr wißt, daß ich für meine Mutter zum Markt gehen muß. Ich kann am schnellsten rennen, und zur Belohnung gibt sie mir immer einen Becher Wasser mit Honig.«

Athelstan verstand jetzt überhaupt nichts mehr. »Was hat denn das damit zu tun, Crim?«

Der Junge wurde rot und blickte zu Boden. »Wenn ich vom Markt zurückkomme, muß ich pissen, und das tue ich draußen im Freien.«

Athelstan lachte und nahm den Jungen wieder bei der Hand. »Ist das alles, Crim?«

Der Junge nickte.

»Und wieso glaubst du, das sei Unzucht?«

»Nun, Pater, meine Mutter sagt immer, Cecily treibt Unzucht und andere schmutzige Akte.«

Athelstan schüttelte den Kopf. »Aber, Crim, du pißt doch oft draußen im Freien. Was ist denn so Besonderes daran?«

Der Junge errötete noch heftiger.

»Na los, mein Junge!«

»Ich tue es auf heiligem Boden, Pater.«

»Du meinst, hier in der Kirche?«

»Nein, Pater, immer gerade dann, wenn ich an Eurem Haus vorbeikomme, muß ich, und da gehe ich dann hinter Eure Mauer und pisse in das Zwiebelbeet. Ich weiß, es ist unrecht, in den Garten eines Priesters zu machen, aber ich kann nichts dafür.«

Athelstan konnte nicht länger an sich halten; er senkte den Kopf, schlug beide Hände vors Gesicht und lachte, daß seine Schultern bebten.

»Pater, es tut mir wirklich leid.«

Athelstan hob den Kopf, wischte sich die Tränen ab

und packte den Jungen bei den Schultern. »Ich spreche dich los von deinen Sünden«, sagte er. »Und dies soll deine Buße sein.«

»Ja, Pater?«

»Wenn deine Mutter das nächste Mal Zwiebeln kocht, sollst du jede einzelne aufessen. Nun geh und sündige nicht mehr.«

Crim rannte aus der Kirche, als sei er soeben von der allerschlimmsten Todsünde losgesprochen worden. Athelstan sah ihm nach, und immer noch schüttelten ihn Lachanfälle. Er war froh, daß die Kirche leer war; wenn jemand Crims Beichte gehört hätte, wäre der Junge zum Gespött der ganzen Gemeinde geworden. Athelstan lehnte sich zurück und döste eine Weile; er dachte über mögliche Lösungen zu Cranstons Geheimnis nach und fragte sich, ob er in Blackfriars wohl finden würde, was er suchte. Plötzlich richtete er sich auf, und ein Gedanke überlief ihn eisig. Wenn nun der Mörder in Blackfriars bereits gefunden hatte, was er suchte? Er rückte die Stola zurecht und wollte eben aufstehen, als er leise Schritte hörte. Plötzlich angespannt, setzte er sich wieder, denn in der Kirche war es jetzt ganz still. Auch draußen war alles ruhig, denn Höker, Händler und die Bewohner der Pfarrgemeinde ruhten während der heißen Stunden des Tages. Wer kam jetzt? Er hörte, wie jemand auf dem Betstuhl niederkniete.

»Segne mich, Vater, denn ich habe gesündigt.«

Athelstan erstarrte, als er Benedictas Stimme erkannte. Er schloß die Augen und verschränkte die Hände ineinander. Es war das erste Mal, daß Benedicta zu ihm kam. Wie auch anderen in seiner Pfarrei, war es ihr vielleicht peinlich, bei ihrem eigenen Priester zu beichten, und so ging sie immer zu einem anderen. Er entspannte sich ein wenig, als er die Litanei ihrer kleinen Vergehen hörte: unbarmherzige Gedanken und Worte, verspätetes Erscheinen zur Messe, Schlafen während der Predigt. Bei dem letzten Bekenntnis streckte Athelstan ihr hinter dem Vorhang die Zunge heraus. Dann verstummte Benedicta.

»Ist das alles?« fragte er leise.

»Pater, ich bin Witwe. Eine Zeitlang dachte ich, mein Mann könnte noch leben. Darüber war ich froh, aber ich war auch traurig.«

Athelstan wappnete sich.

»Ich hätte nicht traurig sein dürfen«, fuhr Benedicta fort. »Und wenn ich mir gewünscht habe, er möge tot sein, so bekenne ich das jetzt.«

»Dann ist dir auch vergeben.«

»Wollt Ihr nicht wissen, Pater, warum ich traurig war?«

»Du mußt beichten, wie dein Gewissen es dir befiehlt, weiter nichts.«

»Ich war traurig, Pater, weil ich ... seht Ihr, ich liebe einen anderen Mann. Manchmal begehre ich ihn.«

»Jemanden zu lieben ist keine Sünde.« Athelstan war sicher, daß Benedicta weitersprechen würde.

»Ich verstehe, Pater«, sagte sie. »Wenn das so ist, dann bereue ich diese und alle meine Sünden von Herzen.«

Athelstan gab ihr eine kleine Buße auf und hätte sich in den Worten der Absolution beinahe verheddert. Gespannt wie eine Bogensehne saß er da, bis Benedicta aufstand und leise hinausging. Behutsam schloß sie die Tür hinter sich.

Er seufzte tief und ließ sich auf seinem Stuhl zurücksinken. Er wußte, was Benedicta hatte sagen wollen, und er war nur allzu froh, daß sie nicht weitergesprochen hatte. Er stand auf und streckte sich; dann ging er durch den Lettner und schaute hinauf zu dem Kruzifix über dem Altar. »Pater Paul hatte recht«, sagte er leise. »Die Liebe ist etwas Schreckliches.« Eine Weile erforschte er sein Gewissen. Er liebte Benedicta! Er starrte die verrenkte Gestalt am Holzkreuz an. Würde Christus ihn verstehen? Liebte Er, der ja jedermann lieben sollte, irgendwen besonders? Athelstan rieb sich die Augen. Er dachte an die Heilige Schrift, an die Frauen, die Christus nachgefolgt waren, an die Frauen, die bei Ihm gewesen waren, als Er starb. Athelstan nahm seine Stola ab. Wenn er diesen Gedankengang weiter verfolgte, zu welchen Schlußfolgerungen würde er dann kommen? Er beugte hastig das Knie vor dem Allerheiligsten, lief dann hinaus und verschloß die Kirchentür hinter sich. Jetzt mußte er sich auf andere Dinge konzentrieren.

Die Angelegenheit in Blackfriars war wie ein Schachspiel. Bis jetzt beherrschte sein Gegner, der im Dunkeln verborgen war, jeden Zug. Athelstan mußte sichergehen, daß ihm die Initiative, die er jetzt ergriffen hatte, nicht wieder aus der Hand genommen wurde.

In seine Küche zurückgekehrt, setzte Athelstan sich hin und schrieb hastig einen kurzen Brief. Dann holte er Wachs und Siegel aus der großen Truhe neben seinem Bett. Er las den Brief noch einmal, fand ihn angemessen, schmolz das Wachs und brachte sein Siegel an. Eine Stunde später rannte Crim, der inzwischen längst nicht mehr an Zwiebeln dachte, wie ein Hase über die London Bridge. Er hielt Athelstans Brief fest in der Hand, und seine Lippen wiederholten atemlos die Anweisungen, die der Bruder ihm mitgegeben hatte.

Kurz vor Sonnenuntergang kamen Pike und Watkin nach St. Erconwald zurück. Pike hatte ein Stück Segeltuch, einen Kiefernholzsarg und etwas Seil besorgt. In einer kläglichen Zeremonie wurde das Skelett der früheren Hure Aemelia in ein Leichentuch gehüllt und vor dem Altar aufgebahrt. Athelstan kehrte, begleitet von dem neugierigen Bonaventura, in die Kirche zurück, zündete die Kerzen an und begann, mit einem purpurfarbenen Chormantel angetan, die Begräbniszeremonie. Pike und Watkin standen zu beiden Seiten der jämmerlichen Überreste, während Athelstan die Engel beschwor, hervorzukommen und die Seele dieses Menschen aufzunehmen. Sorgfältig achtete er darauf, den Namen der Frau nicht zu erwähnen. Er ließ Weihrauch über den Sarg wehen und segnete ihn mit Weihwasser; dann ging er voraus, gefolgt von Watkin und Pike, die den Sarg trugen, und sie brachten die Tote zu dem flachen Grab in der hinteren Ecke des Friedhofs. Im schwindenden Licht las Athelstan die letzten Gebete. Er segenete das Grab, hob einen Erdklumpen auf und warf ihn hinunter, daß es wie Regentropfen auf dem Holzdeckel prasselte. Er legte seinen Chormantel ab und half Watkin und Pike, das Grab zuzuschaufeln.

»Sollen wir es so lassen?« fragte Pike.

Athelstan wischte sich den Lehm von den Händen und machte ein trauriges Gesicht.

»Nein, nein, das wäre nicht recht. Pike, frag Huddle morgen, ob er ein Kreuz machen kann. Etwas Einfaches.«

»Soll ein Name draufstehen?«

»Nein.« Athelstan schaute in den dunkler werdenden Himmel hinauf und betrachtete den Abendstern, der wie ein Diamant am Firmament funkelte. »Sag Huddle, er soll hineinschnitzen: ›Lieber Jesus, gedenke der Magdalena‹.«

»Da wird er aber nicht wissen, was das bedeuten soll.«

»Was macht das? Christus weiß es.«

Früh am nächsten Morgen traf sich Athelstan an der Ecke der Bowyer's Road mit Cranston. Sie gingen in eine Schenke, deren Wirt sich über die städtischen Vorschriften zu den Öffnungszeiten hinwegsetzte. Cranston bestand darauf zu frühstücken, und obwohl Athelstan leise fluchte, wußte er, daß dies weder die Zeit noch der Ort war zu widersprechen. Die überschwengliche Stimmung, die der Coroner am Tag zuvor gezeigt hatte, war verflogen, und Athelstan hatte den Verdacht, daß er bereits an seinem wunderbaren Weinschlauch gewesen war. Sie speisten Bier und Haferkuchen zum Frühstück, und der Coroner kaute mürrisch auf seinem Essen, während er in mittlere Fernen starrte.

»Zum Teufel mit Lord Gaunt!« flüsterte er.

Athelstan berührte sanft seine Hand. »Sir John, Ihr dürft mich jetzt nicht ausfragen, aber ich glaube, ich habe eine Lösung.«

Die Veränderung in Cranstons Gesicht war wunderbar. Seine Augen wurden lebhaft vor Aufregung, und seine mürrische Miene löste sich in einem Grinsen auf, das von einem Ohr zum anderen reichte. Er brüllte fingerschnippend nach mehr Bier und stieß Athelstan heftig in die Rippen, wollte ihn dazu bringen, daß er von seinen Schlußfolgerungen erzählte. Aber als der Ordensbruder sich nicht bewegen ließ, verfiel Cranston wieder in mißmutiges Schweigen.

»Ich kann Euch noch nichts sagen; ich muß erst sicher sein. Bis dahin bestehe ich darauf, für mich zu behalten, was ich weiß. Schließlich trinkt Ihr ziemlich viel, Sir John.«

»Blödsinn!«

»Doch, Sir John, und wenn Ihr einen Rausch habt, dann beginnt Ihr zu prahlen, und das könnte die ganze Situation belasten.«

»Der junge König selbst hat die Lösung in einem versiegelten Umschlag.«

»Sir John, es soll schon vorgekommen sein, daß solche Dokumente ausgetauscht wurden.«

»Titten und Eier!« erwiderte Cranston.

»Solche Bemerkungen, Sir John, sind nicht hilfreich und zeigen wenig Dankbarkeit für das, was ich getan habe.«

»Dankbarkeit! Dankbarkeit!« äffte Cranston ihn schneidend nach. Er hob seinen Humpen, trank ihn leer und setzte ihn mit lautem Schlag wieder auf den Tisch; dann kehrte er Athelstan halb den Rücken zu wie ein schmollender Junge.

»Wie geht es den Kerlchen?« fragte Athelstan mild.

»Herrliche, ganz herrliche Buben!« brummte Cranston.

»Und Lady Maude? Liebreizend wie immer?«

Cranston warf einen bösen Blick über die Schulter, und Athelstan wußte, woher Sir Johns Unbehagen rührte.

»Verstehe«, sagte er.

Sir John schnaubte kurz und drehte sich wieder um. »Athelstan, tut mir leid. Aber ich komme mir vor wie ein Bär mit Kopfschmerzen.«

Athelstan widersprach lieber nicht. »Habt Ihr meine zweite Nachricht erhalten?«

»Ja, und binnen einer Stunde war der schnellste Kurier der Stadt unterwegs nach Norden, und er hatte ein Pferd zum Wechseln dabei. Ich habe getan, was ich konnte.«

»Dann, Sir John, wollen wir sehen, was wir in Blackfriars tun können.«

Den furchtbaren Todesfällen zum Trotz, die sich dort ereignet hatten, schien das Kloster zu seinem üblichen, heiter-stillen Alltagsleben zurückgekehrt zu sein. Der Pförtner ließ sie herein, und Bruder Norbert begrüßte sie freundlich, übergab ihre Pferde einem Roßknecht und führte sie zum Gästehaus.

»Alle Bücher sind jetzt da«, verkündete er stolz. »Jedes einzelne. Allerdings vermute ich, die Brüder wissen inzwischen, daß Ihr etwas sucht.« Der junge Laienbruder lächelte Cranston an. »Und es gibt Met, Ale und Wein für Euch, Sir John. Ich denke, Eure Suche wird lange dauern.«

Er hatte recht. Im oberen Gemach erwarteten sie noch mehr dicke, ledergebundene Bücher. Cranston stöhnte auf und sauste pfeilschnell die Treppe hinunter in die Speisekammer. Athelstan wusch sich Gesicht und Hände und machte sich sofort wieder an die Arbeit, hin und wieder unterstützt durch Sir John.

Als es Nacht wurde, bat Athelstan Norbert um weitere Kerzen und versenkte sich in seine Studien; nur gelegentlich machte er eine kleine Pause, um einen Happen zu essen oder einen Schluck verdünnten Wein zu trinken. Irgendwann schlief er über den Büchern ein, wachte mit schmerzendem Rücken und verkrampften Schultern wieder auf und setzte seine Suche fort. Am nächsten Morgen las er gleich nach dem Morgengrauen die Messe; ins Gästehaus zurückgekehrt, bemühte er sich, Cranstons Schnarchen zu ignorieren, und griff nach dem nächsten Band, um die Pergamentseiten durchzublättern. Cranston wachte auf und behauptete, er habe rasenden Durst. Athelstan nickte geistesabwesend, und Sir John wusch sich, zog sich an und ging hinüber ins Refektorium. Als er zurückkam, beschrieb er in allen Einzelheiten, was er gegessen hatte. Athelstan hörte nicht zu, und schließlich nahm der Coroner mißmutig und widerspenstig einen der kleineren Bände zur Hand und knurrte lautstark: »Hildegarde! Hildegarde! Zum Teufel mit Hildegarde!«

Am Mittag kamen der Prior und die anderen Mitglieder des Generalkapitels zu Besuch. Alle hatten sich vom Schrecken der Entdeckung im Chor erholt und standen jetzt kühl und einigermaßen distanziert beieinander in der Küche; sie wollten sich nicht setzen und auch nichts essen oder trinken. William de Conches und Eugenius schauten Athelstan verächtlich an, und Henry von Winchester legte bemühte Geduld an den Tag, um seinen Verdruß zu verbergen, während die Brüder Niall und Peter aus ihrem Ärger über die lange Verzögerung der Angelegenheit keinen Hehl mehr machten.

»Wir können nicht ewig hierbleiben, Bruder Athelstan«, erklärte Peter nachdrücklich. »Die Sache muß zu einem Ende gebracht und über Bruder Henrys These ein Urteil gefällt werden. Bruder Niall und ich müssen heimkehren, und der Großinquisitor und sein Gehilfe haben eine weite Reise vor sich.«

Athelstan schaute den Prior an, aber auch Anselm zeigte sich kühl und ungerührt.

»Ich will nichts weiter, als daß diese Angelegenheit aufgeklärt wird, Athelstan«, sagte er, »damit das Haus zu seinem gewohnten Alltag zurückkehren kann.«

»Und was ist mit denen, die gestorben sind?« bellte Cranston. »Bruno, Alcuin, Callixtus, Roger? Ihr Blut besudelt die Erde und schreit zum Himmel um Rache.«

Anselms Blick wurde milder. »Sir John, Ihr habt recht, und ich gebe es zu. Ich habe Euch gebeten herzukommen. Ich habe Athelstan um seine Hilfe gebeten, aber, bei Gott, ehrlich gesagt, fange ich an, diese Entscheidung zu bereuen. Vielleicht ist dies ein

Geheimnis, das nicht gelöst werden kann. In der Bibel steht geschrieben: ›Mein ist die Rache, spricht der Herr; ich will vergelten‹.« Müde hob er die Schultern. »Vielleicht sollten wir es in den guten Händen des Herrn lassen.«

»Unsinn!« schnarrte Cranston. »Gott wirkt durch uns in diesem Tal der Tränen! Wir sind Seine Augen, Seine Nase, Sein Mund, Seine Füße!« Er baute sich vor der Gruppe der Dominikaner auf. »Gerechtigkeit«, fuhr er fort, »muß nicht nur geschehen, sondern man muß auch sehen, daß sie geschieht. Vier Menschen sind ermordet worden. Oh, aye, Pater Prior, sie mögen Dominikaner gewesen sein, aber sie waren auch Engländer und Untertanen der Krone.« Er stieß sich mit dem Finger vor die Brust. »Und diese Angelegenheit wird erledigt sein, wenn ich sage, sie ist erledigt.«

Eugenius klatschte spöttisch in die Hände. »Eine hübsche Rede, Sir John, aber ich bin nicht Euer Untertan. Meine Treue gilt dem Generaloberen in Rom und dem Papst in Avignon. Von mir aus könnt Ihr diese Angelegenheit untersuchen, bis die Hölle zufriert, aber dann werde ich nicht mehr da sein.«

Cranston lächelte ihn zuckersüß an, und Athelstan schloß die Augen.

»Hör mal zu, du kleiner Furz!« Der Coroner trat einen Schritt näher und starrte hinunter in Eugenius' braunes Gesicht. »Mir ist egal, wer du bist oder woher du kommst. Du bist in England, du bist in meiner Stadt. Du kannst nach Dover hinuntertraben, und da wirst du feststellen, daß du keine Genehmigung hast, an Bord eines Schiffes zu gehen. In diesem Lande ist das ein strafbares Vergehen!«

»Ihr droht uns, Sir John!« fauchte William de Conches und zog Eugenius einen Schritt zurück.

»Drohen?« Cranston sah ihn mit gespieltem Erstaunen an und zog die Brauen hoch. »Habe ich gedroht? Ich habe doch nicht gedroht, Meisterfolterer.«

»Ich bin Inquisitor.«

»Du bist ein verdammter Pickel am Arsch«, fuhr Cranston fort. »Ihr zerbrecht die Körper der Menschen, damit ihr an ihre Seelen herankommt. Ihr seid Dreckstücke, alle beide.« Seine Hand fuhr zum Griff seines Dolches, und die beiden Inquisitoren beschlossen, trotz der offensichtlichen Wut auf ihren Gesichtern, daß Reden Silber, Schweigen aber Gold sei.

Cranston sah Anselm an, dann Bruder Niall und Bruder Peter. Athelstan senkte stumm den Kopf; er wußte, daß das Temperament des Coroners hitzig und unberechenbar war. Wenn Sir John einmal in Fahrt gekommen war, sagte er jedem (mit Ausnahme von Lady Maude), wohin er sich seine Meinung stecken könne. Pater Anselm trat einen Schritt vor.

»Sir John« – er sah den Coroner demütig an –, »in gewissem Sinn habt Ihr recht.« Er wandte sich um und schaute seine Mitbrüder an. »Vier unserer Brüder sind tot. Mylord Coroner, Bruder Athelstan, laßt uns einen Kompromiß schließen. Wenn die Angelegenheit nicht bis Samstag abend erledigt, wenn das Geheimnis bis dahin nicht aufgeklärt ist, dann steht uns frei, zu tun, was wir wollen.«

Athelstan ergriff rasch das Wort, bevor Cranston eine schlimme Situation noch schlimmer machen konnte. »Pater Prior, wir sind einverstanden. Nicht wahr, Sir John?«

»Am Arsch!«

Athelstan schenkte seinen Brüdern ein unechtes Lächeln. »Mylord Coroner läßt sich immer gern überzeugen.« Er rieb sich die Augen. »Pater Prior, ich danke

Euch, daß Ihr gekommen seid.« Er öffnete die Tür. »Am besten lassen wir alles so, wie wir es jetzt entschieden haben.«

Als alle gegangen waren, ließ Athelstan sich erschöpft auf einen Schemel fallen.

»Um der Liebe Gottes willen, Sir John, müßt Ihr denn so unverblümt reden?«

»Mönch, um der Liebe Gottes willen tue ich es ja.«

»Sir John, Ihr wart zu schroff.«

»Leck mich am Arsch, Pfaffe!« Cranston griff nach seinem wunderbaren Weinschlauch und stampfte zur Treppe.

»Sir John!«

»Was ist denn, braves Brüderchen?«

»Danke, daß Ihr die Wahrheit gesagt habt. Ihr seid ein guter Mann, Sir John.« Athelstan lächelte. »Gott verzeihe mir, aber den Gesichtsausdruck dieser beiden Inquisitoren werde ich nie vergessen. Wenn der Pater Prior seine Fassung wiedergefunden hat, wird auch er dankbar sein.«

Cranston funkelte ihn an. »Darauf kann ich dir nur eines erwidern, Mönch, nämlich die juristische Lieblingsmaxime des Justizbeamten, der vor dir steht.«

Athelstan verzog schmerzlich berührt das Gesicht. »Und wie lautet die, Sir John?«

»Verpiß dich.«

»Oh, Sir John.«

»›Oh, Sir John‹ – am Arsch!« brüllte Cranston. »Einer von diesen Drecksäcken hat versucht, dich umzubringen; hast du das vergessen?« Und er polterte weiter die Treppe hinauf.

Kurze Zeit später folgte ihm Athelstan, aber Cranston hatte die Nase in eines der Bücher gesteckt und blätterte geräuschvoll um, unterstützt von großzügigen

Schlucken aus seinem wunderbaren Weinschlauch. Athelstan blätterte weiter in seinem eigenen Band.

»Bei den Zitzen der Hölle!« schnaufte Cranston. »Bruder, sieh dir das an!«

Athelstan trat eilig zu ihm. Der Coroner deutete mit seinem Wurstfinger auf eine Stelle in seinem Buch, wo sieben oder acht Seiten herausgeschnitten worden waren.

»Das ist kürzlich gemacht worden«, stellte der Coroner fest. »Und zwar in Hast.«

Athelstan betrachtete die zerfetzten Reste, und er sah, daß der Rand der Seiten, der von der Bindung noch gehalten wurde, ziemlich matt und verblichen war, aber an der Schnittstelle war das Pergament rein und weiß. Er nahm das Buch, ohne auf Cranstons Proteste und Fragen zu achten, und setzte sich auf sein Bett. Es war ein altes Buch und enthielt die unbedeutenden Werke mehrerer Autoren. Er blätterte es durch, klappte es zu und schaute Cranston an, der ein ratloses Gesicht machte.

»Was immer wir gesucht haben«, murmelte Athelstan, »der Mörder hat es bereits gefunden.«

»Wann denn?« rief Cranston. »Die Bibliothek wurde in den letzten Tagen immer bewacht.«

»Ich weiß es nicht. Vielleicht, als er Callixtus ermordet hat. Vielleicht hat er gesehen, wie der alte Bibliothekar sich nach einem bestimmten Buch streckte, ehe er ihn hinunterstieß. Wie auch immer«, fuhr Athelstan müde fort, »ich vermute, die Seiten aus diesem Buch liegen auf dem Grunde irgendeiner Kloake oder sind zu feiner Asche verbrannt.« Er blies die Backen auf und seufzte. »Laßt uns nur um zweierlei beten, Sir John. Erstens, daß der Kurier, den wir nach Oxford geschickt haben, erfolgreich ist, und daß zweitens das, was er uns dann bringen wird, diese Angelegenheit ein für allemal aufklärt.« Er ließ sich auf das Bett zurücksinken. »Ich schlafe jetzt ein Weilchen, Sir John. Bittet Bruder Norbert, das alles in die Bibliothek zurückzubringen. Wir können vorläufig nichts mehr tun. Laßt uns ruhen. Morgen abend müssen wir in den Palast.«

Als der Coroner nicht antwortete, stemmte Athelstan sich auf dem Ellbogen hoch und sah, daß Sir John bereits schlummerte; er saß wie ein großes Baby auf der Bettkante, nickte mit dem Kopf und schmatzte. Athelstan stand auf, machte es dem Coroner so bequem wie möglich, legte sich in sein eigenes Bett und schlief gleich ein.

DREIZEHN

Bruder Norbert weckte die beiden am späten Nachmittag und fragte, ob alles in Ordnung sei. Athelstan bedankte sich schlaftrunken murmelnd und sagte, die Bücher könnten in die Bibliothek zurück.

»Habt Ihr gefunden, was Ihr suchtet?«

Athelstan rieb sich die Augen und gähnte. »Ja und nein, Bruder.« Er lächelte, als er Norberts verständnisloses Gesicht sah. »Ich kann nur sagen, wir müssen ein Weilchen warten, Sir John und ich.« Er schaute den Coroner an, der auf der Bettkante hockte und gähnte wie ein Kater. »Mylord Coroner und ich haben uns jetzt um andere Dinge zu kümmern.«

Cranston und er wuschen sich und halfen Norbert und einigen anderen Laienbrüdern, die Bücher in die Bibliothek zurückzutragen. Danach gingen die beiden im Obstgarten spazieren. Sie verbannten aus ihren Gedanken, was sie bei ihrem letzten Besuch hier gesehen hatten, und freuten sich am süßen, aromatischen Duft der reifenden Früchte.

»Wir kommen hier nicht weiter«, stellte Cranston fest, »bis der Bote aus Oxford zurückkommt. Ich habe Lady Maude die Anweisung hinterlassen, ihn zu uns weiterzuschicken, egal, wo wir gerade sind.« Er blieb stehen und sah Athelstan an, und sein Blick zeigte nichts von dem gewohnten Bombast und seiner Arroganz. »Bruder, morgen abend um sieben soll ich in die Halle des Lord Gaunt zurückkehren und die Lösung zum Rätsel des Italieners vortragen.« Er faßte Athelstan bei der Schulter. »Ich vertraue auf dich, Bruder. Ich glaube, du hast die Lösung. Ich *weiß*, du hast sie. Bitte, verrate sie mir.« Cranston hob seine große, fette Hand. »Ich schwöre beim Leben meiner Kerlchen, daß ich den Mund halten und niemandem erzählen werde, was du mir anvertraust.«

»Seid Ihr sicher, Sir John?«

»So sicher, wie mein Bauch dick und leer ist.«

»Dann, Mylord Coroner, sollte ich meine Hypothese vielleicht zunächst auf die Probe stellen.«

Nach dem Abendessen ging Athelstan mit Cranston zurück in ihre Schlafkammer.

»Gut, Sir John, dann beginnen wir noch einmal von vorn. Wir haben eine Kammer ohne geheime Zugänge oder Falltüren, und doch geschehen hier vier Morde: Ein junger Mann, ein Kaplan und zwei Soldaten verlieren das Leben. Keines der Opfer hat etwas gegessen oder getrunken, und es gehört zu dem Geheimnis, daß niemand den Raum betreten hat, so daß auch kein Unbekannter die Hand im Spiel gehabt haben kann.« Athelstan zuckte die Achseln. »Nun lehrt uns die Logik, immer nach dem gemeinsamen Nenner zu suchen, nach einem Faktor, der allen Dingen gemeinsam ist. Dies also ist meine Lösung.« Er band seine Satteltaschen auf und legte etliche Gegenstände auf das Bett. Cranston sah aufmerksam zu, wie Athelstan ihre Schlafkammer in das Mordzimmer verwandelte und vorführte, wie jeder der Männer gestorben war, während er dem verblüfften Coroner eine einleuchtende Erklärung gab, warum es geschehen war.

»Das kann nicht sein!« hauchte Cranston. »Das ist unmöglich!«

»Sir John, das ist die einzige Erklärung. Und jetzt will ich es Euch beweisen, indem ich Euch als mögliches Opfer nehme.«

Eine Stunde später mußte Cranston widerwillig

zugeben, daß Athelstans Schlußfolgerung die einzig annehmbare sei.

»Das will ich hoffen«, erwiderte dieser fröhlich. »Denn bei Gott, Sir John, eine andere Antwort wüßte ich nicht.«

»Und wenn du dich irrst?« brummte Sir John. »Wenn wir etwas vergessen haben? Was dann, he? Woher kriege ich das Geld, um den Fürsten von Cremona zu bezahlen?«

Athelstan ließ das Gesicht in die Hände sinken. Er liebte Cranston wie einen Bruder, aber manchmal war der Coroner wie ein quengelndes Kind. Dennoch, er hatte nicht unrecht. Dies war kein simples Gedankenspiel, eines jener Rätsel, wie sie bei den Philosophen von Oxford und Cambridge so beliebt waren. Cranstons Ruf, sein Ansehen als hoher Beamter der Justiz, stand auf dem Spiel. Der Ordensbruder stand auf.

»Darauf weiß ich keine Antwort, Sir John. Ich muß jetzt zum Pater Prior. Ich muß ihm sagen, daß wir morgen fortgehen und erst am Sonntag zurückkommen.« Er klopfte Sir John auf die Schulter. »Schlaft ein wenig. Ihr werdet morgen einen wachen Verstand brauchen.«

Aber als Athelstan zwei Stunden später wiederkam, saß Cranston natürlich da und hielt seinen wunderbaren Weinschlauch im Arm, als wäre es eines seiner Kerlchen.

»Ich hatte noch eine andere Sache mit dem Pater Prior zu besprechen.«

»Was hast du da in der Hand?« Cranston deutete auf die kleine Pergamentrolle, die Athelstan in seine Satteltasche stopfen wollte.

»Nichts, Sir John.«

Cranston tat einen Seufzer. »Du bist ein alter Geheimniskrämer, Athelstan. Aber ich bin zu müde.«

Cranston warf seine Kleider ab und ließ sich mit lautem Krach auf das Bett plumpsen; Athelstan hielt es für ein Wunder, daß er nicht mitsamt seinem Bett geradewegs durch den Fußboden sauste. Nach wenigen Augenblicken schnarchte der gute Coroner. Athelstan sprach seine Gebete, aber diesmal war es weniger das kirchliche Stundengebet als vielmehr die Bitte, seine Lösung für Cranstons Rätsel möge die richtige sein.

Den nächsten Tag verbrachten sie damit, ihre Schlußfolgerung zu erproben. Cranston schickte Bruder Norbert zu seinem Haus in der Cheapside, um zu sehen, ob der Bote aus Oxford zurückgekommen war, und der Lady Maude und seinen beiden Kerlchen die besten Wünsche zu übermitteln. Als Norbert zurückkam, war er voll des Lobes für die gnädige Lady Maude und der Bewunderung für Cranstons springlebendige Jungen. Aber ein Bote, erklärte er, nein, ein Bote sei nicht gekommen.

Cranston und Athelstan verließen das Kloster Blackfriars am frühen Abend. Der Coroner wollte sich in einer der Schenken am Flußufer erfrischen; danach mieteten sie ein Fährboot, das sie flußabwärts zum Palast des John von Gaunt bringen sollte. Schon als die Barke von der Flußmitte zum Ufer steuerte, sahen sie, daß Gaunts Haushalt sie erwartete. Die Kunde von Cranstons Wette hatte sich anscheinend bei Hofe herumgesprochen. Seidengeschmückte Barken glitten bereits auf den privaten Kai zu, wo Bedienstete in Gaunts Livree mit brennenden Fackeln warteten. Über ihnen knatterten Banner mit den königlichen Wappen von England, Frankreich, Kastilien und Leon im Wind, der vom Fluß her wehte.

Als Cranston und Athelstan an Land kamen, wurden sie von einem in strahlenden Goldbrokat gekleideten

Kammerherrn mit weißem Amtsstab mit goldener Spitze begrüßt und durch die Menschenmenge auf hellerleuchteten Gängen in die Große Halle geführt, die zu diesem Anlaß prächtig hergerichtet war. Auf dem schwarzweißen Marmorboden standen weich gepolsterte Bänke für die Zuschauer, und die Wände waren mit farbenprächtigen Teppichen bedeckt. Diskret standen Bewaffnete in silbernen Brustpanzern und mit gezückten Schwertern davor. Der mächtige Eichenholztisch auf der Estrade leuchtete im Glanz von Hunderten von Bienenwachskerzen, so daß das hintere Ende des Raumes fast so hell strahlte wie an einem herrlichen Sommertag.

Der Kammerherr geleitete sie auf die Estrade und zu den Stühlen, die dort in weitem Halbkreis hinter dem Tisch standen.

»Ihr sollt hier warten«, erklärte er. »Seine Gnaden, der Herzog von Lancaster, und andere Mitglieder des Hofes speisen allein.«

Cranston spürte die Geringschätzung, die in den Worten des Mannes lag.

»Wie heißt Ihr, Kerl?«

»Simon, Sir John. Simon de Bellamonte.«

»Nun, Simon«, sagte Cranston zuckersüß, »wir sind nicht hier, um uns anstarren zu lassen. Ihr werdet die Tür der Halle geschlossen halten und meinem Schreiber und mir zwei große Becher vom berühmten Rheinwein des Lord von Gaunt servieren, den er in den Kellern dort unten kühl hält.«

Der Kammerherr verzog die Lippen zu einem essigsauren Lächeln. »Die Tür muß aber offenbleiben«, protestierte er quäkend.

»Ach, verpißt Euch«, zischte Cranston. »Bringt uns wenigstens Wein, oder ich sage dem Lord von Gaunt, daß seine Gäste schlecht behandelt wurden.«

»Master Bellamonte«, sagte Athelstan leise, »Sir John hat schrecklichen Durst; Eure Freundlichkeit in dieser Angelegenheit würde deshalb hochgeschätzt werden.«

Der Kammerherr richtete sich zu voller Größe auf und stolzierte mit der Anmut einer watschelnden Ente hinaus. Die Höflinge blieben in der Halle, aber wenigstens bekam Sir John seinen Wein, und zwar einen großen, randvollen Zinnbecher davon. Er stürzte ihn in einem Zug herunter, schmatzte und streckte den Becher aus.

»Mehr!« befahl er. »Oh, mein bevorzugter Ordensbruder, ich könnte mich leicht an diesen Luxus und Reichtum gewöhnen.«

Er sah dem Diener nach, der davoneilte, und warf dann einen wütenden Blick auf die Höflinge, die verstohlen zu ihm heraufgafften.

»Die alten Tage sind dahin«, murmelte er. »Sieh sie dir an, Athelstan. Kleiden sich wie Weiber, gehen wie Weiber, riechen wie Weiber und reden wie Weiber.«

»Ich dachte, Ihr liebt die Weiber, Sir John.«

Cranston leckte sich die Lippen. »Oh ja, aber Lady Maude ist soviel wert wie tausend von denen hier.« Er stampfte mit dem Fuß auf. »Lady Maude ist England!«

Athelstan musterte den Coroner wachsam. Nichts war gefährlicher als Sir John, wenn er in weinerliche, nostalgische Stimmung fiel.

»Ich weiß noch«, fuhr der Coroner flüsternd fort, »wie ich mit den Vätern dieser Männer Schulter an Schulter bei Poitiers stand und die Franzosen gegen uns anrannten wie eine Woge aus Stahl.« Er klopfte sich auf den Bauch. »Ich war schlanker damals, schärfer – wie ein Greyhound. Schnell im Angriff, wild im Kampf. Wir waren Falken, Athelstan, und wir stießen wie ein Blitz auf unsere Feinde herab.« Er schnaufte geräuschvoll durch die Nase, und sein weißer Schnurrbart sträubte sich. »Oh, diese Zeiten«, flüsterte er. »Diese Wollust, diese Trunkenheit.« Er schüttelte den Kopf und warf dann einen kurzen Blick auf Athelstan, der mit gesenktem Kopf dasaß, damit Cranston nicht sah, daß er lächelte.

»Was habt Ihr, Sir John?« fragte er unvermittelt.

»Weiß der Himmel! Daß ich mich herzitieren lasse, daß ich einem wie Gaunt auf den Leim gehe. Ich kannte seinen Vater, den goldblonden Edward, und seinen älteren Bruder, den Schwarzen Prinzen, Gott schenke ihm die ewige Ruhe.« Cranston wischte sich eine Träne aus dem Auge. »Ein wilder Kämpfer, der Schwarze Prinz! In der Schlacht wagte sich keiner in seine Nähe! Er tötete alles, was sich bewegte, alles, was er durch die Sehschlitze seines furchtbaren Helms sah. Wenigstens drei Pferde schlug er unter sich tot, weil er ihre Köpfe und Ohren für nahende Feinde hielt.«

»Sir John«, mahnte Athelstan, »vergeßt die Vergangenheit. Wißt Ihr noch, was wir vereinbart hatten? Ihr müßt die Geschichte selbst erzählen.«

Cranston schnippte mit den Fingern. »Feentitten! Denen werde ich eine Geschichte erzählen!« Er funkelte Athelstan wütend an. »Ich hoffe bloß, es ist die richtige Geschichte.«

Der Diener brachte noch einmal einen Becher Wein. Athelstan schloß die Augen und betete, der Coroner möge sich keinen allzugroßen Rausch antrinken und die Lösung des Rätsels vergessen. Sir John aber trank hin und wieder mit halbgeschlossenen Augen aus seinem Becher und schaute verachtungsvoll in die Halle. Athelstan merkte, daß er im stillen immer noch die Dekadenz der jüngeren Generation beklagte. Plötzlich erklang schrilles Trompetengeschmetter. Eine Schar junger Knappen mit bunten Bannern kam in die Halle. Sie stellten sich zu beiden Seiten eines in den rot-blau-goldenen Farben des englischen Königshauses gekleideten Herolds auf. Dieser blies drei durchdringende Fanfaren auf einer langen, silbernen Trompete und verlangte mit lauter Stimme Stillschweigen für »Seine Gnaden, den König, Seinen allervornehmsten Onkel John, Herzog von Lancaster, und seinen teuren Cousin, den Fürsten von Cremona«.

König Richard kam herein; er trug ein blaues Gewand mit goldenen Löwen und den silbernen Lilien Frankreichs. An seiner Seite ging Lancaster in braungoldenem Mantel und mit einem silbernen Diadem im lohfarbenen Haar; auf der anderen Seite kam Cremona in Schwarz und Silber, auf dem Gesicht ein selbstzufriedenes Lächeln. Hinter ihnen kämpfte das höfische Gefolge in pfauenbunten Kleidern um die besten Plätze. Der junge König klatschte in die Hände, als er Cranston sah, und wäre wie ein normales Kind auf ihn zugelaufen, hätte Gaunt ihn nicht mit seiner beringten Hand zurückgehalten.

»Mylord Coroner!« rief der Knabenkönig. »Ihr seid mir höchst willkommen.«

Cranston und Athelstan, die sich erhoben hatten, als der Herold hereingekommen war, beugten das Knie.

»Euer Gnaden«, murmelte Cranston, »Ihr erweist mir eine große Ehre.«

Er wartete, bis Richard sich genähert hatte, nahm dann die kleine, alabasterweiße Hand und küßte sie geräuschvoll, was bei den zuschauenden Höflingen leises Gekicher auslöste. Der Coroner hob halb den Kopf. »Euer Gnaden, kennt Ihr meinen Schreiber?«

Der König drehte sich um, ohne Cranstons dicke Hand loszulassen; er lächelte und nickte dem Dominikaner zu. »Natürlich. Bruder Athelstan, Ihr seid wohlauf?«

»Ja, Gott sei's gedankt, Euer Gnaden.«

»Gut!« Der König klatschte in die Hände. »Liebster Onkel«, rief er über die Schulter, und Athelstan entging nicht das stählerne Glitzern in Auge und Stimme des Jungen. Der Ordensbruder blickte rasch zu Boden. Richard haßte seinen mächtigen Onkel, und eines Tages würde diese Sache blutig geregelt werden.

»Liebster Onkel«, wiederholte der junge König, »alle sollen Platz nehmen. Sir John und Bruder Athelstan, Ihr sollt zu meiner Rechten sitzen, gleich neben meinem Onkel.«

Cranston und Athelstan richteten sich auf, Gaunt begrüßte sie in seidigem Ton, und der italienische Fürst ebenfalls. Ihr spöttisches Lächeln entging Athelstan nicht. Sie hatten Cranston genau beobachtet; der Coroner hatte einen Rausch, und sie sahen die Wette für ihn schon verloren. Wieder gab es den üblichen Aufruhr, als die Höflinge sich um Plätze auf der Estrade balgten. Der Herold blies weitere Fanfarenklänge auf seiner Silbertrompete, und Gepolter und Geschrei erfüllten die Halle, als die Leute ihre Plätze einnahmen. Der König lächelte mit leuchtenden Augen und aufgeregter Miene über den Tisch hinweg Athelstan und Cranston zu, und dieser war plötzlich nüchtern. Hier stand mehr auf dem Spiel als tausend Kronen. Gaunt wartete darauf, daß er scheiterte, und der junge König wollte, daß sein Onkel besiegt und daß dem arroganten italienischen Fürsten gezeigt wurde, von welcher Kraft der englische Geist in Wahrheit sei.

Endlich befahl der Herold Schweigen, und der König stand auf, ohne auf seinen Onkel zu warten.

»Mein geliebter Onkel, Fürst von Cremona, Gentlemen – die Wette ist inzwischen allgemein bekannt. Vor zwei Wochen hat unser Gast« – die königliche Hand legte sich auf das Handgelenk des italienischen Lords zu seiner Linken – »uns ein Geheimnis vorgetragen. Ein Geheimnis, das den Verstand und das Wissen der Gebildeten an seinem Hofe und auch anderswo auf eine harte Probe gestellt hat. Sir John hat eine Wette um eintausend Kronen akzeptiert.« Der junge König schnippte mit den Fingern, und aus dem Schatten trat ein Page mit einem scharlachroten Kissen, auf dem eine versiegelte Schriftrolle lag. Richard nahm sie zur Hand. »Hier liegt die Antwort. Nun, Ihr Herren, ist einer hier in der Halle, der das Geheimnis lösen kann?«

Verneinendes Gemurmel erhob sich. Der italienische Fürst beugte sich vor, und sein selbstgefälliges Lächeln war für jedermann sichtbar. Der König wandte sich an Cranston. »Mylord Coroner, könnt Ihr es?«

Cranston erhob sich, ging um den Tisch herum und trat vorn an die Estrade. Er verbeugte sich tief.

»Euer Gnaden, ich glaube, ich kann es.«

Ein tiefer Seufzer ging durch die Halle. Der König setzte sich und warf Athelstan einen mutwilligen Blick zu. Gaunt lehnte sich auf seinem Stuhl zurück, stützte die Ellbogen auf die Armlehnen und formte die Hände zu einem Spitzdach, während der italienische Fürst nervös an seiner Unterlippe zu nagen begann. Sir John, ein vollendeter Schauspieler, schlüpfte derweil von einer Rolle in die andere – er war nicht mehr der bombastische Ritter, der vertrottelte Trunkenbold oder der wütende Justizbeamte. Athelstan verschränkte die Arme. Cranston würde jetzt demonstrieren, daß sich hinter dem fetten roten Gesicht und den ungekämmten Grauschädel ein Verstand verbarg, der ebenso scharf war wie nur irgendeiner in Universität, Kanzlei oder Gerichtssaal.

Sir John spielte sich warm; er ging auf der Estrade auf und ab und wartete, daß das Gemurmel verstummte. Er fing erst an, als er die Aufmerksamkeit aller Anwesenden hatte. Dann drehte er sich um, und seine blauen Augen schauten den jungen König an.

»Euer Gnaden, ich glaube, mit dem Geheimnis verhält es sich folgendermaßen.« Cranston fuhr sich mit der Zunge über die Lippen und hob die Stimme, damit ihn alle hören konnten. »Ein junger Mann schlief in der scharlachroten Kammer und wurde tot am Fenster aufgefunden. Ein Priester aus dem Dorf, der durch den Schnee heraufgekommen war, starb desgleichen. Am rätselhaftesten aber war der Tod zweier Soldaten, die in der Kammer Wache hielten.«

Cranston wandte sich halb um. »Ihr erinnert Euch vielleicht, daß der eine den anderen mit seiner Armbrust erschoß, bevor er selbst zusammenbrach und starb.« Er ließ eine wirkungsvolle Pause eintreten. »Niemand sonst hat das Zimmer betreten. Es gab keine geheimen Türen oder Gänge. Kein vergiftetes Essen oder Trinken wurden gebracht. Vier Menschen starben, einer davon durch eine Armbrust. Drei aber« – Cranston hob die Hand – »wurden vergiftet.«

»Wie denn?« fragte Cremona.

»Mylord, der Mörder war das Bett.«

Athelstan sah den überraschten Blick des Italieners. Cranston war auf der richtigen Fährte.

»Erklären! Erklären!« rief König Richard.

Gaunt hielt die Hand vor den Mund und drehte den Kopf leicht zur Seite. In der Halle herrschte Totenstille; die Herablassung auf den Gesichtern verschwand zusehends. Athelstan schaute sich um. Sogar die Bannerträger und die Gardesoldaten in ihrer königlichen Livree starrten Cranston an, und der Dominikaner erkannte, daß er so sehr in die Angelegenheiten in Blackfriars und in St. Erconwald vertieft gewesen war und nicht erfaßt hatte, wie weit das Interesse an Cranstons Wette ging. Jetzt erst begriff er endlich, weshalb Lady Maude so besorgt war: nicht nur, weil Cranston tausend Kronen aufs Spiel gesetzt hatte, sondern auch, weil er hier seinen Ruf riskiert hatte, und der war sehr viel wert. Er hatte riskiert, als eine Art Hofnarr abgetan zu werden, statt weiterhin als Coroner des Königs in der Stadt London Anerkennung und Achtung zu genießen.

Cranston stand da mit gespreizten Beinen, hatte die Daumen hinter seinen Gürtel geschoben und genoß das erwartungsvolle Schweigen.

»Sir John«, blaffte Gaunt, »wie kann ein Bett ein Mörder sein?«

»Schon manch einer ist im Bett gestorben, Mylord.«

»Wir warten auf Eure Erklärung«, war die knappe Antwort.

Cranston trottete schwerfällig zum Tisch, hob seinen Weinbecher und schlürfte geräuschvoll.

»Das Bett«, begann er dann und wandte sich in die Halle, »war anders als jedes andere. Ein Kissen oder eine Matratze stopft man mit Stroh aus – bei den Armen jedenfalls. Bei den Reichen nimmt man Schwanenfedern.« Cranston ging plötzlich zurück zu seinem Platz und hob seinen Mantel auf, den er dort hatte zu Boden fallen lassen. Er rollte ihn zu einem Bündel zusammen. »Wenn ich auf meinen Mantel klopfe, steigt Staub auf. Seht Ihr – ein gewöhnliches Ereignis. Im Frühling hängen die braven Bürgerinnen von London ihre Teppiche und Wandbehänge hinaus, um sie kräftig auszuklopfen. Ihr, Sir« – Cranston deutete auf einen

Soldaten –, »nehmt Euer Schwert.« Cranston grinste Gaunt an. »Mit Mylords Erlaubnis – schlagt so heftig, wie Ihr könnte, mit der flachen Seite Eures Schwertes auf den Wandteppich hinter Euch.«

Der Soldat legte eine Hand auf den Schwertgriff und schaute Gaunt an.

»Sagt es ihm, Onkel«, befahl der König.

Gaunt bewegte herablassend die Finger. Athelstan schaute zu; Cranston hatte einen Wandteppich und einen Soldaten ausgesucht, den jedermann sehen konnte, hell beleuchtet von den Fackeln in den Wandhaltern und den hohen Kerzen auf den Tischen. Der Soldat schlug auf den Wandteppich.

»Fester, Mann!« rief Cranston.

Der Soldat gehorchte mit Vergnügen, und noch von seinem Platz aus konnte Athelstan die Staubwolken sehen, die durch die Halle wehten.

»So«, fuhr Cranston fort. »Mit dem Bett in der scharlachroten Kammer verhielt es sich ähnlich. Es war durchsetzt von einem giftigen Staub. Jeder, der im Zimmer stand, war ungefährdet.« Cranston grinste und breitete die Arme aus. »Aber wir alle wissen, was im Bett geschieht, selbst wenn man allein ist.«

Leises Gelächter erhob sich.

»Das erste Opfer lag also im Bett und drehte und wälzte sich hin und her, ohne zunächst zu spüren, wie sich der Staub in Nase und Mund setzte. Endlich aber bemerkte der Mann, daß etwas nicht stimmte und daß er dem Tode nahe war. Er lief zum Fenster und wollte es öffnen. Aber die Kammer war ja seit Jahren nicht mehr benutzt worden. Fensterriegel und Griffe ließen sich nicht bewegen, und der junge Mann starb, wo er stand.«

Cranston drehte sich um und sah den Italiener an.

Der Edelmann starrte mit offenem Mund zurück, und in seinen dunklen Augen lag Resignation.

»Und der Priester?« fragte Gaunt.

»Nun, Mylord, überlegt doch einmal. Er kommt in die Kammer. Er tut, was er tun muß, aber er ist müde, und er friert. Er ist ja eben durch tiefe Schneeverwehungen hergekommen. Was macht er also?«

»Er legt sich aufs Bett! Er legt sich aufs Bett!« schrie der junge König.

Cranston deutete eine Verbeugung an. »Euer Gnaden, Ihr seid überaus aufmerksam. Auch er legt sich dort nieder und treibt das Gift hervor. Er wacht auf und macht alles noch schlimmer, indem er um sich schlägt. Er kämpft sich aus dem Bett, bricht zusammen und stirbt auf dem Boden.«

»Und die beiden Soldaten?« fragte Cremona verzweifelt. »Erinnert Euch, Sir John, nur einer lag auf dem Bett.«

Cranston spreizte die Hände. »Mylord, Ihr sagtet doch, der Schütze lag auf dem Bett und hatte einen Bolzen in der Armbrust, ja?«

Der Italiener nickte.

»Er war ein geschickter Bogenschütze?«

Wieder nickte Cremona. Cranston wandte sich den übrigen Gästen zu.

»Stellt Euch also die Szene vor. Mitten in der Nacht erwacht der erfahrene Bogenschütze, der alte Soldat, weil er erstickt. Er macht ein Geräusch, weckt seinen Gefährten, aber er liegt schon im Sterben. Er versteht nicht, warum er nicht atmen kann. Er sieht eine dunkle Gestalt, die sich bewegt, und in den letzten Augenblicken des Todeskampfes, als geborener Schütze« – Cranston wandte sich um und schwelgte in dem leisen Applaus, den seine Schlußfolgerung hervorrief –, »schießt der Mann. Sein Kamerad ist tot, und der Bogenschütze taumelt vom Bett und stirbt neben ihm.«

Cranston drehte sich um und verneigte sich vor dem König; lauter Beifall brandete los, die Höflinge klatschten jetzt heftig und trampelten mit den Füßen. Cremona legte sich auf seinem Stuhl zurück und starrte zur Decke. Gaunt stützte das Kinn in die Hand und blickte in die Halle, aber der junge König war so aufgeregt, daß er kaum stillsitzen konnte. Seine Hand schwebte über dem weißen Dokument auf dem scharlachroten Kissen. Cremona erhob sich.

»Sir John, wie könnte ein Bett denn ein derartiges Gift enthalten?«

Der Coroner zuckte die Achseln. »Mylord, danach war nicht gefragt. Aber es gibt Gifte, Tränke, Pulver, die stark genug sind, einen Menschen zu töten, wenn er sie nur einatmet.« Cranston richtete sich auf. »Was ich sage, ist wahr. Jegliches Gift, sei es Digitalis, Belladonna oder Arsen, ist gleich tödlich, wenn man es zu feinem Staub zermahlt. Das Problem besteht nur darin, genug davon zusammenzubekommen. Ich vermute, die Matratze dieses Bettes war mit Gift im Werte eines Vermögens vollgestopft.«

Cranstons Worte lösten allgemeine Zustimmung aus. Der italienische Edelmann nahm die Schriftrolle und reichte sie dem König.

»Euer Gnaden, Ihr mögt sie öffnen, aber das ist kaum noch notwendig. Sir John hat seine Wette gewonnen.« Cremona beugte sich plötzlich vor. »Mylord, Eure Hand.«

Athelstan sah zu, wie Cremona, gefolgt von Gaunt, dem König und den Höflingen, Sir John die Hand schüttelte. Als der Trubel sich gelegt hatte, wurde die versiegelte Schrift geöffnet. Gaunt verlas eine Lösung, deren Worte den von Cranston vorgetragenen beinahe gespenstisch ähnlich waren.

»Sir John!« rief Cremona durch das Getöse. »Die eintausend Kronen! Sie werden Euch Montag zugestellt! Ich wünsche Euch alles Gute.«

Der italienische Fürst verbarg tapfer seine Enttäuschung, als er nun hinausrauschte. Nach ein paar beglückwünschenden Worten folgte ihm Gaunt, und auch die anderen Höflinge verschwanden jetzt. Der junge König blieb noch und winkte Cranston, er möge sich zu ihm herabbeugen, damit er ihm etwas ins Ohr flüstern könnte. Die Freude in Cranstons Miene verschwand. Er nickte nur und machte ein trauriges Gesicht, als der junge Richard die Halle verließ. Athelstan, der absichtlich im Hintergrund geblieben war, stand jetzt auf und hakte sich bei Cranston unter.

»Meinen Glückwunsch, Sir John!«

Cranston schaute ihn durchtrieben an. »Sei nicht sarkastisch, Bruder. Wir wissen beide, wer das Geheimnis gelöst hat.«

»Nein, nein.« Athelstan drückte seinen Arm. »Sir John, Ihr wart großartig.«

»Die tausend Kronen gehören dir.«

Athelstan wich zurück. »Sir John, wozu brauche ich tausend Kronen?«

Der Coroner verzog das Gesicht. »Da wären die Armen ...«

»Arme wird es immer geben, Sir John. Ihr seid schließlich auch kein reicher Mann.« Athelstan lächelte. »Eure Honorare sind klein. Bestechen laßt Ihr Euch nie. Euer Reichtum ist Lady Maudes Mitgift, nicht wahr?«

Cranston schüttelte nur stumm den Kopf und blickte zur Seite.

»Hört zu, Mylord Coroner.« Athelstan führte ihn hinaus. »Gebt hundert Kronen den Armen, kauft Lady Maude, was sie sich wünscht, und Euch selbst ein neues Gewand, und investiert den Rest bei den Bankiers in der Lombard Street. Vergeßt nicht, Ihr habt die beiden Kerlchen. Wenn sie größer werden, brauchen sie eine Ausbildung. Die Hallen von Oxford und Cambridge erwarten sie.«

»Quatsch, Athelstan!« dröhnte der Coroner. »Meine beiden Söhne werden Dominikaner!«

Athelstan lachte auf, und sie wanderten durch die Gärten hinunter zum Fluß.

Das gutmütige Geplänkel ging weiter, während die Bootsleute sie über das rauhe Wasser der Themse zur Eastgate Wharf ruderten, wo die Fleet ihren ganzen Dreck in die Themse entließ. Als sie aus dem Boot kletterten und den Ruderer bezahlten, mußten sie sich Mund und Nase zuhalten, so übel war der Gestank. Obwohl es schon dunkel wurde, sah Athelstan die aufgedunsenen Kadaver von Hunden und Katzen und die menschlichen Exkremente und Abfälle, die wie ein dicker, schmieriger Brei auf dem Wasser schwammen.

»Bei den Zähnen der Hölle!« flüsterte Cranston. »In meiner Abhandlung über die Verwaltung dieser Stadt werde ich dem ein Ende machen.«

»Wie das, Sir John?«

Cranston deutete die Thames Street hinunter. »Ich habe die alten Karten studiert, Bruder. Wußtest du, daß die Römer in der Stadt Kloaken angelegt haben, die von unterirdischen Wasserläufen gesäubert wurden? Ich sehe nicht ein, wieso wir es nicht genauso machen können.«

Über Einzelheiten von Sir Johns Abhandlung diskutierend, gingen sie in die Knightrider Street, bogen nach links in die Friday Street und die inzwischen stille Cheapside. Die Sonne war untergegangen, und das Leuchtfeuer auf St. Mary Le Bow flackerte vor dem dunkler werdenden Himmel; die Verkaufsstände waren abgebaut, und Hunde und Katzen stöberten im Müll. Laternenhörner hingen an Haken über jeder Haustür; die Stadt war zur Ruhe gegangen und hatte sich dem dunklen Wirken der Londoner Nächte überlassen. Schon sammelten sich die Bettler an den Durchgängen zwischen den Häusern und hielten wachsam Ausschau nach den Bütteln. Ein paar junge Stutzer, schon jetzt halb betrunken, schwankten Arm in Arm zu den Bordellen und Wohnungen der Dirnen in der Cock Lane.

»Werdet Ihr Lady Maude alles erzählen?« fragte Athelstan, als sie vor den Stufen von St. Mary Le Bow standen.

Cranston schüttelte den Kopf. »Eins nach dem anderen, Bruder. Ich habe rasenden Durst. Dem Sieger gebührt die Beute, und ich werde mir den größten Becher Rotwein genehmigen, den das ›Heilige Lamm‹ auftreiben kann.«

Athelstan schluckte seinen Protest hinunter. Er mußte zugeben, daß Sir John sowohl eine Belohnung als auch eine Erfrischung verdient hatte, und fragte sich beiläufig, ob der Coroner in seiner Aufregung vergessen hatte, den wunderbaren Weinschlauch zu füllen.

Sir John rauschte in das »Heilige Lamm Gottes« wie der Nordwind und warf den Bettlern, die sich vor der Tür herumtrieben, ein paar Pennies zu. Er spendierte allen Gästen ein Glas und drückte jedem Schankburschen eine Münze in die Hand. Der Wirt und seine rundliche Frau, die sich anscheinend immer aneinander festhielten, wurden einzeln umarmt und bekamen je einen dicken Kuß auf die Wange. Am besten Tisch wurde Platz gemacht, und man servierte eine Schüssel Lammfleisch, behutsam über dem Holzkohlenfeuer geschmort und stark gewürzt, mit Lauch und Zwiebeln in einer Sauce aus Bratensaft. Athelstan merkte, wie hungrig er war, und bestellte sich das gleiche, aber er hielt sich an Wein mit Wasser, während Sir John den besten Rotwein und den größten Becher kommen ließ, den das »Heilige Lamm« besaß.

Sir John schlang sein Essen gierig hinunter und wischte seinen Zinnteller mit Brocken vom allerfeinsten Weißbrot sauber; dann trank er Athelstans halbleeren Becher aus und lehnte sich mit halbgeschlossenen Augen zurück.

»Ich war großartig«, murmelte er. »Dabei war Cremona für einen Italiener gar nicht übel – aber hast du Gaunts Gesicht gesehen? Eiskalt ist der. Nur einmal habe ich gesehen, wie die Maske verrutschte.« Cranston klopfte sich auf den Bauch. »Wenn Blicke töten könnten, dann wäre mir der Kopf von den Schultern geflogen.«

»Was hat eigentlich König Richard gesagt?« fragte Athelstan. »Ihr wißt schon, am Ende, als er Euch etwas ins Ohr flüsterte.«

Cranston setzte sich auf und schaute ernst. Er schaute sich wachsam um, denn Gaunts Spitzel waren überall. »Hast du je die Augen des jungen Königs betrachtet?« flüsterte er. »Sie sind wie Eissplitter. Von so hellem Blau, daß sie beinahe farblos sind. Ich kannte einmal einen Arzt, der sagte, ein solcher Blick sei der eines Mannes, dessen Geist gestört sei.«

Athelstan rückte näher heran. »Ihr glaubt, der junge König ist wahnsinnig, Sir John?«

Cranston schüttelte den Kopf. »Nein, nein, aber es ist Wahnsinn ihn ihm. Wenn er älter wird, könnte Richard einer der größten Könige werden, die das Reich je gekannt hat. Aber gerät er in falsche Hände, heiratet er die falsche Frau oder hört er auf böse Ratgeber, dann könnte er ein Tyrann werden, der keine Opposition duldet.« Cranston wischte sich mit dem Handrücken den Mund. »Aber das liegt in der Zukunft, Bruder. Was er mir heute abend sagte, war, daß auch er vermutet habe, es sei das Bett gewesen, denn er habe selbst schon vorgehabt, seinen Onkel auf diese Weise zu ermorden!« Cranston griff nach seinem Becher. »Bei Gott, Bruder«, flüsterte er, »ich konnte es nicht glauben. Der König sagte das so eiskalt, wie ein anderer eine Bemerkung über das Wetter macht oder über ein Paar Handschuhe, die er sich kaufen will. Ich sage dir eins, Athelstan: Gaunt wird die Macht nicht gern aus der Hand geben, und der junge König haßt ihn deswegen. Ich muß aufpassen, daß ich nicht in das Blutbad hineingezogen werde, zu dem es sicher kommen wird.«

Athelstan füllte Cranstons Becher. »Kommt, Sir John, vergeßt jetzt die Politik des Hofes. Ihr seid um tausend Kronen reicher. Ihr habt Eurem Namen große Ehre gemacht. Lady Maude erwartet Euch, und Euer Becher ist randvoll.«

»Bevor ich in Ausschweifung und Sünde versinke«, antwortete Cranston, »berichte mir doch von der Sache in Blackfriars.«

Athelstan fuhr mit der Fingerspitze über den Rand seines Bechers. »Sir John, dieser Fall ist einzigartig. Ist Euch klar, daß wir keinerlei Beweis haben? Nicht einen Fetzen Material, mit dem wir jemanden anklagen, geschweige denn verhaften könnten. Noch nie haben wir es mit einer derartigen Angelegenheit zu tun gehabt. Ich glaube, alles steht und fällt mit dem Namen Hildegarde. Jetzt kommt, Sir John.«

Cranston brauchte keine zweite Aufforderung, und als sie zwei Stunden später zur Tür hinauswankten, gröhlte er ein hübsches Liedchen über das Strumpfband einer jungen Lady, bei dem Athelstan lieber nicht zuhörte. Auch er war höchst unsicher auf den Beinen. So taumelten sie die Cheapside entlang; Cranston kümmerte sich nicht um Athelstans Mahnungen, still zu sein, und fuhr fort, die Beine der jungen Dame zu schildern. Zwei Büttel kamen herbei, aber als sie Sir John erkannten, machten sie kehrt und ergriffen die Flucht.

Lady Maude erwartete sie. »Oh, Sir John!« klagte sie. »Was ist denn das?«

Sie half ihrem Mann durch die Tür. Sir John glotzte lüstern die Amme an, die mit den schlafenden Kerlchen im Arm am Fuße der Treppe stand, und warf ihr Kußhände zu. Cranston, gestützt von Lady Maude auf der einen und Athelstan auf der anderen Seite, taumelte in die Küche und kletterte auf den Tisch.

»Ihr seht hier«, lallte er, »Sir John Cranston, den königlichen Coroner der Stadt London, den Schrecken der Diebe, die Heimsuchung der Halunken, den Vorkämpfer für verlorene Fälle, den Entwirrer von Geheimnissen.«

Lady Maude stand mit gefalteten Händen da und schaute zu ihrem Mann auf, der schwankend auf dem Tisch stand. Dann sah sie Athelstan durchdringend an.

»Bruder, hat Sir John das Geheimnis aufgeklärt?«

»Jawohl, Mylady. Er war großartig. Er ist wahrlich der Coroner des Königs. Reicher, wenn auch nicht klüger geworden.«

Athelstan hatte plötzlich das Gefühl, daß der Raum ins Schwanken geriet, und er bereute bitterlich, daß er Cranston beim letzten Becher Wein geholfen hatte. Müde setzte er sich hin, der Coroner strahlte wie ein jovialer Bacchus auf seine Frau herab und breitete die Arme aus.

»Du hast nicht an mich geglaubt, Weib!« donnerte er.

»Ach, Sir John«, wisperte Lady Maude und berührte sanft sein Knie, »ich glaube stets an Euch.« Sie machte ein demütiges Gesicht. »Wie ich Euch nachher beweisen will«, fügte sie leise hinzu.

Sir John kam polternd vom Tisch und deutete auf Athelstan. »Natürlich hat mein Schreiber mir geholfen.« Sir John schwankte gefährlich und schaute die Amme an. »Oh, meine Kerlchen«, murmelte er. »Ihr wärt so stolz auf euren Vater. Reizende Bengel«, fuhr er fort. »Ganz, ganz reizende Bengel. Sie werden Dominikaner, wußtest du das schon?«

Dann sank er auf den Tisch und schlief gleich fest ein. Lady Maude machte es ihm bequem; Athelstan segnete die Kerlchen, und die Amme und die schlaftrunkenen übrigen Bediensteten wurden aus der Küche gescheucht. Lady Maude servierte Athelstan einen großen Humpen vom kühlsten Wasser und ein wenig Zwiebelsuppe, und dabei löcherte sie ihn mit Fragen und gab sich erst zufrieden, als er ihr in allen Einzelheiten von Sir Johns großartigem Triumph im Palast berichtet hatte. Mit großen Augen hörte sie zu und ging dann zu dem Tisch, auf dem Sir John, alle Viere von sich gestreckt, lag und schnarchte wie ein Donnerwetter. Sie beugte sich über ihn und küßte ihn sanft auf die Stirn.

»Bruder Athelstan, er trinkt zuviel«, sagte sie leise. »Aber das liegt an der Bürde des hohen Amtes, an seiner Verantwortung für die Kerlchen und an den schrecklichen Dingen, die er zu sehen bekommt.«

Athelstan war inzwischen nüchterner geworden; er lächelte, stand auf und ging hinüber. »Er ist ein guter

Mann, Lady Maude. Er ist einzigartig. Es gibt nur einen Cranston. Gott sei Dank.«

»Sollten wir ihn nicht wegbringen?« fragte sie.

Athelstan rieb sich die Augen. »Lady Maude, ihm ist doch ganz behaglich. Vielleicht noch ein Kissen unter den Kopf und eine dicke Decke, denn die Nacht könnte kalt werden.« Er zeigte auf den Stuhl. »Ich schlafe hier, zur Buße für meine Sünden.« Er tätschelte Lady Maudes Schulter. »Geht nur zu Bett«, sagte er. »Sir John wird nichts passieren.«

»Seid Ihr sicher, Bruder?«

»Er schläft den Schlaf des Gerechten, Lady Maude.«

»Ach, Bruder!« Sie schlug die Hand vor den Mund. »Es tut mir leid – der Kurier ist aus Oxford zurückgekommen und hat ein Paket für Sir John gebracht.«

Sie huschte hinaus und kam mit einem kleinen Lederbeutel zurück, der oben zugebunden und versiegelt war.

Athelstan erbrach das Siegel, während Lady Maude es ihrem Mann plaudernd, als wäre er hellwach, für die Nacht bequem machte. »So, so, mein Liebster«, gurrte sie. »Ja, ja, noch den pelzgefütterten Mantel. Und herunter mit den Stiefeln.«

Athelstan blickte auf. Lady Maude führte zärtliche Reden, wie sie sie niemals benutzen würde, wenn Sir John wach wäre. So gern er das Buch durchgeblättert hätte, das er jetzt in den Händen hielt, war er doch plötzlich traurig und ziemlich einsam, als er zusah, wie sie ihren schlummernden Gatten wie ein Schmetterling umflatterte. Er mußte an Bruder Pauls Worte denken: »Die Liebe ist seltsam, Athelstan, und sie nimmt viele Formen an. Manchmal läßt sie uns erfrieren, und manchmal verbrennt sie uns. Aber sei niemals ohne sie, denn es gibt einen Schmerz, der schlimmer ist als der, den die Liebe uns zufügt, und das ist die furchtbare Einsamkeit, wenn die Liebe gegangen ist.« Athelstan dachte an Benedicta und wußte im Grunde seines Herzens, daß es die tiefe Freundschaft zwischen Lady Maude und Cranston war, wonach er lechzte: berührt zu werden, umschwärmt und umsorgt.

»Fehlt Euch etwas, Bruder?«

»Nein, nein.«

Er wandte sich ab, schlenderte zum Feuer und betrachtete aufmerksam den verblichenen Einband des Buches. Er warf einen Blick auf den Streifen Pergament, der zwischen den Blättern steckte und Grüße von einem Mit-Dominikaner aus der theologischen Fakultät zu Oxford übermittelte. Dann setzte er sich und blätterte gründlich in dem Buch; es war das gleiche wie das, das er und Cranston in Blackfriars gefunden hatten. Behutsam blätterte er die gelben, knisternden Seiten um, bis er bei denen ankam, die in dem ersten Exemplar gefehlt hatten. Sein Kollege in Oxford hatte Hildegarde gefunden. Ein kalter Schauer durchrieselte Athelstan.

»Bruder?«

»Ja, Lady Maude?«

»Ihr seht aus, als hättet Ihr einen Geist gesehen.«

»Nein, Lady Maude. Ich habe gerade das Gesicht eines Mörders erblickt.«

VIERZEHN

Am nächsten Morgen wurde Athelstan roh aus dem Schlaf gerissen; der Coroner hockte vor seinem Stuhl und grinste wie ein Dämon auf einem von Huddles Gemälden. Er wirkte so frisch wie ein Gänseblümchen.

»Hoch mit dir, Bruder!«

Cranston richtete sich auf und streckte sich, bis die Knochen in seinem mächtigen, fetten Körper knackten.

»Ihr habt gut geschlafen, Sir John?«

»Selbstverständlich, Bruder. Ein hartes Bett ist das beste Bett, wie ich immer zu meinem Herrn, dem Schwarzen Prinzen, sagte, als wir zusammen in Frankreich im Felde lagen.«

Athelstan schob die Decke beiseite, mit der Lady Maude ihn am Abend zuvor zugedeckt hatte. Er fror ein bißchen und war verkrampft, und im Mund hatte er den bittersüßen Geschmack des Weines, den er so fröhlich getrunken hatte.

»Das Buch!« rief er plötzlich aus. »Wo ist das Buch?«

Cranston deutete auf den Tisch. »Keine Angst, Bruder, dem ist nichts passiert.«

Athelstan schaute den Coroner mißtrauisch an. »Sir John, Ihr seid ja schon gewaschen und rasiert.«

Tatsächlich sah Cranston prächtig aus in einem weißen, am Halse offenen Leinenhemd und Wams und Hose aus dunkler Maulbeerseide, die mit einem Silberfaden durchwoben war. Er hatte sogar schon die Stiefel an, und Athelstan sah einen Mantel und den Schwertgurt auf dem Tisch bereitliegen.

»Aye, Bruder, ich bin bereit für den Tag. Ein warmes Bad, ein scharfes Rasiermesser, frische Kleider und ein Kuß von Lady Maude – dann würde ich sogar zur Hölle gehen!«

»Ihr habt das Buch gelesen?«

»Natürlich, Bruder, und ich freue mich darauf, diesen bösartigen Drecksack zu verhaften.«

»Sir John, Eure Ausdrucksweise!« Lady Maude kam hereingerauscht, hinter sich die Amme mit den beiden Kerlchen, die wie ihr Vater hellwach waren und nach Erfrischung brüllten.

Cranston verbeugte sich. »Mylady, ich bitte demütigst um Verzeihung.« Er grinste boshaft. »Ich kann Scheißkerle, die fluchen, auch nicht ausstehen.«

Lady Maudes spitze Schreie verstummten abrupt, denn Cranston hatte die Küche durchquert, hob sie hoch wie eine Puppe und küßte sie auf den Mund.

»Oh, Sir John!« wisperte sie atemlos.

Athelstan erhob sich, sah sie an und fragte sich, ob Sir John ihr wohl schon mehr als nur einen Kuß gegeben hatte, seit er erfrischt wie ein Adonis aufgewacht war. Cranston griff sich die beiden Kerlchen und schaukelte jeden auf einem Arm, während er sie entzückt anbrüllte. Die Wut der beiden Knaben, die ihrer Amme so jäh entrissen und auf und ab geschüttelt wurden, kannte keine Grenzen. Sie schrien, bis ihnen die Tränen über die roten Gesichter strömten.

»Genug ist genug!« Lady Maude riß ihm das eine Baby aus dem Arm, die Amme das andere, und die beiden Frauen flüchteten aus der Küche und schworen, nicht wiederzukommen, solange Sir John nicht gelernt habe, sich zu benehmen.

Cranston schien wie vom Teufel besessen. Er bestand darauf, Athelstan eigenhändig zu rasieren, und brüllte das Hausmädchen an, sie solle heißes Wasser und Tücher bringen. Ein Diener wurde in die nächste Garküche geschickt, um frische Pasteten zu holen, und Cranston goß sich derweil einen Becher Roten ein – Athelstan hatte den Verdacht, daß es nicht der erste an diesem Morgen war. Als der Diener zurückkam, folgte ihm Leif, der Bettler, auf den Fersen; der würzige Duft des Fleisches unter der frischgebackenen Kruste ließ ihm das Wasser im Munde zusammenlaufen.

»Hau ab, du fauler Hund!« tobte Cranston.

»Danke schön, Sir John.« Leif, der Cranstons Gewohnheiten kannte, setzte sich und wartete geduldig, bis der Coroner ihm zu essen gab. Sir John tat das auch sogleich, nicht ohne ihm einen kernigen Vortrag darüber zu halten, daß er einem armen Pfaffen das Essen aus dem Munde raube. Athelstan war immer noch nicht ganz wach; er trank ein wenig verdünntes Ale und brachte auch ein wenig Pastete herunter, bevor Cranston und Leif den Rest gemeinsam verschlungen hatten.

»Wir sollten jetzt gehen, Sir John.«

»Stimmt, stimmt.« Der Coroner stand auf und griff nach Mantel und Schwert. »Nimmst du das Buch mit, Bruder?« Er blieb stehen und lauschte mit schräggelegtem Kopf. Er hörte das entfernte Brüllen seiner beiden Kerlchen. »Ich sollte Lady Maude auf Wiedersehen sagen. Andererseits«, brummte er, »soll man schlafende Hunde ruhen – oder, in diesem Fall, reizende Kerlchen brüllen lassen. Leif, du fauler Hundesohn, sag Lady Maude, daß wir nach Blackfriars gegangen sind. Es dauert nicht lange. Ach, und übrigens ...«

»Ja, Sir John?« Leif hatte immer noch den Mund voll Fleischpastete.

»... laß meinen verfluchten Rotwein in Ruhe!«

»Selbstverständlich, Sir John.«

Athelstan folgte Sir John zur Küchentür hinaus, und Leif zwinkerte ihm zu und goß sich einen Becher ein. Der Coroner ließ sich von einem schüchternen Dienstmädchen an der Haustür den wunderbaren Weinschlauch aushändigen und sah sie streng an. »Nichts der Lady Maude verraten!«

»Nein, Sir John.«

»Du mußt wissen, Athelstan«, raunte Cranston, »ich habe nämlich zwei solche Weinschläuche. Den einen lasse ich in der Speisekammer liegen, damit Lady Maude denkt, ich sei auf dem Trockenen, und den anderen nehme ich mit.« Er schüttelte den Kopf. »Lady Maude ist ein Engel, aber sie begreift nicht, wie notwendig eine Erfrischung sein kann.«

Athelstan schloß die Augen und murmelte ein Gebet. »Herr, errette uns, denn es wird wieder einer von diesen Tagen werden.«

»Was sagst du, Mönch?«

»Gar nichts, Sir John. Ich bete nur um Geduld.«

Es war Sonntag, und so lag die Cheapside verlassen da; nur wenige Leute hasteten zur Frühmesse, herbeigerufen von den Glocken, die den ganzen Vormittag über von einem Ende der Stadt zum anderen läuten würden.

»Sollten wir zuerst zur Messe gehen, Sir John? Es ist Sonntag.«

»Du bist doch Priester, Bruder. Du wirst in Blackfriars selbst eine Messe lesen, oder?«

Athelstan bejahte, und sie gingen die Westcheape hinauf und bogen an der Paternoster Row links ab.

»Sag mal, Bruder«, begann Cranston unvermittelt, »wie bist du eigentlich zu dem Schluß gekommen, daß es das Bett war? Deine Erklärung war zwar logisch, aber wie hast du sie gefunden?«

»Um ganz ehrlich zu sein, Sir John, Benedicta hat mich darauf gebracht. Ich habe zugesehen, wie sie sich das Gesicht puderte und der Staub durch die Luft trieb. An das Bett hatte ich wohl schon gedacht, aber erst als ich ihr zusah, hatte ich den Schlüssel zur Lösung vor mir.« Er schaute die Häuser an, die sich ringsum erhoben. »Aber was mir jetzt Sorge macht, Sir John, ist unser Zusammentreffen in Blackfriars. Unser Mörder könnte gewalttätig werden.«

Cranston schlug ihm kräftig auf die Schulter. »Vertrau auf den Coroner, mein guter Pfaffe! Setze dein Vertrauen auf den braven Sir John. Und auf Bruder Norbert«, fügte er schelmisch hinzu. »Ihn möchte ich dabei haben, bewaffnet mit dem guten Knüppel, den wir im Gästehaus zurückgelassen haben.«

Athelstan griff nach Sir Johns Arm. »Wartet ein Weilchen, Mylord Coroner. Ihr müßt Euch die ganze Beweisführung gegen den Mörder in Blackfriars anhören und dürft Euch nicht von der Freude hinreißen lassen, einen Mann in die Falle gehen zu lassen, den Ihr haßt.«

Sie waren mitten auf der Straße stehengeblieben; Athelstan redete in ernstem Ton, und Sir John nickte zustimmend. Als er geendet hatte, war Athelstan hellwach.

»Habt Ihr mich verstanden, Mylord Coroner?«

»Natürlich, Bruder.«

»Dann wollen wir weitergehen, im Namen Gottes.«

In Blackfriars ließ der Pförtner sie ein und schickte nach Bruder Norbert. Athelstan lehnte das Angebot des Laienbruders, sie zum Prior zu führen, ab; er bestand darauf, seine Messe im Gästehaus zu lesen.

»Aber das ist höchst ungewöhnlich«, stammelte der Laienbruder.

»Bruder Norbert«, antwortete Athelstan ruhig, »so Gott will, wird man, wenn ich heute abend gehe, in Blackfriars über anderes zu klatschen haben als darüber, wo ich meine Messe gelesen habe. Und jetzt lauf und besorge mir Kelch, Patene, drei Hostien und ein wenig Wein, und auch die Gewänder für den heutigen Tag. Danach gehen wir zum Pater Prior.«

Der Laienbruder eilte davon. Athelstan und Cranston überquerten das verlassene Klostergelände. Norbert hatte ihnen das Gästehaus bereits aufgeschlossen, und sie gingen gleich hinein. Als der Laienbruder kam, legte Athelstan rasch die Meßgewänder an, verwandelte den Küchentisch in einen behelfsmäßigen Altar und las die Messe, wobei er zu Gott betete, Er möge ihn während der bevorstehenden furchtbaren Konfrontation mit dem Mörder leiten. Er verweilte bei der Wandlung und starrte Hostien und Wein an; dann teilte er die Kommunion an Sir John und den ängstlich blickenden Norbert aus. Als der Schlußsegen gesprochen war, schickte er den Laienbruder zu Pater Anselm, um ihm zu sagen, er wolle ihn und die anderen Mitglieder des Generalkapitels so bald wie möglich im Gemach des Priors sprechen. Während sie auf Bruder Norberts Rückkehr warteten, stöberte Cranston in der Speisekammer nach weiteren Erfrischungen; Athelstan nahm sich das Buch vor, das aus Oxford gekommen war, und las noch einmal die Seiten, die er am Abend zuvor das erste Mal gesehen hatte.

Endlich klopfte es an der Tür, und Norbert kam herein.

»Der Pater Prior ist bereit«, gab er bekannt. »Allerdings ist er ein bißchen verärgert, weil Ihr ihm nicht gleich Bescheid gesagt habt, als Ihr gekommen seid. Die übrigen sind auch versammelt.«

»Gut«, seufzte Athelstan. Er steckte das Buch in den Beutel und reichte dem überraschten Laienbruder den Knüppel, der im Gästehaus geblieben war. »Was auch geschieht, Bruder Norbert, du bleibst bei der Sitzung mit Pater Prior und den anderen dabei. Stelle dich neben die Tür. Wenn jemand versucht, zu gehen, bevor ich fertig bin« – er schaute den jungen Laienbruder scharf an –, »dann benutzt du diesen Knüttel. Selbst«, fügte er hinzu, »wenn es der Pater Prior ist.«

Der Laienbruder starrte ihn mit offenem Mund an. »Bruder Athelstan, habt Ihr den Verstand verloren?«

»Tu, was er sagt«, knirschte Sir John und schwang sich den Mantel um die Schultern. »Und keine Angst, wenn Gewalt ausbricht: Sir John wird dem schnell ein Ende machen.«

»Noch ein letztes«, sagte Athelstan. »Wenn alles erledigt ist, Bruder Norbert – und das wird es früher sein, als du denkst, dann wirst du Stillschweigen schwören müssen. Du darfst niemandem erzählen, was du in jenem Raum zu sehen und zu hören bekommst.«

Sie verließen das Gästehaus und gingen hinüber in den Kreuzgang; hier saßen jetzt überall die Ordensbrüder auf den Bänken und auf der niedrigen Ziegelmauer und genossen den schönen Sommermorgen. Am Sonntag war die Gemeinschaft von ihren Alltagspflichten befreit. Das Gemurmel ihrer Gespräche verstummte, als Cranston mit seinem Gefolge auf dem Weg zum Gemach des Priors an ihnen vorbeirauschte.

Athelstan warf einen Blick auf den kleinen Springbrunnen in der Mitte des Kreuzgartens und mußte plötzlich an sein Noviziat denken – wie er dort mit den anderen gesessen und geschwatzt hatte, ohne nur einen Augenblick lang zu ahnen, was die Zukunft für ihn bereithielt. Nun war er wieder hier, ein Mitglied des Dominikaner-Ordens mit allen Gelübden und im Begriff, einen Bruder zur Rede zu stellen und zu demaskieren, der für den Tod von vier Mönchen verantwortlich war, von dem bösartigen Überfall auf ihn selbst gar nicht zu reden. Athelstan blieb stehen und schaute zum Himmel hinauf, der immer heller wurde, je höher die Sonne stieg. Die Wolken, die sich in der Nacht zusammengeballt hatten, verwehten allmählich wie Rauch. Cranston blieb stehen und sah sich um.

»Komm schon, Bruder; worauf wartest du?«

»Auf nichts, Sir John; ich erinnere mich nur an etwas. Ist es nicht merkwürdig, daß uns die Vergangenheit immer lieblicher erscheint als die Gegenwart?«

»Na komm, Bruder«, drängte Cranston sanft, »wir haben in dieser Sache keine Wahl.« Er lächelte schief. »Um der Liebe Gottes willen, Athelstan: Denk an die, die jetzt tot sind, brutal ermordet. Ihr Blut schreit nach Rache, und wir tun Gottes Werk ebenso wie das des Königs.«

Athelstan nickte und folgte Sir John ins Gebäude und durch den steingepflasterten Korridor zum Zimmer des Pater Prior. Pater Anselm und die übrigen waren bereits versammelt.

»Du hättest uns melden sollen, daß du da bist, Bruder«, erklärt der Prior vielsagend.

»Warum?« erwiderte Athelstan knapp und mit Schärfe. »Damit der Mörder hier einen weiteren Anschlag auf mein Leben unternehmen kann?«

Der Prior machte runde Augen vor Staunen und Ärger.

»Bruder Athelstan, eine solche Anschuldigung verlangt Beweise.«

»Die haben wir«, erklärte Cranston. Er schaute in die Runde derer, die er seine geheimniskrämerischen Brüder nannte: Niall und Peter, hin und her gerissen zwischen Streitsucht und Neugier, und die Inquisitoren mit ihren ernsten Gesichtern. Er sah, daß William de Conches bereits Platz genommen hatte und nervös auf der Tischplatte trommelte. Eugenius funkelte Athelstan an, und Bruder Henry stand mit verschränkten Armen da und starrte auf den Tisch.

»Beweise habt Ihr, sagt Ihr?« stichelte Eugenius. »Was denn für Beweise, Sir John? Dieses Generalkapitel ist zunichte gemacht, weil wir herumsitzen und darauf warten, daß Ihr diese Angelegenheit aufklärt. Pater Prior, wir warten jetzt nicht länger. Soll Cranston sagen, was er zu sagen hat, und dann sind wir fort.«

Der Coroner richtete sich zu voller Größe auf. »Hinsetzen!« donnerte er. »Glaubt mir, Bruder, wir werden Euch nicht lange aufhalten.«

Die Dominikaner schauten den Pater Prior an, um zu hören, was er dazu meinte. Er nickte nur. »Ja, ja«, murmelte er. »Tut, was Sir John sagt. Wir wollen uns setzen.«

Sie nahmen an dem langen, polierten Tisch Platz, Pater Prior an einem Ende, Cranston und Athelstan am anderen. Einwände wurden erhoben gegen Bruder Norberts Anwesenheit und gegen den Knüttel, den er bei sich trug, aber auch hier setzte Cranston sich brüllend durch. Der Prior zuckte die Achseln, klopfte schweigengebietend auf den Tisch und funkelte Athelstan an.

»Bruder«, begann er, »in einer halben Stunde versammeln wir uns zur Feier des Heiligen Hochamts. Der Großinquisitor und Bruder Eugenius haben entschieden, daß Bruder Henry von Winchesters Schriften keinerlei Ketzerei enthalten, und die Brüder Niall und Peter erklären, sie können aufgrund der Heiligen

Schrift und der Überlieferung die Wahrheit dessen, was er schreibt, nicht bestreiten.« Der Prior rieb sich das müde, zerfurchte Gesicht. »Wenn du also nicht klar und umfassend erklären kannst, wie die schrecklichen Todesfälle zustandegekommen sind, dann werde ich die Sitzung des Generalkapitels für beendet erklären, wir werden die Messe feiern, und jeder wird seiner Wege gehen. Hast du verstanden?«

»Ja, Pater Prior.« Athelstan nahm den Lederbeutel, zog das Buch heraus und schob es über den Tisch zum Prior hinüber. »Lest! Schlagt an der Stelle auf, die das purpurne Seidenband markiert.«

»Warum soll ich das lesen?«

Alle waren verstummt und schauten Athelstan an.

»Ihr sollt es lesen, Pater Prior«, verkündete Cranston und erhob sich, »weil es beweist, daß unser junger Theologe hier, Bruder Henry von Winchester, ein Lügner, Dieb und Mörder ist.«

Der beschuldigte Dominikaner lehnte sich an den Tisch. Erbost schaute er Cranston an, dann das Buch, und seine Hand schoß vor; er hätte das Buch an sich gerissen, wenn Bruder Norbert sich nicht vorgebeugt und ihn hart aufs Handgelenk geschlagen hätte.

Cranston grinste den jungen Laienbruder an. »Gut gemacht, Norbert, mein Sohn. Wenn du je aus Blackfriars weggehst, kann ich dir einen guten Posten bei meiner Garde zusichern.«

Athelstan blieb stumm sitzen und ließ den Coroner fortfahren, denn ihm tat es im Herzen weh, daß er hier im großen Kloster von Blackfriars einen Dominikanerbruder des Mordes an vier Mitbrüdern anklagen sollte. Henry von Winchester war bleich geworden; seine dunklen Augen blickten starr wie die eines gefangenen Tieres.

»Du bist ein Lügner«, bezichtigte ihn Cranston, »weil du Behauptungen aufstellst, die falsch sind. Du bist ein Dieb, weil du das Werk der Hildegarde von Bremen gestohlen hast, einer deutschen Äbtissin, die vor hundertzwanzig Jahren lebte und eine glänzende Abhandlung über die Frage geschrieben hat, weshalb Gott Fleisch geworden sei. Eine originelle, einleuchtende Abhandlung, die damals zurückgewiesen wurde.« Cranston blickte grinsend in die Runde der Dominikaner. »Weil es sich nicht gehörte, daß Frauen Spekulationen über die göttliche Wissenschaft der Theologie anstellten, wurden ihre Schriften vergraben, ja, sogar vernichtet. Aber du, Bruder Henry, hast eine Abschrift gefunden. Du hast sie Wort für Wort abgeschrieben und als eigene Arbeit ausgegeben. Du glaubtest, man würde dich nicht entlarven. Es gibt nur noch wenige Abschriften von Hildegardes Werken. So bist du nach Blackfriars gekommen, um die Angelegenheit mit den Brüdern Niall und Peter zu erörtern, während unsere Freunde von der Inquisition zuhörten.«

Cranston stand auf. »Du hast nur einen Fehler begangen. Bruder Callixtus war kein Theologe, aber er hatte, wie mein guter Freund Athelstan mir erzählt hat, ein wunderbares Gedächtnis. Nun gab es hier in der Bibliothek von Blackfriars ein Exemplar von Hildegardes Werken. Deine Abhandlung erweckte eine Erinnerung bei Callixtus, und er erzählte seinem guten Freund Alcuin davon.« Cranston hielt inne, denn Henry von Winchester beugte sich vor und deutete mit dem Finger auf ihn.

»Keine theologische Abhandlung ist jemals völlig neu.« Rasch schaute er in die Runde und erwartete Bestätigung. »Ich habe nie behauptet, die meine sei es. Woher sollte ich wissen, daß Callixtus jemanden namens Hildegarde kannte?«

»Das kann ich nicht beweisen«, sagte Cranston, »aber Callixtus verspürte – wie jedes menschliche Wesen – leisen Neid. Er muß den Namen Hildegarde seinem guten Freund Alcuin gegenüber erwähnt haben, und ich schätze, einer der beiden hat dich damit geködert.« Cranston zuckte die Achseln. »Dazu wäre ja nicht viel nötig. Sie brauchten den Namen nur in deiner Gegenwart fallenzulassen, als warnenden Hinweis darauf, daß sie die Wahrheit kannten. Daher Callixtus' rätselhafte Bemerkung, das Generalkapitel vergeude seine Zeit. Das tat es allerdings, denn es debattierte über eine Arbeit, die schon vor vielen Jahren geschrieben wurde.« Er schwieg einen Augenblick. »Ich vermute, Alcuin war der erste, der dich damit reizte, und so wurde er in die Krypta gerufen. Aber im Dunkeln hast du Bruder Bruno mit ihm verwechselt und diesen in den Tod stürzen lassen.« Cranston zuckte die Achseln. »Aber Alcuin mußte dran glauben; also erwartetest du ihn in der Kirche, was ja nicht schwierig war. Callixtus war der nächste, und dann der arme Roger. Inzwischen hattest du, wahrscheinlich indem du Callixtus beobachtetest, das Original des Werkes gefunden und vernichtet. Du hast nur einen Fehler begangen: Die Dominikaner in Oxford besitzen Abschriften von allen Manuskripten hier, und so ließ Athelstan Ersatz kommen.«

»Stimmt das?« unterbrach der Prior, an das Generalkapitel gewandt, um Zeit zu gewinnen, aber die anderen glotzten den Coroner immer noch mit offenem Mund an. Der Prior schlug das Buch auf und strich die Seiten glatt. »Master William de Conches«, sagte er, »und Eugenius, kommt her. Ihr habt Henry von Winchesters Schrift eingehend genug studiert. Laßt mich Euer Urteil hören.«

Die Inquisitoren erhoben sich. Der Prior reichte

ihnen das Buch; sie zogen sich in eine Ecke des Raumes zurück und steckten die Köpfe zusammen. Die übrigen blieben sitzen; der Beschuldigte starrte erbost ins Leere, und nur hin und wieder schaute er Athelstan aus dunklen Augen vorwurfsvoll an. Endlich klappte William de Conches das Buch zu und legte es vor dem Prior auf den Tisch.

»Bruder Henry von Winchester«, gab er bekannt, »ist vielleicht nicht des Mordes schuldig, aber gewiß ist er ein Dieb und ein Lügner, der ein fremdes Werk gestohlen und als sein eigenes ausgegeben hat.«

Der junge Theologe grinste spöttisch.

»Was findest du daran so komisch, Bruder?« schnurrte Cranston.

»Vielleicht habe ich ja ein fremdes Werk genommen und weiterentwickelt.«

»Unsinn!« erklärte Eugenius. »Du hast gestohlen, was dir nicht gehört. Auf der ersten Seite stellt Hildegarde die Hypothese auf, die du vertrittst. Sie benutzt dieselben Zitate aus der Heiligen Schrift. Dieselben Aussagen der Kirchenväter. Du bist ein Dieb!«

Henry von Winchester hob die Hand. »Aber kein Mörder«, erwiderte er langsam. »Ihr habt keinen Beweis dafür, daß ich Bruder Bruno die Treppe hinuntergestoßen habe. Ihr habt keinen Beweis dafür, daß ich Callixtus von der Leiter geworfen habe. Ihr habt keinen Beweis dafür, daß ich diesen Idioten Roger aufgehängt habe, und Ihr habt erst recht keinen Beweis dafür, daß ich Bruder Alcuin mit der Garotte erwürgt habe.«

»Du hattest das Motiv!« entgegnete der Prior scharf und starrte auf das Buch.

»Du bist der Mörder«, erklärte Athelstan mit lauter Stimme und erhob sich von seinem Platz. »Und du hast es soeben gestanden.«

»Wie meinst du das?«

Athelstan lächelte betrübt. »Jeder wußte, daß Bruno die Treppe hinuntergestürzt, daß Callixtus von der Leiter gefallen und daß Roger an einem Baum aufgehängt gefunden worden war – aber wer hat dir erzählt, daß Alcuin mit einer Garotte erwürgt wurde?«

Wütendes Zischen war die Antwort auf Athelstans Worte.

»Pater Prior«, fuhr Athelstan fort, »Ihr seid mein Zeuge. Habe ich bekanntgegeben, daß Alcuin garottiert wurde? Oder Ihr, Sir John? Bruder Norbert, du hast dem Coroner geholfen, Alcuins Leichnam in ein Tuch zu hüllen; hast du es gewußt?«

Der Laienbruder schüttelte den Kopf.

»Das stimmt!« rief William de Conches plötzlich aus. »Bruder Athelstan, Sir John, Ihr habt doch sogar gesagt, Alcuin sei erstochen worden!«

Bruder Niall und Bruder Peter murmelten bestätigend. Sir Cranston klatschte in die Hände.

»Ihr lieben Brüder«, verkündete er mit selbstzufriedenem Grinsen, »mein Schreiber hat recht. Ihr alle wart schockiert über die Entdeckung der Leiche Alcuins. Es war offensichtlich, daß er tot, und naheliegend, daß er ermordet worden war. In der Tat hat Bruder Athelstan auf meine Anweisung hin erklärt, Alcuin sei mit einem Dolch erstochen worden.«

Henry von Winchester beugte sich vor, und seine Blicke schossen zwischen den Versammelten hin und her. Er fuhr sich mit der Zunge über die Lippen.

»Ihr müßt es uns eben doch erzählt haben, Sir John. Außerdem habe ich ja den Leichnam gesehen.«

»Nein, hast du nicht«, widersprach der Prior leise. »Der Deckel vom Sarg des armen Bruder Bruno wurde abgenommen. Der schreckliche Gestank trieb uns alle zurück auf die andere Seite des Altars. Alcuins Leichnam wurde sofort in ein Tuch gewickelt, eingesargt und ins Totenhaus geschafft. War es nicht so, Bruder Norbert?«

Der junge Laienbruder hatte das Ganze sprachlos und staunend verfolgt; jetzt grunzte er nur zur Antwort.

»Jetzt reicht es!« knirschte Cranston. »Bruder Henry von Winchester, ich beschuldige dich des Mordes an vier deiner Brüder!«

»Halt!« William de Conches hob die Hand. »Bruder Henry ist Mitglied des Dominikaner-Ordens. Pater Prior, mir ist klar, daß Sir John ihn durchaus vor Gericht stellen kann, aber wenn ein Beschuldigter in England an das Kirchenrecht appelliert, kann er damit der weltlichen Gerichtsbarkeit entgehen. Bruder Henry sollte mit uns kommen. Das Inquisitionsgericht ist allein Gott verantwortlich.«

Cranston sah Athelstan an, dieser nickte und warf Henry von Winchester einen mitleidigen Blick zu. Der entehrte Bruder hatte die Hände vors Gesicht geschlagen.

»Laßt ihn binden«, fügte Eugenius leise hinzu.

Pater Prior sah aus, als wolle er protestieren, aber dann machte er nur eine Handbewegung. »Ja, nehmt ihn mit«, sagte er. »Nehmt ihn gleich mit. Verlaßt Blackfriars gleich morgen früh.«

Die beiden Inquisitoren standen auf und schoben Henry von Winchester zur Tür hinaus; Pater Prior schickte Bruder Norbert mit. Peter und Niall folgten ihnen kurze Zeit später, immer noch schockiert von den Enthüllungen; sie nickten Athelstan zu und verabschiedeten sich murmelnd. Der Prior saß da; seine Hände lagen rechts und links neben dem Buch, er hatte den Kopf gesenkt, und die Tränen rannen ihm übers Gesicht. Nun, da das Drama vorüber war, hustete Cranston verlegen; er trat ans Fenster und schaute hinaus, als interessiere er sich sehr für das Treiben im Kloster.

Es klopfte, und William de Conches kam noch einmal herein. Er blieb stehen und schaute Athelstan an.

»Es tut mir leid«, murmelte er.

»Was?« fragte Athelstan.

Der Großinquisitor zuckte die Achseln. »Wir haben uns geirrt. Du bist ein guter Priester, Athelstan, und ein feiner Dominikaner.« Er lächelte schmal. »Du hättest einen exzellenten Großinquisitor abgegeben.« Er verbeugte sich, und bevor Athelstan noch antworten konnte, hatte die Tür sich leise hinter ihm geschlossen.

Pater Prior hatte die Fassung wiedergewonnen. »Er hat recht, Athelstan. Man hat dich zur Strafe nach St. Erconwald geschickt. Ich habe dir zur Buße aufgegeben, Sir John zu helfen.« Er schaute Athelstan an. »Ich danke dir für das, was du hier getan hast, und ich entschuldige mich für meine schroffen Worte. Du hattest recht; die Wahrheit ist die Wahrheit, und eine Lüge ist wie eine Geschwulst: Sie wächst und wächst und verdirbt am Ende alles. Wie kamst du darauf, daß Hildegarde der Schlüssel sei?«

»Pater Prior, dies war der seltsamste Fall, den ich je untersucht habe. Ich hatte keinerlei Beweis. Der einzige Hinweis war dieser Name.« Er lächelte. »Sie muß eine große Dame gewesen sein, eine tiefsinnige Denkerin. Ihre Werke sollten viel mehr gelesen und studiert werden. Vielleicht war sie es ja, die uns geleitet hat.«

»Was passiert jetzt mit ihm?« fragte Cranston unvermittelt.

Der Prior stand auf und nahm das Buch in beide

Hände. »Man wird ihn der päpstlichen Inquisition in Rom oder Avignon übergeben. Glaubt mir, Sir John, wenn die dort mit ihm fertig sind, wird das Grauen eines Todes am Galgen hier in London dagegen wie ein Vergnügen erscheinen.« Der Prior ergriff Athelstans Hand. »Du kannst zurückkommen, wann immer du möchtest. Deine Buße ist wahrlich beendet.« Er wandte sich rasch ab. »Aber ich vergesse mich. Sir John – was ist mit dem Rätsel, das Ihr zu lösen hattet?«

»Erledigt«, antwortete Cranston großspurig. »Wie hat der Heilige Paulus gesagt: ›In der Spanne eines Lidschlags‹.«

Der Prior wandte sich an Athelstan. »Dann wirst du den Brief nicht mehr brauchen?«

»Ich habe ihn bereits vernichtet, Pater.«

Der Pater Prior lächelte beiden zu und ging hinaus.

Cranston und Athelstan kehrten mit dem Boot nach Southwark zurück. Stolz wie ein Pfau beharrte der Coroner darauf, Athelstan nach St. Erconwald zu begleiten. Er schwatzte wie eine Elster und erzählte so laut, daß der halbe Fluß zuhören konnte, was er mit den tausend Kronen anzufangen gedachte. Seine Beredsamkeit wurde durch den wunderbaren Weinschlauch immer weiter gefördert. Dennoch behielt er Athelstan fest im Auge; er spürte, wie bedrückt der Ordensbruder über die Ereignisse in Blackfriars war. Athelstan starrte düster über den Fluß, der in sonntäglicher Mittagsstille lag; nur gelegentlich sah man eine Barke oder ein Fährboot auf dem Weg hinunter nach Westminster. Sie landeten bei St. Mary's Wharf und wanderten durch die Straßen und Gassen von Southwark, die an diesem warmen Sommernachmittag ebenfalls ungewöhnlich still und ruhig dalagen.

»Faules Pack!« bemerkte Cranston. »Wahrscheinlich schlafen sie alle noch ihren Rausch vom Vormittag aus.«

»Ja, Sir John, es ist furchtbar, was manche Leute sich so in die Kehle schütten.«

Cranston schaute ihn mit schmalen Augen an und schob den wunderbaren Weinschlauch tiefer unter den Mantel. Auch St. Erconwald lag ruhig und friedlich da. Die Kirchentreppe war verlassen, und auf dem Friedhof und in dem kleinen Garten am Pfarrhaus war es still bis auf das Summen der Bienen zwischen den wilden Blumen, die dort wuchsen.

Athelstan vergewisserte sich, daß alles an Ort und Stelle war. Das Pfarrhaus war verschlossen, und Philomel fraß in seinem Stall; also hatte Watkin seine Aufgaben gewissenhaft erfüllt. Ursulas riesige Sau hatte den letzten Rest Kohl gefressen. Athelstan fluchte laut.

»Du hast doch noch deine Zwiebeln«, stellte Cranston fest.

Athelstan dachte an Crims Beichte und schüttelte lächelnd den Kopf.

»Kommt, Sir John, wir schauen mal die Kirche an.« Er schloß die Tür auf und blieb im Vorraum stehen. »Seltsam«, sagte er. »Nicht wahr, Sir John?«

Cranston stand hinter ihm und ließ den wunderbaren Weinschlauch von den Lippen sinken.

»Wovon sprichst du, Bruder? Du bist wirklich in einer sonderbaren Stimmung.«

Athelstan ging durch die dunkle Kirche und hörte, wie der Klang seiner Schritte die heilige Stille zerbersten ließ. Auf halbem Weg blieb er stehen und schaute zu dem Gemeindesarg hinüber, der leer im Querschiff stand.

»So vieles ist hier geschehen«, sagte er leise. »Freude,

Schmerz, Zorn ... Mord. Ein seltsamer Ort, Sir John.«

Cranston nahm noch einen Schluck aus dem Weinschlauch. Er mußte an die Einladung denken, die der Prior ausgesprochen hatte. Oh, lieber Gott, betete er, laß Athelstan nicht weggehen. Er darf mich nicht verlassen.

Er schaute auf die breiten Schultern des Ordensbruders und merkte plötzlich, daß er diesen seltsamen Pfaffen liebgewonnen hatte. Athelstan schritt durch den Lettner in den Chor hinauf.

»Ja«, flüsterte er, »alles ist in Ordnung.« Er tappte mit der Sandale auf den Steinboden. »Wunderschön. Endlich fängt es an, wie eine Kirche auszusehen.«

Er setzte sich auf die Altartreppe und wäre beinahe sofort wieder aufgesprungen, als Cranston schrie: »Oh, dieser verdammte Kater ist wieder da!«

Bonaventura war mit krummem Rücken und peitschendem Schwanz aus dem Dunkel hervorgekommen und rieb sich jetzt am Stiefel des Coroners.

Athelstan erhob sich. »Komm her, du Ritter der Gasse«, murmelte er und streichelte den Kater, während ihm die Gedanken wie ein Mühlrad im Kopf herumgingen. Die Gesichter der Inquisitoren, Pater Prior und seine Tränen, Raymond D'Arques und sein Streben nach Vergebung, Fitzwolfe und sein satanisches Treiben, Benedicta, die flüsternd von ihrer Liebe sprach.

Cranston warf seinen Mantel auf die Treppenstufe und setzte sich neben ihn. Er beobachtete den Ordensbruder aufmerksam, wie er mit halbgeschlossenen Augen dasaß und geistesabwesend den verfluchten Kater streichelte.

»Wer hätte das gedacht«, sagte er leise und versuchte, Athelstans Aufmerksamkeit zu gewinnen.

»Was denn, Sir John?«

»Na, Henry von Winchester, ein Theologe. Wer hätte gedacht, daß er ein Wässerchen trüben könnte.«

»Erinnert Ihr Euch an die Versuchung Christi, Sir John? Sogar der Satan kann die Schrift zitieren, und er hat die häßliche Angewohnheit, in der Verkleidung des Lichtengels zu erscheinen.«

»Wirst du fortgehen?« fragte Cranston unvermittelt. »Der Prior hat gesagt, deine Buße ist vorüber.«

Athelstan lächelte nur.

»Na, was nun, du verdammter Mönch?«

»Sir John, mein Entschluß steht bereits fest. Es führen viele Wege zur Heiligkeit.« Er grinste breit. »Und der meine seid Ihr.«

Cranston rülpste, und das Geräuch hallte durch die Kirche wie ein Donnerschlag. Bonaventura regte sich und schaute neugierig zu dem Coroner auf. Cranston erhob sich.

»Ich werde jetzt zu diesem diebischen Dreckskerl in der ›Schenke zum Gescheckten‹ gehen. Athelstan, du solltest mitkommen. Wir müssen die Entdeckung der Wahrheit feiern.« Er schaute zu Athelstan hinunter. »Ach, übrigens, Bruder, der Prior hat da etwas von einem Brief gesagt, den er dir gegeben hätte. Du hast geantwortet, du brauchtest ihn nicht mehr, weil ich das Rätsel gelöst hätte.«

Athelstan sah ihn an. »Sir John, Ihr dürft nicht zornig sein. Ich habe mich gefragt, was passieren würde, wenn ich mich irren sollte. Meine Eltern hatten einen Bauernhof, und Francis ist tot; der Hof wurde verkauft, und der ganze Erlös ist dem Orden zugeflossen.« Er holte tief Luft. »Ich habe den Pater Prior um ein Darlehen für diesen Besitz gebeten. Er gab mir einen Brief an die Bank des Ordens in der Lombard Street, der mich ermächtigte, eintausend Kronen abzuheben, wenn ich mich geirrt hätte.« Er zuckte die Achseln. »Ich mußte ja sichergehen.«

Cranston stampfte auf und wandte sich heftig zwinkernd ab, damit Athelstan nicht sah, daß ihm die Tränen in die Augen stiegen. Endlich drehte er sich wieder um, bückte sich und hob seinen Mantel auf. Dann schaute er Athelstan in die Augen.

»Du bist ein komischer Hund, Mönch.«

»Ich weiß, Sir John. Das liegt an meiner Gesellschaft.«

Cranston warf sich den Mantel über die Schulter und stolzierte den Mittelgang hinunter.

»Ich bin dann im ›Gescheckten‹«, rief er über die Schulter. »Laß mich nicht warten! Ich kenne euch geizige Pfaffen! Ihr habt's immer gern, wenn andere euch das Ale spendieren.« Er marschierte hinaus und warf die Tür krachend hinter sich zu.

Athelstan lächelte, gab Bonaventura einen Kuß zwischen die Ohren und schaute sich im Chor um. Plötzlich erblickte er Huddles neues Bild, das mit breiten, kräftigen Holzkohlestrichen an der Wand entworfen war. Er schaute genauer hin. »Was zum ...?« Er setzte Bonaventura auf den Boden, nahm ein Stück Zunder, zündete eine Kerze an und betrachtete das Bild aus der Nähe.

Huddle hatte die Szene skizziert, in der Maria und das Jesuskind ihre Base Elisabeth bei dem kleinen Johannes dem Täufer besuchen. Athelstan betrachtete die Figuren und fing an zu glucksen. Benedicta war die Jungfrau Maria. Er selbst war der Heilige Joseph. Watkins Frau war Elisabeth, Pike, der Grabenbauer, stand als Zuschauer dabei, und Tab, der Kesselflicker, war ein Soldat. Herodes der Große war niemand anderes als der pausbäckige, schnurrbärtige Sir John Cranston; sogar der wunderbare Weinschlauch lugte unter seinem Mantel hervor. Philomel war, da, Cecily, die Kurtisane, Crim, Ursula, die Schweinehirtin, und sogar ihre Sau. Aber was Athelstans Aufmerksamkeit wirklich fesselte, waren die beiden Säuglinge, Jesus und Johannes der Täufer: Der geniale Huddle hatte sie mit kahlen Köpfen, starren Blicken, dicken Wangen und stämmigen Armen und Beinen gemalt – genau gesagt, als Cranstons geliebte Kerlchen.

Athelstan schüttelte sich vor Lachen. Er blies die Kerze aus, schloß die Kirche ab und ging zu Sir John in die Schenke.

Leseprobe aus Paul Harding: Der Prinz der Finsternis, erschienen im Oktober 1993

Corbett und Ranulf ritten nach Norden; sie kamen durch kleine Dörfer, kaum mehr als Ansammlungen wackliger, strohgedeckter Hütten, die sich um eine Kirche oder ein Herrenhaus drängten. Bald würde die Erntezeit vorüber sein. Corbett mußte an solche Zeiten in seiner Jugend denken, als er das Korn hoch und gelb stehen sah, neben grünen Brachfeldern und den schmalen Erdstreifen, die das Land eines Dorfes von dem des nächsten trennten. Die Katen selbst waren nicht großartiger als die, die sein Vater besessen hatte, mit ihren Wänden aus Flechtwerk und Lehm und dem kleinen Gärtchen, in dem Zwiebeln, Kohl, Knoblauch und Schalotten gezogen wurden.

Sein Pferd stolperte, und Corbett fluchte; Ranulf bewunderte im stillen, wie gut sein Herr ein paar der schmutzigsten Flüche beherrschte, die er je gehört hatte. Die Straßen waren verwüstet von riesigen Schlaglöchern, behelfsweise aufgefüllt mit Reisigbergen oder Erdhaufen, die vom ersten heftigen Regenschauer weggeschwemmt werden würden. An einem Dorfgasthof machten sie halt, um eine Schüssel gewürzter Aale und ein paar Schluck vom schweren heimischen Bier zu sich zu nehmen. Die Schenke war voll von Männern und Frauen, Dörflern, Falknern, Jägern, Lakaien aus den Stallungen, Bäckern, Brauern, Köchen und Küchenjungen. Alle drängten sich auf einen Humpen Ale herein, Schulter an Schulter mit Schäfern und Schweinehirten, und sie neckten und tätschelten die Waschfrauen und Milchmädchen, die kamen, um Klatschgeschichten auszutauschen oder die Blicke ihrer Lieblingsburschen auf sich zu lenken.

Corbett saß in einer Ecke und hörte sich Ranulfs Bericht über die Londoner Angelegenheiten an, bevor er ihm leise erzählte, was sie in Godstowe Priory erwartete. Ranulf wurde blaß. Gaveston und Lord Edward waren zweimal so gefährlich wie der alte König – vor allem Gaveston, ein boshafter, mächtiger Lord, der seine Anwesenheit sowohl bei Hofe als auch in der Stadt hatte spürbar werden lassen. Zum ersten Mal seit der Christmette schloß Ranulf die Augen und betete ernstlich, sein Herr möge nicht scheitern oder die königliche Gunst verlieren. Corbett war zwischen die Fronten der tobenden Feindseligkeiten zwischen Edward und seinem grausamen Erben geraten. Wenn er die Erwartungen des Königs enttäuschte, würde Corbett jedenfalls den königlichen Mißfallen zu spüren bekommen, aber der Prinz von Wales war irrational und unberechenbar wie der Vogel im Wind – gerade noch ein heiterer Gefährte und Mensch wie jeder andere, und im nächsten Augenblick auf jedem Zoll seiner Autorität bestehend. Gaveston war noch schlimmer; er war regelrecht gefährlich. Ranulf liebte seinen Herrn, auch wenn er ihn im stillen hier und da um ein oder zwei Münzen betrog oder sich heimlich über seine ernste Art lustig machte; aber wenn Corbett stürzen sollte, würde er mit ihm stürzen. Ranulf stand auf und bestellte noch einen Krug Ale bei der Schlampe mit der fettigen Schürze, um die Panik zu ertränken, die in seinem Magen geronnen war.

»Wir alle wissen von Eleanor Belmont!« rief er. »Man sprach von ihrem Tod, im Rathaus und in St. Paul's Walk.« Fragend schaute er seinen Herrn an.

Corbett setzte sich auf und riß sich von dem Reliquienhändler los, der gerade mit einem Sack voller Ware in die Schenke gekommen war.

»Wen macht man denn dafür verantwortlich?«

»Man beschuldigt den Prinzen oder sogar den alten König.«

»Und was sagen die Leute sonst noch, Ranulf?«

»Der Prinz soll Gaveston mehr lieben als irgendein Mann seine Frau. Die Alten reden von der Rückkehr des Bürgerkriegs, und die Harnischschmiede und Pfeilmacher machen gute Geschäfte.«

Corbett nickte und lehnte sich wieder zurück. Seine Spitzel hatten ihm das gleiche berichtet; landauf, landab ließen die großen Lords ihre Burgen instand setzen, sie legten Vorräte an und wappneten sich gegen mögliche Belagerungen. Würde es Krieg geben? Vielleicht lag die Antwort in Godstowe.

Corbett schaute zur Tür hinaus und sah, daß das Tageslicht zu schwinden begann, und so setzten sie die Reise fort; wachsam hielten sie die Augen offen, derweil die Sonne unterging und sie der alten Römerstraße nordwärts nach Oxfordshire folgten. Vor einer Weile hatte hier noch reger Verkehr geherrscht; Kaufleute waren unterwegs gewesen, Studenten in ihren Lumpengewändern, Quacksalber und vereinzelt auch ein Ordensbruder, der seinen transportablen Altar von Dorf zu Dorf rollte. Aber Corbett wußte, daß die Straße jetzt, da es Abend wurde, trotz der drückenden Sommerwärme ein gefährlicher Ort war. Die Wälder und trostlosen Moore wurden bewohnt von land- und gesetzlosen Männern, dreckigen, verlausten Gestalten in zerlumpten, wettergegerbten Kleidern, entstellt von sämtlichen Geschwüren und Krankheiten unter der Sonne. Solche Leute waren eine Plage auf dieser Landstraße, und sie brüsteten sich noch mit ihren Taten und erzählten ihren rot und blau geprügelten, verwundeten Opfern, es sei »Rohkopf«, »Blutknochen« oder »Robin Übelkerl« gewesen, der sie niedergeschlagen und ausgeraubt hatte – oder was diese Gesetzlosen sich sonst für Namen gaben. Corbett tastete nach Schwert und Dolch an seinem Gürtel und fühlte sich gleich wohler; er spornte sein müdes Pferd noch einmal zum Trab an.

Spätabends erreichten sie das Dorf Woodstock, das zwischen dem Schloß und dem Kloster lag. Sie bezogen ein Zimmer im Wirtshaus »The Bull« am anderen Ende des

Ortes, nahe dem Wald. Corbett, stets umsichtig, gab sein Geld mit Bedacht aus; das Zimmer, das sie bekamen, war eigentlich nur eine Dachkammer mit einem aufgebockten Strohlager, das er und Ranulf teilen würden, einer Wolldecke, einer Truhe, einem Tisch und zwei Stühlen. Man versprach ihnen einen Topf verdünntes Ale, eine Hafergrütze zum Frühstück und ein Abendbrot. Der blatternarbige Wirt war überdies bereit, Stall und Futter für ihre Pferde zur Verfügung zu stellen.

Nachdem sein Herr zur Ruhe gegangen war, stieg Ranulf in den Schankraum hinunter und nahm eine kleine Tasche mit allerlei Dingen mit, die er in ländlichen Gegenden immer bei sich hatte: ein paar Gläser mit gefärbtem Wasser und zermahlenen Blütenblättern, Haare von einem gekochten roten Hund, zerstoßene Haut vom Kopf eines Toten, mit Fett vermischt. Diese und andere Köstlichkeiten verkaufte Ranulf dem Wirt und seinen Gästen als Heilmittel gegen jedes bekannte Leiden unter der Sonne. Als er sicher war, daß er wenigstens einen Teil der Ausgaben seines Herrn wiedergewonnen hatte, steckte er das Geld in die Tasche und stahl sich nach oben; er legte sich auf den Rand des Bettes und schlief den Schlaf des Gerechten.

Indessen hatte in Godstowe Priory der Mord noch einmal sein Lager aufgeschlagen. Die alte Dame Martha war damit beschäftigt, sich in ihrer geräumigen Kammer ein ungewohntes Bad zu bereiten. Ein Wandschirm war ringsum aufgestellt worden, und die Köche hatten große irdene Krüge aus der Küche heraufgeschleppt und füllten den Holzzuber mit kochendheißem Wasser. Dame Martha wollte sich von ihrer besten Seite zeigen. Sie war sicher, daß die Priorin an dem, was sie wußte, höchst interessiert sein würde.

Dame Martha hatte ihr braunes, blau gefüttertes Wollgewand, die Tracht ihres Ordens, der Töchter von Syon, abgelegt, und hantierte, nur mit einem weißen Leinenhemd bekleidet, geschäftig mit dem Wandschirm, um ihn näher an ihr Bad zu rücken. Sie vergewisserte sich, daß die Kammertür verschlossen und verriegelt war, griff nach ihrem Weinbecher und trank gierig.

Gern hätte sie Seife gehabt, von der parfümierten Sorte, duftend und süß, die das Kloster aus Kastilien importieren ließ. Vor fünf Monaten hatte sie auch welche benutzt, als sie vor den Osterfeiertagen das letzte Mal gebadet hatte.

Dame Martha berührte ihr Haar und fühlte, wie fettig ihre grauen Locken waren. Sie saugte an ihrem Zahnfleisch, und ihre kleinen schwarzen Augen verhärteten sich. Ja, sie mußte so gut aussehen, wie sie nur konnte, wenn Lady Amelia sie sähe; Dame Martha wollte scharfsinnig und klug auf sie wirken und sich nicht als schwatzhafte alte Nonne abtun lassen, die sich in törichten Tagträumen verlor. Und sie wollte nicht, daß eines von diesen Biestern, Dame Frances oder Dame Catherine, sich über das, was sie zu berichten hatte, lustig machte und es als Fiebertraum eines alternden Verstandes verlachte. Nein, Dame Martha hatte etwas gesehen in der Nacht, als die königliche Hure gestorben war, etwas, das einfach nicht ins Bild paßte, und sie würde dieses Wissen nutzen, um Vorteile für sich herauszuschlagen – Süßigkeiten, oder vielleicht Leinenlaken oder größere Portionen aus dem Refektorium. Das alles hatte sie verdient; sie hatte dem Orden schließlich lange Jahre gedient.

Dame Martha streifte das Leinenhemd ab, kletterte in den Zuber und ließ ihren blaugeäderten, verfallenden Leib in das heiße, entspannende Wasser sinken. Sie legte den Kopf zurück und richtete sich gleich wieder auf, denn der Mord klopfte an ihre Tür.